厦门大学
·中文系·
学脉文库

郑朝宗论世界文学名著

郑朝宗　著

俞兆平　编

厦门大学出版社　国家一级出版社
XIAMEN UNIVERSITY PRESS　全国百佳图书出版单位

图书在版编目（CIP）数据

郑朝宗论世界文学名著／郑朝宗著.俞兆平编；--
厦门：厦门大学出版社，2025.1
ISBN 978-7-5615-9368-4

Ⅰ．①郑… Ⅱ．①郑… ②俞… Ⅲ．①世界文学-文
学评论-文集 Ⅳ．①I106-53

中国国家版本馆CIP数据核字(2024)第095285号

责任编辑　王鹭鹏
美术编辑　李夏凌
技术编辑　朱　楷

出版发行　厦门大学出版社
社　　址　厦门市软件园二期望海路 39 号
邮政编码　361008
总　　机　0592-2181111　0592-2181406(传真)
营销中心　0592-2184458　0592-2181365
网　　址　http://www.xmupress.com
邮　　箱　xmup@xmupress.com
印　　刷　厦门集大印刷有限公司

开本　720 mm×1 020 mm　1/16
印张　17.5
字数　200 千字
版次　2025 年 1 月第 1 版
印次　2025 年 1 月第 1 次印刷
定价　80.00 元

本书如有印装质量问题请直接寄承印厂调换

厦门大学出版社
微信二维码

厦门大学出版社
微博二维码

目 录

附录　新近发现的郑朝宗佚文

希腊文学的演变

　　一个大人是不能再变成一个小孩的，除非他变得稚气了。但是，难道小孩底天真不能令他高兴吗？难道他自己不应当企图在更高的阶段上再造自己的真实的本质吗？难道每个时代的本有的特质不是在儿童底天性中毫不矫饰地复活着吗？为什么人类社会底童年，在它发展得最美好的地方，不应该作为一个永不复返的阶段对于我们显示着不朽的魅力呢？世界上有着教养不良的儿童，也有着早熟的儿童。许多古代的民族是属于后一种范畴的。希腊人乃是正常儿童。他们的艺术在我们面前所显示的魅力，是与它生长于其上的未发展的社会阶段不相矛盾的。相反地，它是这个未发展的社会阶段底成果，而且是与下述的情形不可分离地联系在一起的，即是，希腊艺术所由产生而且只有在其下才能产生的未成熟的社会关系，是永远不能再回返的了。

——马克思：《政治经济学批判》导言[1]

一

　　文学是一种社会现象，是以艺术形象反映现实的一种特殊的思想形式"[2]。因此，它是属于上层建筑的范畴，受着"适合于它的社会制度的制约并归根到底受该社会的经济的制约"[3]的。随着社会经济制度的改变，它自身也将或迟或速地发生变化。在任何时期中，文学都"是为一定的阶级服务的，它一向是阶级斗争的思想武器"[4]。因此，它决不只是单纯地反映基础，而是像斯大林同志在《马克思主义与语言学问题》中所说的"积极帮助自己基础的形成与巩固，采取一切办法帮助新制度来摧毁和消灭旧基础与旧阶级"。这些是颠扑不破的真理，全世界的文学都如此的。但由于"现实在艺术中的反映是一个复杂而曲折的过程"[5]，文学和社会现实间的联系便不见得在全世界文学中都一

---

1 引自曹葆华等译《马克思、恩格斯、列宁、斯大林论文艺》，人民文学出版社。
2 引自田森、陈国雄译《论艺术在社会生活中的地位和作用》，见《学习译从》1953年4月号。
3 同上。
4 同上。
5 同上。

样地明显、直接。相反地，这里头的区别是很大的。有些历史悠久而其中某一时期又长久停留在一特定的社会阶段上的国家，例如我国，它的社会的变化和发展是非常复杂而曲折的，反映在文学创作上也是如此，因而文学和现实间的联系，在这儿，并不如一般人所想象的那样简单直接。另一方面，历史较短而各个社会阶段的交替也较分明的国家，例如欧洲各主要国家，它的文学在发展途中的来龙去脉以及和当时社会现实间的千丝万缕的联系就也往往了如指掌。这里面表现得尤其清楚的是古希腊文学。

古代希腊，由于境内多山，交通不便，全国各地出现了无数独立自主的城邦。这些城邦，向外扩张既无可能，内在的发展便相对地加强了。于是，在原始社会崩溃后的短短的一千来年里面，个别"城邦"如雅典，竟能在同一社会基础（奴隶制）上接连出现三种不同的政治形态：君主制、贵族专政和民主政治。这些形态的出现各有其截然不同的背景，而从这一形态转入另一形态时，彼此分划之迹又十分明显。正因为如此，这些便异常清晰而深刻地反映在各有关阶段的文学作品之上，希腊文学中的诸种形式，如神话、史诗、抒情诗和悲剧，就是适应着各时期不同的社会情况和需要而产生出来的。这样，从希腊文学的发展来探讨希腊社会的发展就不仅是可能而也是非常必要的了，因为不这样就不能充分了解希腊文学。

由于上述种种，尽管限于能力和材料，我却想鼓起勇气来试写此文。我以为把希腊文学和希腊社会的关系弄清楚了，对于研究我们自己的文学多少应该有一些益处。因此，我恳切地希望这篇极简陋的东西成为引玉之砖，唤起专家们的注意，写出与此有关的透彻结实的论文和专书来。

二

一切民族都有神话，一切民族的文学也大都发源于神话，但世界各民族中神话保存得最多而且最具有系统的恐怕要推古希腊。希腊神话除了本身具有极浓厚的文学趣味外，还给后来的希腊文学送来了用不完的题材，马克思说过："希腊神话不仅是希腊艺术底宝库，而且是希腊艺术底土壤。"[1] 在这一丰富的遗产中，我们可以窥见古代人民的伟大想象力和创造性。但是，我们却不可因此而误认为希腊神话只是古代人民幻想的产物，这是大错特错的。幻想的后面照例隐藏着一片丰厚的物质背景。

希腊神话主要是原始社会生活在人类头脑中反映的产物，它生动地表现着那一时期人民的思想和愿望。正如高尔基所指出的，"在古代的幻想底每一飞翔之下，我们容易发见它的推动力，而这个推动力总是人们想减轻自己的劳动的志愿"[2]。"万能家"赫拉克里士的十二件奇迹，毫无疑义，是古代劳动人民夸大自己力量的产物；而狄达勒斯和他的儿子伊卡拉斯的故事则也很明显地是那一时期人民梦

1　引自曹葆华等译《马克思、恩格斯、列宁、斯大林论文艺》，人民文学出版社。
2　引自曹葆华译《苏联的文学》，新华书店。

想飞行的成果。自然，神话也反映初民的天真想头。面对着自然界的一些现象，一些事物，如空谷回响，如水中奇葩，他们会编造出像《蔼戈和娜息丝》那样惊才绝艳的故事来。但是，神话中更多反映的却是原始社会的风习。从宙斯和道尼苏斯二神幼时蒙难的故事中，我们清楚地辨认出古时候人民在成年期所举行的仪式的一些节目。社会是不断进展的，反映在神话中的也不例外。从希腊诸神的来源以及他们彼此间主从的关系中，我们可以窥见古代民族混合的情况。举例来说，天后赫娜原是克里特岛最崇高的女神，后来却被拉来配希腊天神宙斯，这就可见这个开化很早的海岛是被希腊人所侵服的了。我们还可由此看出另一事实，就是古老的母权制社会被晚出的父权制社会所替代了。从天神宙斯篡夺父位继起统治宇宙后的措施（把海洋和地下王国封给两个兄弟，又把各种职位分配给其它诸神）中，我们探出希腊诸部落侵入希腊本土及附近海岛后的行径，这就是：以抽签方式分配夺来的土地并使各种专门职业，如行医、占卜、传令及通报之类，逐渐成为各特定民族的世袭职业。

总的说来，希腊神话所反映的是一个阶级区分还未十分明显的社会，它是被生存在这样一种社会中的人创造出来给他们自己服务的。首先，它鼓励他们更努力地和更有信心地去从事生产劳动，去跟自然作斗争。其次，它帮助他们去理解和记住发生于自然界和社会中的现象和事实。它的确是天真无邪的人在自由平等的环境中的天才创作。但是"好景不长"，由于历史的不能不向前发展，本来浑然一体的社会终于分裂为对立的阶级社会了。当然这不是短时间内突然出现，而是积累了无数变化才逐渐形成的。希腊神话中普罗米修斯英勇反抗天神的故事，就是希腊社会开始分裂的标记。从这时起，氏族的长老慢慢转变为剽悍恣肆的酋长，其中尤其桀骜的便升格为"王"，而氏族和部落中的其它成员也就渐渐下降于臣民的地位了。于是，神话时代告终而史诗时代继起。

三

跟神话不同，史诗的产生不是为全体社会成员服务，而是为居于上层地位的酋长们（亦即所谓"国王"们）服务的；它歌颂他们的功业并以之娱乐他们。在荷马的作品中，我们找到这样一个例子：当攸力栖兹漂流到菲细亚岛国时，国王为了娱乐嘉宾，便在宴席上命一个歌者唱史诗，恰巧他所唱的就是与攸力栖兹有关的木马破特罗亚的事件。史诗与战争是分不开的，它的产生的时代照例是战争频繁的时代。那时，酋长们结束了一天的战斗，便到"国王"的营帐中来参加宴会，边喝酒，边听着歌者吟唱昨天战场上发生的事情，以此来赶散一天的疲劳。这歌者是"国王"的御用艺人，国王专门豢养着给自己服务的。他歌颂"国王"和个别酋长的丰功伟业，藉此来增加他们的威望，传播他们的英名。荷马以前的史诗就是这样地编撰出来的，这位卓绝千古的艺人只是尽了整理和加工的职务罢了。

史诗时代去古未远，因此古代的氏族组织基本上还是原封不动的。我们从《伊利亚特》中得知：希腊军队是按照大氏族和部落来编制的；军队中有群众大会，它的权力高于一切，原始的民主主义在这儿还相当流行；分配战利品的权利名义上仍属于群众，"阿契里说及赠品即战利品的分割时，他总是把这一任务不委之于阿加绵农或别的某军事首长，而是委之于'阿奇亚人的儿子们'即民众"[1]。然而就在这表面看来很民主的组织中，阶级的分划和不平等的待遇却已露骨地表现出来了。《伊利亚特》中有一个动人的情节：在主帅（即"国王"）阿加绵农召开的群众大会上，一个名唤台尔锡蒂斯的普通战士仗义执言，痛斥"国王"的好战只是为了贪图子女玉帛而一般战士却所得甚少；结果，这个大胆发扬民主精神的壮士竟遭到一位酋长（攸力栖兹）的辱骂和痛打！同时，家族财产私有制也已发展到了可惊的程度，《伊利亚特》中所描写的特罗亚王普赖安之家以及《奥德赛》中所描写的菲细亚王阿尔辛诺阿和伊大卡王攸力栖兹之家，都拥有大量的土地、奴隶和财宝。

在氏族社会中，人们除了血缘之外则无他种关系，除了效忠于氏族外也无须对谁负责。到了史诗时代，这种情形已开始转变了，与血缘无干的个人关系渐次建立，随之而来的是氏族组织的逐渐瓦解。在战争频繁的时期中，酋长们为了奖励手下勇敢的战士，便采取袭地封"臣"的办法。这个"臣"必须担负为酋长作战的义务，而酋长遇有国家大事也须召集所有的"臣"来会商并飨以酒肉。最有势力的酋长叫做"国王"，"国王"之下有许多不同等级的"臣"依

1　引自张仲实译《家族、私有财产及国家的起源》，三联书店。

次隶属关系。因此，在作战期间，一般士卒尽管按照大氏族和部落来编制，而所有的"臣"却是跟着自己的主子的。主子和"臣"相处的情形，在荷马史诗中，真实地反映于神的世界里。这儿，宙斯便是最高的酋长，他居住中央宫殿，其他诸神围绕着他。诸神表面上都尊重宙斯，实际却常违抗他。宙斯时时召集诸神商议凡间事情，并以酒肉和音乐来招待他们。所有的神，连宙斯也在内，都一样的自私、纵欲和喜欢争吵。这确是酋长们生活的一幅现实主义的写真！所谓"英雄时代"的人物，其真实面目就是这样的，我们但看《伊利亚特》开卷第一章所刻画的主帅阿加绵农和大将阿契里拌嘴的情形，就可断定这些"英雄"是并不怎样高明的了。然而，在某一特定的事件上他们的意见却是一致的，而这就是不让普通人出头。奥林浦斯山上的主人们一切与凡人无别，所不同的只有长生不老这一点，对于那些不知趣的妄冀不朽的凡间蠢才们，他们的制裁办法是殛之以雷霆。同样的，对于那些敢于仗义执言反对战争的普通人，酋长们的制裁办法是加以辱骂和痛打。这里明摆着一桩事实：无论在神或人的世界里，社会已非浑然一体，而是区分为两个对立的阶级了。

希腊史诗随着战争和"国王"的兴起而兴起，"国王"本身就是战争的产物。在战场上，"国王"和他手下的酋长们为了侵占和掠夺而大显身手，战争胜利结束后，他们又照例要分享特大份的战利品，部落和氏族的约束至此被个人的武功击破了。这些反映在他们的文学作品（史诗）里，就形成了动荡有力和富有世俗的和个人的色彩诸特性。但是，"英雄时代"是不会永存的，过了一定时期，社会终于安定下来了，于是"国王"的形象日益缩小，最后竟消失于贵族集团的影子里。在希腊文学史上，这一转变是由合唱赞美歌代替了史诗来标记的。

四

　　希腊贵族政治的发生有两个原因，其一就是上面所说的由于社会暂趋安宁，"国王"失去作用。关于这，我们可举雅典的历史为例。雅典位于亚狄加州，这儿除了"国王"之外，还有许多酋长散布全州。这些人起初只在战争时期才来雅典参加王家会议，后来承平日久，"国王"等于虚设，而酋长们却为了共同利益，便移居到雅典来组成一个统治集团，这就是"世袭贵族"（Eupatridai）的由来。雅典"国王"逐渐由世袭改为选举，再由执政十年改为执政一年，最后，连影子都没有了。这就是君主制被贵族政治所吞没的一个例子。希腊贵族政治出现的另一原因是铎利亚人的侵入。这事发生于公元前一千年左右。铎利亚人是第三批南下到希腊半岛的希腊民族，当他们占领了伯罗奔尼撒州以后，由于人数不及原来居民之多，便把自己的部落更严密地组织起来，给予种种特权和约束，以便有效地统治当地人民。发展下去，这就成为名闻千古的斯巴达军事贵族。贵族的来源虽不一致，但所享受的权利却是相同的，他们手里都握着两种法宝：土地和宗教。土地在斯巴达贵族方面是掠夺来的，在雅典贵族方面则得自讹诈与侵蚀。宗教本为部落所公有，后来随着土地的私有化渐渐落到一部分人的手里。这些人有时也叫做僧侣，僧侣与贵族却是二而一的。

由"国王"发展到贵族，这中间的变化确实是很大的。从前在战场上横冲直撞的英雄们如今都不见了，代之而起的是一群懒于行动的土地所有者们。这些人不像过去英雄那样喜欢争吵而且敢于反抗神明，相反地，他们倒是紧密地团结在一起并装作十分虔诚的样子。合唱赞美歌就是为了适应这一时代的需要而产生的一种文学形式，它是为贵族阶级服务的。这种歌的作用在于颂神、哀逝或者赞美竞技会上的优胜者，因此它充满着宗教的情调。跟史诗不同，这不是单人独唱（后来改为朗诵）而是集体歌唱的。在结构方面，它是定型的，非常缺少变化，这更确切地反映了它所服务的阶级的生活方式。

时移境迁，由于贸易的兴起和迅速发展，贵族们的势力日益缩小，特别是在小亚细亚方面的希腊殖民地上。这儿从纪元前七世纪的后半叶起，土地所有者们在政治上的绝对优势已在消逝之中，他们跟人民间的一条阶级防线因之也开始崩溃了。这具体表现在合唱赞美歌渐由一种新的贵族文学——独唱曲——所替代这件事情上面。独唱曲（以女诗人萨波所作的为例）是深受民间歌谣的影响的，它洗去合唱赞美歌的空虚臃肿，而代之以深挚朴素。但是，这种转变还只是过渡的性质，继贵族而兴起的商人和手工业者们需要他们自己的文学，于是随着民主政治的出现，希腊悲剧便接踵而来了。

五

希腊悲剧是民主革命的产物，后来又真实地反映了民主政治的整个面貌。远在"僭主政治"时期，它已被从民间搬入城市。"僭主政治"是民主革命的一部分，为了压制贵族阶级并教育城市中人民，雅典"僭主"庇西特拉图便把来自民间的酒神崇拜来代替贵族宗教仪式，又把流行于亚狄加农村中的戏剧表演作为雅典城酒神节的庆祝节目之一。民主主义者克利斯梯尼取得"城邦"领导权后，更进一步地利用有关悲剧比赛的一套新办法来贯彻民主改革。悲剧比赛从此成为雅典全体公民教育和娱乐自己的工具，而悲剧本身也就成为反映雅典人（任何公民都有参加比赛的权利）对于民主政治的态度的有力武器了。

从悲剧家伊士奇拉斯的作品中，我们看出前期雅典民主社会的情况以及人们对它的反应，这自然不是很直接的，因为按传统，悲剧家只能通过神话来反映现实。我们试以《奥莱斯特》三部曲为例来说明吧。这三个连续的悲剧告诉我们一件故事：从特罗亚战争中奏凯归来的阿加绵农如何被他的妻子所杀，他的妻子又如何被他们的儿子所杀，最后这个儿子被他母亲的冤魂和三个复仇女神追逐了一阵之后如何在雅典获得免罪。表面看来，这仿佛跟我们所要谈的全无干系，其实却不然。伊士奇拉斯分明在这里提出了两个十分现实的问题而且把它解决了。第一个问题是：在当时的社会中，父亲和母亲哪一个更重要？他的答案是父亲更重要。这说明着在当时的所谓民主社会中，妇女必须屈居在男人之下，为了便于发展私有财产制，这样做是绝对必要的（当时的雅典法律即明白规定：妇女没有继承财产的权利，除非她愿嫁近亲）。第二个问题是：原始氏族社会关于杀害亲族罪的处理办法和贵族专政时期对于这一办法的修改，这两者间的矛盾在新社会中该如何解决？依照原始社会的习惯，当氏族内一个成员被另一个所杀害时，全族的人要起来共同惩罚凶手。到了贵族专政时期，这一罪行改由僧侣来加以涤除。这两者显然是有抵触的。在这个三部曲中，复仇女神（代表部落习惯）和阿波罗（代表贵族特权）间的矛盾就是反映这桩事情。这一矛盾该如何解决呢？作者的答案是：在新社会中，这种案件应交由合法的人民法庭来判决。这就是说，在新的政治制度（民主政治）下，人民重新获得了一度为贵族阶级所剥夺的权利，但也抛弃了往日的野蛮作风。作者在这里明白地表示了自己对于民主政治态度，他认为这种政治制度是合理而且能解决问题的，因而热烈地拥护它，歌颂它。这种态度是完全可以理解的，因为伊士奇拉斯曾亲自参加为建立和维护这种制度而作的斗争，并且直到他逝世为止还未及眼见它内部矛盾的尖锐化。

到了索福克利斯和幼里辟底斯两个悲剧家的时代，情形就不同了。如所周知，雅典的民主政治是建立在奴隶制度的基础上的。在它的前期，情形还不严重。希波战后，由于奴隶数目的大量增加（工厂和矿山里充满了奴隶劳动者）和财富的不断集中，大批自由公民赤贫化了，失业了。这时雅典政府的应付办法有二：其一是由公家直接来供养这些破产了的公民，又其一是把他们送到海外去耕种夺来的土地。后者证明是无效的，因为许多被遣到海外去的公民把田地卖了之后又回来受供养。在伯里克利斯当政时代，大规模供养自由公民成为国家重要政策之一，其数目最高时达两万人之多（占全体成年公民人数三分之一到二分之一之间）！哪来这一大笔赡养费呢？这自然不会向国内富裕公民去索取的。这时国家费用一半征自侨居雅典的外国商人，另一半则从同盟国家（希波战争后，雅典成为"提洛同盟"的盟主）榨取而来。为了维持国内民主政治的门面，雅典政府只好拼命向外发展，走上了侵略的道路，发动了侵略的战争，到了兵败势蹙之时，那些富裕分子便乘机推翻民主政治，而代之以寡头政治。这一连串的事实说明着雅典的民主政治怎样由盛而衰，雅典人怎样从追求自由民主而陷入不自由不民主的境域，怎样从民主主义者的身份而变成了侵略主义者的身份，怎样从一种行动而变为该行动的对立物。

对于这一巨大而深刻的转变，雅典人的反应是不一致的，索福克利斯和幼里辟底斯的态度就不相同。出身于贵族阶层的诗人索福克利斯，面对着江河日下的社会情景只能发出悲天悯人的慨叹。他不暇也无力去追究这一转变的真正原因，反映在他意识中的只是一种幻灭的和绝望的感觉。由这感觉过渡到命运的观念，那是非常简便的。于是，被叫做"希腊悲剧的典型"的《伊狄浦斯王》便从作者笔下诞生出来了。在这一剧本中,作者以异常巧妙的手法写出一个无论如何逃不出命运魔掌的人的故事。为了坚决逃避一些可怕的罪行而反致陷入这些罪行,又为了一心要为民除害而反致把祸害招到自己头上来,伊狄浦斯王的迷惘心情确实值得同情。但这种心情,说穿了,实在只是作者自己的。他之有此心情是因为不能理解:一个努力追求自由平等的国家为什么会变成自由平等的破坏者,同时自己也丧失了这两种东西?幼里辟底斯的态度与此相反。他是一个热心的民主主义者,面对着当时社会的可憎的现象,如宗教的腐化、妇女地位的日落千丈、雅典政府的侵略行为等等,他只有愤怒而不会消沉。作为一个戏剧家,他的目的不在作无益的哀号,而在作有力的揭发。在《特罗亚的妇女们》一剧中,他尖刻地讽刺了残酷而微慢的侵略者(此剧写于雅典人屠杀弥罗斯岛上人民之翌年——公元四一七年)。在《美狄亚》一剧中,他为全体被压迫的妇女吐尽苦水,并且指出她们也是有反击的力量的。在许多剧本中,他痛骂玩弄人类的神。从他那冷嘲热讽否定一切的悲愤态度中,我们深深地意识到雅典民主政治的末日已经当头了。

文学是随着政治经济制度的发展而发展的,当后者陷入绝境不复能再进一步的时节,前者也必然会跟着衰落以至于死亡。古代希腊社会发展到了民主政治的阶段,确已达到了最高峰,以后由于它本身无法解除的矛盾,也由于历史的局限性,它终于逃不出死亡的道路。随着民主政治的衰亡,希腊悲剧乃至于全部希腊文学的发展可能性也就一起埋在历史的坟墓中去了。[1]

　　限于时间和篇幅，我们只能把希腊文学和希腊社会间的关系作如上的极简略的叙述。我们所要阐明的只是一句老话：什么样的社会才会产生什么样的文学。因此，要了解一种文学，就必须先了解给它以存在的那个社会。自然，这种"了解"不能做得太简单，更不许做得太机械的。另外，我们也千万不可忘记马克思的遗言：过去的伟大文学是具有不可重复的特性的。我们尽管由衷地喜爱我们的伟大文学遗产（这是十二万分必要的），但却不必梦想在今日的社会中来再现它。更要紧的是，给目前和未来的文学创造一个丰厚无比的基础，而这就是努力建设我们的新社会。假使本文能在这方面帮助我们加强信心，它就可算稍尽微劳了。

1　本文主要是依据汤穆生（George Thomson）教授的名著《伊士奇拉斯与雅典》（*Aeshvlus and Athens*）的内容来写的，文中借用之处，不及一一指出，谨在此声明。

『安娘曲』并序

此纪元前八百年希腊诗人荷马史诗《伊利亚特》中之一事也。丙戌岁，为诸生课此，感其事，因取欧里庇得斯悲剧《特罗妇人》中所增益者，衍为歌行，命曰《安娘曲》。安娘者，特罗王子海脱之妃也，生一儿，王子爱之。会希腊与特罗哄，兵临城下，且十年矣，以海脱善守，弗能陷。一日，安娘抱儿登城楼，面郊而泣。海脱适至，问之。安娘曰："君奋勇效死，战常陷坚，纵不自爱，独不为吾母子计乎？"海脱曰："吾方为此，日夕愁苦，顾宗社所系，不容畏宿耳！"已而亚气来犯。亚气者，希腊骁将，威名震诸部。海脱与战，力竭而死，城亦旋下。安娘为敌所俘，子遭扑杀。荷马诗述其事甚详，欧里庇得斯悲剧补其所

未及，亦委曲尽情。故不避词费，糅而译之，以见希腊古代诗歌有如
此者。

安娘凝睇城头立，手抱雏儿向郊泣，
眼中不见画眉人，扰扰干戈何时戢？
自从西师横海来，七年野外生尘埃，
夫婿桓桓奋忠烈，刺手欲拔鲸牙回。

雄图未遂难未已，却上城头觅妻子，
杀气压眉铁衣轻，腥风積面白日死。
相思憔悴见弥愁，未诉衷情先泪流，
剑光眩眼笼千恨，烽燧弥天拥百忧。

安娘谓将军：意气何嶙峋？
威武终贾祸，猛烈易殉身。
不念儿幼弱，孤露绝欢忻！
不念吾寒苦，孀独长悲辛！
西师实枭猛，转瞬将汝吞，
茫茫天宇中，何处可招魂？

我命薄于纸，倏忽失怙恃。
我父本雄王，英名播遐迩。

亚气忽称兵，数尽古城毁！
敌将肆毒凶，杀伐无人理。
兄弟六七人，同日变为鬼。
我母遭系囚，辗转乃至此，
倾囊幸可赎，抱病呼不起！

海脱我卿卿，微尔吾零丁，
非惟作我母，兼作我父兄。
夙昔同衾枕，永订海山盟，
如何忘宿诺，慷慨欲轻生？
此楼虽狭隘，犹可镇雄兵，
野阔风云急，慎勿出危城！

将军谓安娘：卿忧吾更伤，
悬念异时事，鬼刀截我肠！
吾岂不自爱？此邦正蜩螗。
男儿重意气，大节凛风霜，
焉能效竖子，保身自深荐？
吾昔少年日，父师勖自强，
人生谁无死，所贵为国殇。
良言犹在耳，忠义敢或忘？

此邦神所恶，　颠覆在指顾！
我死卿俘囚，　流离困道路，
行人或见怜，　泪下如雨注。
念此摧心肝，　咿嘎不能吐！

旋向母怀抱住儿，　儿不识爷背面啼。
丈夫有志肯虚掷，　困蛰何时得展眉？
毅然舍儿执妇手，　欲语还吞沉吟久：
我命未绝终不死，　吉凶悔吝本天授，
卿可还家治女红，　孤城杌陧吾能守。

两情脉脉江海深，　忽动楼边鼚鼓音，
玉颜空有千行泪，　猛士已无恋别心。
高城急下挥猿臂，　飒飒英姿瞥眼逝，
独抱雏儿向寒闺，　云自飞扬花自媚。

急报飞如风雨快，　敌酋亚气卷土再，
纷纷诸将健者谁，　将军一怒起衰惫。
亚气英名四海闻，　将军磊砢亦空群，
两雄得失关天下，　"扑杀此獠保国魂"！

运去挥戈虚一掷，　力穷折颈丧魂魄，
可怜百战英雄身，　化作磷光点点碧！

磷光不到凤凰楼，　深闺那闻鬼语啾？
犹坐窗前动机杼，　鸳鸯织就紫云浮。
金炉炽炭承巨釜，　新火发汤白如乳，
待渠战罢浴兰盆，　脱尽尘沙爽眉宇。
忽听城头号哭声，　杼轴坠地云鬟倾，
蹒跚扶婢登城疾，　咫尺何殊万里行？
登城弥望阴风恻，　残尸曳地无马革，
惊呼一恸碎柔肠，　天地回旋珠眸里。
蛾眉宛转死复苏，　落尽金钗散琼琚，
残魂未定千愁迸，　一时血泪洒平芜：

海脱我丈夫，　哭尔我心痛！
诞生非一域，　赋命竟不殊，
君居特罗国，　吾亦出雄都。
我父遭阳九，　我遇与之俱，
有生惨如此，　天乎不如无！
君今赴泉壤，　抗志卒损躯，
吾犹强视息，　茕茕对寒雏。

寒雏君所喜，幸福长已矣，
微命纵可留，后患终难止。
荣枯变倾刻，敌人入吾邸，
匍匐困街头，褴褛笑邻里。
道旁逢父执，牵裾接其履，
卑辞乞一饭，颜赪颡有泚。
偶然获悯怜，盘餐得染指，
但望寒饥肠，岂敢思甘旨？
公子忽见之，摩拳更切齿：
"而翁不在兹，速去勿留此！"

返奔投母怀，呜咽纷出涕。
忆昔爷在时，食前陈八簋，
抱持置膝上，哺儿以脂髓。
既饱困欲眠，侍奉有媪婢，
银床丽茵褥，绣阁辉罗绮。
浮生若大梦，世变森谲诡，
一朝罹凶厄，百忧从此始。

哭君君弗闻，念君心烦冤！
君死尸委地，裸体无襦裤，

群獒恣吞噬，馋余蛆虫分。

美服盈君室，对之增悲辛，

君既不需此，便当举火焚。

虚空犹有尽，愁恨与时新！

哭声未绝城已破，　寂寂空宫血水渎，

身虽系累儿幸存，　零落金枝余一个。

忽传使者来收儿，　有诏城头扑杀之，

从来除害恐不尽，　反复哀鸣空费词。

低头语儿："尔当死，　尔父英姿世无比，

中兴俗说徒纷纷，　　块肉全生古有几？"

儿死娘行九庙寒，　荒城积骨高如山，

春风吹岸草不绿，　琴海横尸水为丹！

后记：此余三十余年前之译作也。"文革"中，旧稿荡然无存，而此篇独逃劫火，有友录以见示，为之惊诧不已。顷者国际大小霸权主义者，出无名之师，肆侵略之毒，所至诛杀掳掠，孤人之子，寡人之妻，其惨酷且有甚于希腊特罗之役者。可见古今不义之战，无论借口如何，其为灭绝人性则一。起而攻之，责在吾曹。

『梵哑铃曲』并序

马格勒特·麦烈尔（Margaret Merrill）者，不知何许人。尝著《梵哑铃之魂》一篇，文为故事体，委婉曲折，悲切动人。甲申春，余为汀州中学诸生课英文，于某书局出版之读本中见而悦之，因摭取其事，衍为长句，旨在转述，不遑计及语之工拙也。往余读英吉利小说家吉辛（George Gissing，1857—1903）氏之遗作《词林外史》（*New Grub Street*），中叙一薄命文人之身世，满纸辛酸，凄凉欲绝。作者盖为其自身写照，故能亲切如是。当时亟思移译，而人事匆匆，迄未搦管。今兹之作，少补前愆。嗟乎，文章憎命，儒冠误身，中外艺人，有同感矣！

破屋宵寒无灯炬，　有客抱琴颜色沮，
低首弄弦忽长叹："琴乎今夕须别汝！
剜肉医疮意自卑，　人生无奈寒与饥，
身如可赎不汝舍，　室无长物汝应知。
自从贫困交游狭，　侯门如海深难入，
明日得钱食有鱼，　始觉人前语不涩。
琴如有知应谅我，　幸汝无灵意稍惬。"
黯然起立欲收琴，　琴忽作声如呻吟，
俯身取琴抱就颊："谓汝无灵伤汝心！"

"忆昔童卯初获尔，　屈指三十五年矣。
古肆主人老且迂，　日日抱汝夸邻里，
自言器古出名邦，　千金不售宝如子。
我时睹汝口垂涎，　摩挲不足梦魂牵。
'孺子孺子尔莫走，　此琴舍汝谁能守？
我老身衰命如丝，　忍令吾弦污俗手！'
戴拜持归喜欲颠，　抚之终夕不成眠，
小别须臾犹惘惘，　易以南面肯汝捐？

"尔来岁月瞬千变，　岖崎世味尝应遍，
不论寒乞与王侯，　孰闻汝音不汝羡？
忆否柏林花月宵，　一曲如梦万魂销？

有女如玉娇且娆，　　手掷名花玉指翘，
花胃汝弦不动摇，　　拨去如雨四散飘。
名曲续奏一枝花，　　怪汝有灵万口呀。
曲成四座尽叹嗟，　　美人如醉突怒哗，
狂呼'世界皆奇葩，　　看侬捧掷谁能遮'！

"名花未谢美人死，　　天日无光形骸毁！
黄昏人散冷丘坟，　　独抱孤琴吊新鬼。
墓上花红照眼明，　　手中琴作断肠声，
琴声断肠疑化翼，　　飞挈芳魂上青冥。
魂上青冥花不芳，　　泪眼看花更神伤，
但愿花随魂俱逝，　　人间从此绝春光！
春光绝兮情怀恶，　　万缘俱空身孤落，
浮华满眼不动心，　　朝朝仗汝慰寂寞。
慰寂寞，惟汝偕，　　谓汝无灵伤汝怀！
琴兮琴兮莫我责，　　饥寒煎迫出雨乖。"

对琴呶呶毋乃颠，　　琴自无知岂汝怜？
不如鬻琴丰朝餔，　　明日出门颜色鲜。
猝然起立心似铁，　　攫琴而出奔如瞥，
琴在椟中宛转鸣，　　何异佳人气欲绝？

愤然掩耳出门去:"我身不恤遑汝顾!"
口虽决绝心逾苦,　出门数步泪如雨:
"丈夫饿死本寻常,　如何弃我平生侣?"

回身入门不复疑,　置琴怀中如婴儿:
"吾命可绝琴不鬻,　任人呼作狂与痴。
狂与痴,奈君何,　为我高唱美人歌!"
美人含笑展双蛾　手散名花影婆娑。
"琴兮琴兮莫蹉跎,　欢慰佳人赖汝多!"

转轴挥弦声铿锵,　手飞如风眼有芒,
红潮上脸愁容失,　爽气入眉伧态亡。
此时那复知寒饿,　身是琴中南面王。
南面王,奏仙乐,　顿使奇光生破屋,
破屋何时变梨园,　万众无声气屏促。
妙手挥弦弦有神,　魂入弦中弦生春,
悲啼欢笑抒胸臆,　夺魄惊心谁与伦?
"琴兮琴兮汝莫懈,　吾侪今已登天界!"

琴忽狂鸣如中酒,　但见琴弓那见手?
琴弓飞舞弦突绝,　弦绝未尽声不灭。
凄凄不似向前音,　如怨如诉如悲吟。

弓飞渐缓腕力减，　双眸无光颜色黯，
眼前惟见心头人，　依旧拈花含笑脸。
笑脸未消琴语咽，　满屋凄风阴霾结，
门外饥乌噪空林，　窗前残月照积雪。

后记：此亦旧稿失而复得者。抗战末期，大浸稽天，生民涂炭，而文士之厄尤甚，王世贞所谓"文章九命"者，殆兼而有之。余时蟫处山区，郁伊无聊，偶写斯篇，以抒怀抱。今事隔三十余年，世换境移，前尘往迹，渺如云烟，姑留此以当雪泥云爪云尔。

天才的预见

——读莎剧『裘力斯·凯撒』

《裘力斯·凯撒》据说是英国学校里一般必读的莎士比亚剧本之一[1]，但在我们这里却遭了冷遇，不仅大学文科讲堂上绝口不谈这个剧本，甚至与莎士比亚有关的文学史书里也只点一点剧名而不加介绍，几十年来文学杂志上评论此剧的文章也真可说是寥若晨星。这不是一种正常的现象。

我以为从作品意义的重大和作者思想的深刻两方面来评判，这个剧本完全可以和著名的四大悲剧并列而毫无逊色。因此，我感到惊奇，有些国内外的

---

1 参见乔治·戈登编《六部莎剧》序，其他五个剧本是《仲夏夜之梦》《威尼斯商人》《皆大欢喜》《哈姆莱特》《麦克白》。

评论家好像害了色盲症，竟然对此剧连起码的认识都没有。例如，有一个外国评论家这样说："尽管悲剧中的凯撒形象缺少一道光环（他爱慕虚荣，为人既不伟大，身上也没有旺盛的精神力量），可是莎士比亚仍然认为，他被阴谋分子杀害这件事，是一个'历史性的错误'。"真是这样吗？这位评论家恐怕还没有摸清莎士比亚写此剧的本意。他一看剧名叫做《裘力斯·凯撒》，便以为莎翁是把凯撒当作剧本的主人公，而对他的惨死抱着无穷的同情和悲愤。其实，凯撒只是此剧的"挂名的主人公"，真正的主人公是勃鲁托斯。在一部五幕十五场的剧本中，凯撒只在三个场面上出现，而且戏未进行一半他已被杀，给观众留下的只是一个淡薄的影子。这影子又并不怎样美妙，他既孱弱又暴戾，既自负又迷信，色厉内荏，极不自然，莎士比亚怎会对这样一个可笑人物的灭亡表示悲愤的呢？勃鲁托斯的情况恰恰相反，他自始至终在剧本中居主导地位，莎士比亚把这个所谓"阴谋分子"刻画成几乎和哈姆莱特一模一样的正面人物，所不同的是他比哈姆莱特坚强，尽管在行动之前也有一些犹豫，但决心一下则立即施行，不再迟疑。因此可以断定，两者都死于非命，莎士比亚的同情显然是在勃鲁托斯这边，而不在凯撒那边。

这样，我们就可进而追究莎士比亚的真正意图是什么了，直截了当地说，他的意图是在说明政治上的野心是万恶之源，必须铲除，从事这种铲除工作是可贵的，倘因时机未成熟或由于别的缘故而遭致失败，那不是什么"历史性的错误"，而是历史性的悲剧。一切不存任何私心杂念或偏见的人都会承认，这个意图是彻头彻尾贯串在全剧之中，皎如日月，不容歪曲。让我们来看看剧本是怎样说的吧。莎士比亚把凯撒和勃鲁托斯之间的矛盾始终集中在一点上，即一方野心勃勃地想称孤道寡，另一方则忧心忡忡地怕他真的登上王位，除此之外，他们之间别无芥蒂。凯撒在最后一次出场（第三幕第一场）时说的几句话已足够表明心曲："我是像北极星一样坚定，它的不可动摇的性质，在天宇中是无与伦比的"；"我知道只有一个人能够确保他的不可侵犯的地位，任何力量都不能使他动摇，我就是他"；"你想把俄林波斯山一手举起吗"？如此傲慢专横，如此吹嘘自己的威力，不是明显地已把自己放在君临万众的地位上了吗？至于剧中所描写的凯撒三辞王冠的丑剧，那也只是野心家的工于作态罢了。另一方面，勃鲁托斯出场（第一幕第二场）就宣言："我近来为某种情绪所困苦，某种不可告人的隐忧，使我在行为上也许有些反常的地方。"接着，他用一句话说明他的"隐忧"所在："我怕人民会选举凯撒做他们的王。"和别的"叛逆"者不同，他对凯撒本人没有任何私怨，也不存丝毫憎恨之心，甚至还口口声声说他是敬爱凯撒的。在杀了凯撒之后，他还说："我在刺死凯撒的一刹那还是没有减却我对他的敬爱。"（第三幕第十场）这些都不是谎话，因为他一再声明"我自己对他并没有私怨，只是为了大众的利益"（第二幕第一场），"要是我们能够直接战胜凯撒的精神，我们就可以不必戕害他的身体"（同上）。"我们因为不忍看见罗马的人民受到暴力的压迫，所以才不得已把凯撒杀死；正像一场大火把小火吞灭一样，更大的怜悯使我放弃了小小的不忍之心（第三幕第一场）"。"并不是我不爱凯撒，可是我更爱罗马。你们愿让凯撒活在世上，大家作奴隶而死呢，还是让凯撒死去，大家作自由人而生?"(第三幕第二场)"因为他有野心,所以我杀死他。我用眼泪报答他的友谊,用喜悦庆祝他的幸运,用尊敬崇扬他的勇敢,用死亡惩戒他的野心。"(同上)[1]莎士比亚三番五次地借勃鲁托斯的口来表示可憎恨的不是凯撒其人,而是他的野心,这不违背历史的事实。历史告诉我们,凯撒是个相当出色的将军,在拓展罗马的疆域、安定罗马的社会秩序方面,他立过不小的功勋,在道德品质方面,他有过一些缺陷,但也不足以引起鄙视和憎恶。他的致命弱点只有一个——野心,在当了任期十年的独裁者之后还嫌不足,于是进一步成为终身独裁者,仍嫌不足,于是因所谋不遂而遭刺杀。他的死完全咎由自取,不足称为"悲剧",真正的悲剧别有所在,那就是勃鲁托斯虽然消灭了凯撒的肉身,却无法"战胜凯撒的精神",反而被它所战胜了。在剧本的后半部,莎士比亚利用凯撒的幽灵在战场上出现这一神话来暗示"凯撒的精神"必将战胜勃鲁托斯的正义事业,勃鲁托斯面对着同伴凯歇斯尸体发出的哀鸣:"啊,裘力斯·凯撒! 你到死还是有本领的! 以你的英灵不泯,借着我们自己的刀剑,洞穿我们自己的心脏"(第五幕第三场),加强了悲剧的气氛。最后,当勃鲁托斯势穷力竭不得不伏剑自戕时,历史性的悲剧达到了高潮。"出师未捷身先死,长使英雄泪沾襟!"有正义感的读者哪能不为这悲剧的主人公一掬同情之泪?莎士比亚仿佛深恐大家不了解他的真意图,特在剧终借反对派安东尼之口热烈歌颂勃鲁托斯:"在他们那一群中间,他是一个最高贵的罗马人——只有他才是激于正义的思想,为了大众

---

1 原文"死亡"后有一"片"字,衍文。

的利益，而去参加他们的阵线。他一生善良，交织在他身上的各种美德，可以使造物者肃然起立，向全世界宣告：这是一个汉子！"（第五幕第五场）不知那位外国评论家听了这颂词作何感想？

这里，我们应该进一步弄清"凯撒的精神"一词的含义。上面说过，这是指存在凯撒身上的妄图南面称王的政治野心。不错，但这只是一面，它还有一面——个人迷信。如果只有前一面，那么杀了凯撒之后，事情就该完结了，不会引起后来的悲剧。有人说，悲剧的产生应该归咎于勃鲁托斯，他不听凯歇斯的劝告，当场放走了安东尼，以致招来对立派的反攻，终于兵败身死。这是一种浅薄的见解，因为产生悲剧的根本原因不在这里，而在于普遍潜伏于当时罗马公民身上的个人迷信的思想。莎士比亚在剧本中用淋漓尽致的笔墨描写当时处于蒙昧状态的罗马公民的心理，他们并不怎样关心国家大事，唯一追求的是吃喝玩乐，因此不管哪一个军事首领能从国外夺回金银财宝，能给他们一些微薄的施舍，他们就要"放假庆祝"并把胜利者奉为至高无上的天神。当勃鲁托斯杀了凯撒之后，公民们首先希望的是再来一个新的凯撒，好让他们继续享受施舍。他们高呼："让他做凯撒"，"让凯撒的一切光荣都归于勃鲁托斯"（第三幕第二场）。勃鲁托斯没有看清群众的心理，在生死存亡的关头上，把争取群众的机会轻轻地奉送给安东尼。这个狡猾的政治野心家耍了一阵花腔之后，终于亮出了一张王牌——凯撒生前预立的遗嘱。遗嘱说：凯撒要赠"给每一个罗马市民七十五个德拉克马"，外加供他们自由散步游憩之用的步道、花圃。就这样，一场风暴立即转移到勃鲁托斯及其同伴们的头上，群众起来造他们的反，于是他们只好"像疯子一样逃出了罗马的城门"（第三幕第二场）。勃鲁托斯刺杀了凯撒，实际只战胜了"凯撒的精神"的一半，而把另外一半（群众的个人迷信的心理）留给反对派去利用，这就是他的事业终归失败的关键所在，经过上面的分析，应该可以确信无疑了。

莎士比亚把古罗马历史上这一悲剧，再现于十六世纪至十七世纪之交的英国剧坛上，不是没有深意的，也不是没有时代背景的。他确实是在借古喻今。莎剧的研究者们早已指出，"如果说莎士比亚所描绘的古典时代的生活图景不至于强烈地冲击历史感，这主要是由于罗马人物类型和英国人物类型之间有血缘的联系，由于凯撒时代和伊利莎白时代之间有类似的特点。在泰晤士河边，如同在台伯河边，一种以群众拥护为基础的中央集权的专制政治正在同贵族阶级的世袭权利及其由选举产生的议会发生矛盾"[1]。当伊利莎白女王统治全盛时期，大英国势蒸蒸日上，莎士比亚和一般人一样也曾对女王怀着崇敬的心情，把她看作"开明君主"而写过热情洋溢的颂词。但是，到了女王的晚年，一片乌云笼罩了国土，宫廷里不断发生变乱，野心勃勃的封建贵族企图夺取王位，而广大的蚩蚩之氓仍然迷恋于微不足数的乐趣和施舍。莎士比亚陷入了深刻的悲观情绪，就在这个时期他写了以《裘力斯·凯撒》为开端的一系列的伟大悲剧。他当然还不能预料历史发展的总趋势，不能断定英国将变成什么样的

1　参见 F.S.Boas 著《莎士比亚和他的前辈们》456 页。

一个国家。但有一点是明确的，他认为暴君必须打倒，专制政治必须消灭。勃鲁托斯在自戕之前说了一句话："我今天虽然战败了，可是将要享有比奥克泰维斯和玛克·安东尼在这次卑鄙的胜利中所得到的更大的光荣。"（第五幕第五场）莎士比亚正是要借这话来表明，铲除暴主的事业虽然失败了，但其本身却是正义的，因而也是光荣的。莎士比亚死后三十三年，英国国王查理一世被宣告为"暴君、卖国贼、杀人犯、国家的公敌"而被公开处决。《世界史纲》的作者韦尔斯说："英国被推向世界历史上没有过的一种新情况，一个国君因背叛人民而应正式受审和定罪。"[1] 这种情况到了一六八八年，随着汉诺威王朝的到来，又有新的变化，即"英国变成了——如《泰晤士报》最近给她的命名——一个有君主的共和国"[2]。从此英国成为不再出现暴主的国家，但靠的不是武力而是法制和民主。这一点当然不是莎士比亚所能设想得到的，但他在那样早的时期能对专制政治进行猛烈的攻击，并为促使它的灭亡而奋勇创作，这却不能不说是一种天才的预见。

1　参见该书中译本 880 页。
2　同上 884 页。

『傲慢与偏见』及其作者

　　文学史上有名无实的论调很多，"为艺术而艺术"便是其中之一。这论调的本身价值如何，姑且不说。那些提倡它的人，很明显地，目的不一定都是为了艺术，所产生的东西也往往距离艺术的条件甚远。所谓"为艺术而艺术"云云，说穿了，实在只是一句自欺欺人的话罢了。本来世间有没有真正"为艺术而艺术"的人，还是一个绝大的疑问。假使说有，那应该首推十八、十九世纪之交的一位英国女作家迦茵·奥斯登小姐。这并非我们的私见，《英国小说学发达史》的作者克罗斯（Wilbur L.Cross）早就说过：迦茵·奥斯登"是我们文学史上为艺术而艺术的最忠实的例子"。论时代，她是生在世界史上最热闹的一个时期。她出世的翌年，北美洲便宣告独立；接着法国大革命也爆发了；以后直到她逝世前两年为止，全欧洲都在拿破仑的铁蹄之下。生在这样大动荡时期的一个作者，她的全部作品居然没带着半点时代的痕迹，这已经够超然了。她生前出版的四部作品又都没署名，有一位出版家拿了她一部稿子放在手中十三年，还不晓得作者是谁，可见她决不是为名的。至于利呢？她写了一辈子的小说，只拿到七百镑稿费，其中有一部卖了一百五十镑，她竟喜出望外，可见也决不是为利的了。像这样的一位作家才配加上"为艺术而艺术"的头衔。然而，她之出此并非故意，而是由于环境和性格使然，这有她的生平事迹为证。

一七七五年十二月十六日，迦茵·奥斯登生于英格兰南部一荒僻的乡村中。她父亲任该村牧师，共有子女七人，迦茵行六。她幼时的教育，除了有一度跟姊姊出外求学，多半受自父亲及长兄。他们指导她看李查孙（Richardson）、范利·朋雷（Fanny Burney）、顾伯（Cowper）、克刺布（Crabbe）、司各脱（Scott）诸人的作品。此外，她似乎没读过太多的书。她很早就开始写小说，第一部叫做《厄力诺与马利安》（Elinor and Marianne），经过多次重写后，改名《智慧与敏感》（Sense and Sensibility），于一八一一年出版。二十一岁那年，她以十个月的时间，写成《傲慢与偏见》。这书原名《最初的印象》（First Impressions），脱稿后，她父亲把它寄给一位出版家，立刻被送还，直到一八一三年才出版。接着她又写《洛桑格寺》（Northanger Abbey），这便是搁在出版家手中十三年的一部，作者死后一年才出版。一八〇一年，她父亲辞掉职务，移家到巴斯（Bath）去。五年后，他在那儿逝世，她母亲便带着两位女儿迁居扫桑波敦（Southampton）。一八〇九年，迦茵的哥哥爱德华承继了两处地产，母女们又搬了一次家，这回是在罕浦郡（Hampshire）的曹屯（Chawton）乡。从一八〇三年起，迦茵的写作生涯中断了将近十年的光景。一八一二年，她重整旧业。开始写《曼斯菲尔园邸》（*Mansfield Park*），翌年六月成书，一八一四年出版。这时她的作品已渐渐地被人注意。一八一五年，她写完了《爱玛》（*Emma*），正在修改之际，她的哥哥亨利染了重病，她便去伏侍他。经过一位来治病的御医的介绍，她认识了摄政王（后来的英王乔治第四）的书房执事克拉克。克氏请她参观了一次御书房，并代她奏请将《爱玛》奉献于殿下，还是她生前仅有的光荣。这儿有一桩顶要紧的事；克拉克曾两次向她建议小说的题材。一次是请她写一位仆仆于乡村和都市间的牧师的习惯、性格和热情。她回信说不能遵命，因为她只能刻画诙谐的部分，至于良善的、热情的、博学的方面却非她能力所及；她不能作关于科学和哲学的对话，也不会引经据典。还有一次是请她写以欧洲某一王室为背景的历史小说。她也谢绝了，理由很简单：她不会写严肃的东西，历史小说对于她是跟史诗一样的困难。一八一六年七月，她写完了最后的一部小说《劝诱》（*Persuasion*）。这时她久已疲劳的体力愈觉不支，终于病倒了。但翌年正月，她又挣扎起来起草另一部小说，三月中因病发而止。到了五月，病况渐见危急，家人连忙把她送到温彻斯特（Winchester）城去求医。那年七月十八日，她却奄然长逝了，享年才四十有二。

综观她的一生，除了偶尔有事到伦敦去外，四十二年的生命可说全在乡下消磨掉的。世界虽动荡，那时的英国乡村仍是静如太古，难怪她的作品会跟大圈全然隔离。她虽然动了一辈子的笔，却正如哈罗德·柴尔特（Harold Child）所说"从不在'文学界'中活动？从不受人'重视'，也从不因接触其他文人学士而获得许多裨益"（见《剑桥英国文学史》），这更揭示了她的作品缺乏伟大意识的重要原因。同时她自己解释得更明白：她的性格只允许她作能力范围内的活动，她缺少超出经验的想象力。由于上述种种，我们对于奥斯登全集中找不出大题目一事，应能曲加原谅。

　　其实，这"原谅"是多余的。奥斯登的小说，在今日看来，固然显得琐屑陈旧；而在当时，无论从题材或技巧方面来看，却都表现着伟大的革命精神。那时的英国文坛是笼罩在狂怪荒唐的中世纪浪漫作风之下的，雷的克列父夫人（Mrs. Radcliffe）一派神秘恐怖的小说正在到处风行，连一代文豪如司各脱也都不免要受其影响而写起以中世纪为背景的野史来。这时我们的奥斯登小姐却一声不响地躲在乡下，运起她那特别精细的一枝笔，把周身不见经传人物的琐屑事迹，组织成一部一部非常可读的小说。当别人争着向离奇曲折的情节上显本领时，她偏要忽略情节而专在性格的表现上着力。当大家忙于夸张杜撰出来的英雄儿女的热烈情绪时，她单独挑出眼前人物的庸言庸行而予以逼真的描写。把小说从浪漫的颓风中挽救出来，这自然不是她一人的力量，但生在十八世纪末叶的一位女作家，竟有这样的眼光，实在令人钦佩，她至少要比司各脱进步得多了。森次巴立（George Saintsbury）在他的《十九世纪英国文学史》中便曾说过：奥斯登小姐把小说的时计拨向十九世纪，她是十九世纪"小说"（novel）之母，而司各脱却是十九世纪"传奇"（romance）之父。

奥斯登的小说，内容大略相同，都是以家庭生活为主要的对象。就中以《傲慢与偏见》一书为最流行，情节如下：

女主人翁伊利莎白·班乃特，跟她的父母和四个姊妹，住在英格兰西南部的一个乡村里，有一天，附近一座空着的院子，被从北部来的一个年轻富人租去了。这人宾雷，是个单身汉，伊利莎白的母亲便忙着替自己的长女迦茵撮合婚事。经过了几次的宴会和跳舞，宾雷果然爱上了迦茵；但因为受着同来的两个姊妹和一位挚友的劝阻，他终于突然间到伦敦去。这位挚友名达西，是个贵胄，家有千金，眼高于顶。他一来便厌恶伊利莎白一家人的粗俗。在第一次的跳舞会里，他不特拒绝做伊利莎白的舞伴，同时还说些傲慢的话，被她听到了。于是伊丽莎白便对他生了偏见。这偏见由于种种误会越来越深，而达西却不觉中爱上了她。后来，他竟不由自主地去向她求婚，但因出言不逊，终被拒绝，还遭了一顿责问。翌日达西给伊利莎白一封信，对于自己的事有所解释。从这儿起，故事转了方向，偏见变为好感，傲慢化作谦和，达西和伊利莎白固然成了夫妇，而宾雷迦茵一对情侣也终于比翼双飞了。

这样简单庸俗的故事要是落在俗手里，真不知要弄出来个什么来！但作者偏能利用这薄劣的题材来制造一件精妙绝伦的艺术品。

她仿佛拿了一把细脆的截玉刀，在一块不大盈握的顽石上轻轻雕琢着。她的聪明告诉她：这故事本身没有多大意义，要紧的事要借着它去反映出人物的个性。于是她便以全力来描写性格。其结果，这部小说仿佛变成了一只小规模的禹鼎，作者把每日接触的人物惟妙惟肖地刻到上面去。经过了一百多年的推移，鼎上人物的衣冠举止虽已显得有些古怪，而其声音笑貌却依然和我们今日所闻所见的大略相同。认清了这书的重心，我们才好进而研究它的写作方法。

这一件使我们注意的，自然是这书的客观性。除了两三个地方外，作者始终站在书外，以第三者的口吻来叙述故事。她不会跟萨克莱（Thackeray）似的，常要跑到书里去现身说法，大谈其个人的人生哲学。她也不会跟乔治·爱略特（George Eliot）似的，常要以说教者的笔调，直接跟读者讨论书中人物的性格。她就是让故事来发展它自己，让书中人物来显露他各自的面目。她没有什么理论需要发挥，也不想提出什么道德箴言。假使有的话，这些都早已和谐地分散到各个主要人物的对话或动作上去了。

所以在写作的技巧上，迦茵·奥斯登是倾向于现代的。她的作品，从各方面看来，都很接近毕赤（T.W.Beach）在《二十世纪之小说》一书中所称的"精心结撰的小说"（The Well, Made Novel）。这派小说的一个特点是戏剧化。《傲慢与偏见》这部书，细细分析起来，活像一本喜剧。这儿几乎找不到描写——无论风景、陈设、容貌或服饰——的部分，便是说明和叙述的部分也极有限，最占篇幅的是对话。书中人物不及三十个，常常出现的却还只有六七人。全书自开端至结束（最后一章不计），历时只一年。再以地点论，绝大部分的动作是发生于女主人翁所居的赫特福郡，中间因为她出门作客去了，才换了两次景：一次在肯德郡，还有一次在德被郡。这书的观察点几乎全放在一个人——伊利莎白的身上。从头至尾，她都在场。凡是她不在场的事情，大概都用别种方法——例如书信——把它简括叙述出来。再从结构方面来看，这书可分两大段，以达西的求婚和被拒为分水岭。在这以前，每件发生的事情都直接间接和加强伊利莎白对于达西的偏见有关。在这以后，情形恰恰相反，不论听到的或看到的事情，一件件都使伊利莎白觉得她前此看法的错误，因而逐渐加深她对于达西的好感。这一点也是极合戏剧原理的。

但是，奥斯登小姐的绝技却不在此，因为她最感兴味的不是情节，而是性格。这书的性格描写真已做到了神工鬼斧的地步！几个平平常常的角色，经作者细笔一描，竟都一一成为"不朽的人物"。她描写性格的方法有二：一是利用对话，这一点最为成功。书中有些人物，不必等作者来通名报姓，只须一闻其声，就可断定为谁。奥斯登小姐天生一副好耳朵，准确得跟留声机似的，对于可笑人物的鄙俗之言，她尤有一种不可企及的敏觉。这些可从柯林斯先生或班乃特太太的谈话里得到充分的证明。一是注意小动作。书中记柯林斯先生打牌输了钱，再三声明他并不在乎这几个先令，只这一笔已把伧父的一副寒酸相描出来了！又如班乃特太太因为苦欲令其女儿和宾雷接近，甚至听见她病在他家里，不以为愁，反觉得大开心！后来为了逼令宾雷去向迦茵求婚，不惜自作红娘，把客厅里的人一个个支使出去，好让一对情侣自由行动。这种尖刻的写法，怕也只有顽皮的奥斯登小姐才想得出。

一本毫无意义的小说会写得如此精彩，这真是天地间一大奇迹！这种奇迹的造成平常要乞援于奇妙的故事，美丽的词藻，和丰富的书卷。这儿却什么也没有，只靠着作者的一双慧眼和一枝长于白描的妙笔来创造天地，真可算是奇中之奇了。大约是有见于此，司各脱读过这书三遍之后，在日记上写道："这位妙年闺女具有刻画复杂的情感事件和日常生活中的人物的能力，这是我生平所遇见的最奇妙的一种才情。雄浑喧嚣的调子，我跟一般人一样，也会演唱；但这种靠着描摹和情趣的忠实而能使凡庸卑琐的人物与事件妙趣横生的精致艺术手腕，却是我所没有的。如此天才却死得这么早，真大可惜了。"

『欧也妮·葛朗台』及其作者

　　欧洲文学史上有两位同样写小说，同样生在十九世纪初叶，而性格又颇相似的作家，这便是巴尔扎克和狄更斯，这两位无论在优点或缺点方面，都有许多共同的地方。他们的优点是精力弥满，善创作，富想象，作品来得容易，人物的范围和数量更大得可惊。他们的缺点是乱头粗服，文字欠斟酌，感觉不够细致，写实中屡入浪漫作风，不会描写上层阶级。自然，同之中还有一些区别。大体说来，狄更斯的笔墨要比巴尔扎克的精巧一点，巴尔扎克的规模也远比狄更斯的阔大。仔细研究起来，这两位还有个绝大不同之点。他们虽都以揭发社会黑暗为职志，而彼此的人生观却背道而驰。狄更斯尽管做出种种嬉笑怒骂、痛哭流涕的样子，心里却是老实相信公道自在人心，为善无不报，这世界到底会自动止于至善的。巴尔扎克没有那么乐观，他的《人间喜剧》好像只是一出毫无意义（因此不配叫做悲剧）的残酷的闹剧。这《喜剧》的收场跟狄更斯作品的收场恰恰相反，不是恶人失败，善人得到最后胜利，而是恶人胜利，善人吃亏到底，或者善恶同归于尽。他们的人生观何以如此悬殊呢？笔者在评论狄更斯一文里曾指出一个事实：作家在作品中所表现的人生观每为其生平遭遇所左右。狄更斯二十五岁以后，名利双至，到老不衰，所以作品中不期而然地流露出乐观的态度来。这种看法用在巴尔扎克的作品上也一样可通，巴氏的"悲剧"跟他的身世是大有关系的。不信，且来看看他的传略。

一七九九年五月十六日，巴氏生于法国西部的都尔城。他父亲由辩护律师转而为军粮官，于一七九七年娶巴氏之母，美而有才，生二子二女。巴氏行一，诞生后即寄养人家，到四岁才领回。七岁时他又被送到峰多谟（Vendome）市一家学堂去做寄宿生，一直住校，到十四岁才回家。翌年父亲带他到巴黎去读书，到了十七岁，他的普通教育便结束了。在求学期间，他的成绩并不优异，但似乎看过很多的书，因为除这时期外，他一生没有多少看书的时间。接着父亲命他到巴黎大学去学法律，并在一位证官和一位律师的事务所里实习了三年，二十岁那年他领到了执照，父亲便叫他作开业律师，他却不肯从命，说自己要依赖写作过活。这时他一家人迁离巴黎，父亲只给他一点点的生活费，叫他住在顶楼，要以艰苦的生活逼他屈服。他自恃体力顽健，意志坚强，不断奋斗下去。他先动手写悲剧，出产了一部不受重视的《克伦威尔》；后来开始写小说，短短四五年间出版了一大堆无人过问的东西。一八二五年到一八二八年之间，他转移精力去经营出版、印刷和铸字的业务，结果负了十万佛朗的债。这债务直接使他忙了十年，间接却叫他苦了一世。在避债的期间内，他又下手写小说。一八二九年出版的一部摹仿司各脱的半历史性的小说叫他出了头，于是真正的文学事业便开始了。以后的二十一年间，他的事迹可分三类来叙述。第一，在事务方面，他永远摆脱不了债务，往往旧债未了，新债又来，他想钱想得头脑发昏，常作盲目的投机。例如，一八三八年他到撒地尼亚去，想从罗马人遗留下的矿渣中淘出白银来，结果自然白耗资本。他又爱旅行，收集古董，和在已排好的稿件上重新起草，这些都使他增加亏累。他有时也想做官，曾参加过两次的议员竞选，结果没成功。第二，在写作方面，他真是勤快极了，除司各脱外，没有第二人比得上他。他的习惯是每天午后六时吃了一点东西便上床睡去，夜半起来，靠着大量浓烈咖啡的支持，一页又一页的写着，直到次日中午甚至午后。连续工作十六小时，在他是常事。他的作品往往写了又写，最后定稿有时可比初稿多出三倍，这些都是在校样上添进去的。第三，在友谊和爱情方面，他比较还算顺利。他是个和蔼不过的人，当代法国文豪，自雨果以下，都跟他要好。同胞中他最爱大妹妹罗儿（Laure），常跟她通信。他死后，这位妹妹给他作传。他认识一个波兰籍的贵夫人，名唤韩斯加，他俩通了十八年的信，最后于一八五〇年三月在乌克兰结了婚。但是同年八月十八日，巴氏却因积劳成疾逝世于巴黎寓所。

正如一位批评家所说:"巴尔扎克的一生说明了他的作品。"因为他坎坷了一世,他的作品无形中便染上了悲观色彩。跟狄更斯相反,他不肯相信我们的世界是一切可能有的世界中之最佳的。这儿并没有狄更斯小说中常见的十全十美的人物,熙来攘往、摩肩接踵的只是些守财奴、浪子、凶手、寄生虫、恶棍、被压迫的妇女。穷困潦倒的工匠,以及被子女们遗弃的老头儿。这儿也并没有什么可歌可泣的事,铜臭和罪恶笼罩了一切!所谓《人间喜剧》便是由这些集合而成的。一八四二年巴氏初次想起用这个名目来称呼自己全部已成和未成的作品。他把这些作品分作三大类:生活的场景(包括私人的、外省的、巴黎的、政治的、军队的、乡村的诸部门),哲学的研究,分析的研究(附注:《人间喜剧》有意摹仿《神曲》,这儿的三大类恰等于《神曲》中《地狱》、《净界》、《天堂》三大部门)。依巴氏的原定计划,全部《人间喜剧》应包括一百三十三册各自独立的小说,对象为整个法国上中下三层社会。最后由于年命的限制,未克如愿以偿,只完成了五十余册,但即此已足惊人了。

这五十余册作品并非全体都是杰作;从时间上看来,这也不可能。假使用诗人来作比,巴尔扎克该是"七步成诗"的曹子建,而决不会是"二句三年得"的贾浪仙。他不特不喜欢,实际也没工夫"苦吟"。斯脱采(G.L.Strachey)在《法国文学纪要》一书中有一段很精彩的描写:"在不可克制的才力激动之下,他(巴尔扎克)狂热地、拼命地写着。他的意象一群一群生动密集地蜂拥到他身上来——最荒诞的幻象和最有生气的实感乱糟糟地混在一起。他并不想去别择;

他唯一关心的是想个法子把它们全部倾倒出来：好的、坏的，或无所谓的，这算什么？这许多东西挤在脑海里，必须把它表达出来，如是而已。"在这种情况下，他的艺术工夫自然不会达到完美的阶段，于是严格的批评家便纷纷给他列举"罪状"。综合他们的意见，大体不出下列三点：第一，巴尔扎克是个粗才，只会描写丑恶的、不愉快的东西，娇嫩的、精妙的他根本捉摸不到，因此他不会了解真·奥斯登和亨利·詹姆士的作品；第二，他始终摆脱不了浪漫的气味，他的作品，无论在人物或情节方面，每每夹入低级的传奇性作风；第三，他的文字太不讲究，一句接一句，跟堆石头似的，笨重得很。可是，另一方面，他们又同声称赞他具有极敏锐的现实感，而且大气磅礴，为生民以来所罕见。平心而论，这些评语都不错。本来像巴尔扎克那样性格的人，在文学写作上，似乎也只宜粗而不宜精，宜写实而不宜浪漫，天才到底还是人类，在能力方面，原不必求全责备的。

巴氏作品中最得好评而且最为我国人士所熟悉的，要算《高老头》和《欧也妮·葛朗台》这两部。就中《高老头》一书仍带着若干传奇的因素，《欧也妮·葛朗台》则几乎白璧无瑕，大可闭住批评家的口。这书是关于一个守财奴的，故事如下：

主人翁葛朗台出身木桶匠，由于努力和机警，中年以后手头渐渐充裕起来。法国大革命时代，他凑集了一些现款，从共和党人手里买到了索漠地区内最肥沃的葡萄园和其他产业。后来，时势造英雄，他居然做了一任索漠城的市长。拿破仑登台后，他的官职是被削了，但他的葡萄出产已很可观，何况同时又继承了三份遗产，得失相衡，命运之神还是向他微笑着的。他家中只有一妻、一女、一女仆。故事开始时是在一八一九年十一月中旬的一个晚间，那天是欧也妮小姐二十三岁的诞辰。这时她父亲年已七十，家产达五六百万佛郎。葛朗台先生不好交游，家虽富有，门庭却冷落得很；但时常跟他来往的也有两家。一家叫克罗旭，包括叔侄三人：侄儿是本城的地方法院院长，一个叔叔当证官，还有一个是神父。另外一家叫格拉桑，包括一对夫妇和他们的儿子；格拉桑先生是本城最有钱的银行家，他的儿子阿道夫则刚从巴黎学毕法律回来。这两家人怀着同一的企图，三十三岁的克罗旭院长和二十三岁的阿道夫都想向欧也妮小姐求婚。这天晚上他们各带着礼物到葛府来祝寿，正在打着牌，门外忽然传进了一阵响亮的敲门声。进来的是新从巴黎到此的主人翁的侄儿查理·葛朗台。这位衣冠楚楚的美少年的出现，叫全场的外省人损了颜色，同时也使欧也妮小姐一见倾心。然而，随着这花花公子降临的却不是什么好消息。从交他带来的一封信里，葛朗台先生知道他的在巴黎干葡萄酒生意的弟弟此时已因破产而自杀了。这是封遗书，把儿子付托给哥哥。当天晚上葛朗台先生一声不响，不让客人和家人猜出他心中的秘密。第二日他才把噩耗传给他的妻女和查理。欧也妮早已爱上她的堂弟，在悲哀中他们的情感日益加深起来。几日后，查理为了重造家业，动身到东印度群岛去。行前欧也妮悄悄地把每年元旦和她生日父亲给她的金币全数赠给查理做盘缠；查理也把母亲给他的一个金质化妆匣，连同他父母的两张画像，留给她做纪念。堂弟去后，欧也妮的生活又回到单调寂寞中去。但她的秘密终于被父亲发觉了，由于金币的丧失，葛朗台先生把他的女儿禁闭起来，只许她用面包和开水做食粮。他的太太惊恐成疾，不能起床，半年后她的女儿虽得解放，她自己再过几个月却悠然长逝了。接着她的丈夫也归了天，让欧也妮承受了一千七百万佛郎的遗产。欧也妮一直在等着查理的消息，七年后的某一天查理的信来了，婉转地告诉她：旧情不可复，他已发了财，并且决定跟一位贵族小姐结婚。欧也妮的回答是，央请克罗旭院长到巴黎去，替查理清偿他父亲欠下的一百五十万佛郎的债务，然后在一个很奇特的条件（只许作名义上的夫妇）下，跟这位院长结了婚。不到几年，名义上的丈夫又溘先朝露了。欧也妮的财产虽然越来越多，心上的愁云却愈积愈厚。她的生活还是跟做女儿一样清苦，唯一的伴侣是父亲手中用过四十年的女仆拿侬。

这书情节简单，意义尤为单纯。主要的人物只是一父一女，父亲代表金钱，女儿代表爱情。书中有一处说得明白："那天夜里父女们都计算过自己的财产，父亲要去售卖他的黄金，女儿要把黄金扔在情海之中。"结果呢？父亲的元宝日日进门，临终时积聚了一千七百万佛郎。虽然哲学地说起来，还是空着手来，空着手去，但生前"求仁得仁"，总可算得称心如意了。女儿为了爱情，吃了半年禁闭的苦，牺牲了一位慈母，又眼巴巴地等了七年，到头却扑了一个大空！这世界原是金钱主宰一切的，作者说得明白："我们的时代，主要的是金钱在社会和政治方面，充任立法者的时代。"所以，一个不懂世故的花花公子，经了一番磨折之后，也会为着财势去跟一个生得相当丑陋的女人结婚（他全然不知他叔父有多少财产）。这书彻头彻尾脱不了"钱"。葛朗台辛苦一世是为了"钱"；他的弟弟自杀了也是为了"钱"，克罗旭、格拉桑两家的人不断到葛府来勾心斗角是为了"钱"，最后克罗旭院长甘愿作名义上的丈夫也还是为了"钱"。唯一不爱钱的是欧也妮，然而她失败了，这是作者的经验使然，这是现实的环境使然！

就结构来说，这书是《人间喜剧》中最完美的一部。这儿没有插曲，没有闲文，一切神秘的事件、热闹的场面，以及不必要的人物，全都剔除。全书清清楚楚地分作三部：欧也妮二十三岁生日以前是第一部，从查理出现到远行是第二部，以后是第三部。论分量，前后两部占全书三分之一，中间一部占三分之二。论时间，前部泛述几十年间的往事；后部历时十年，中间一部仅叙十日左右的事情。因此，全书的重心无疑地是落在中间一部。这里，作者借着父女俩的想头、行径来烘托出书中的意义，父亲是千方百计在弄钱，女儿则一心一意为着堂弟；现实和理想的斗争没有比这里演得更淋漓尽致的了。

这书人物不多，写得最成功的自然要算那位守财奴。作者虽以他女儿的芳名来作书名，并且加意描写她，似乎要打破自己不能描写少女的纪录，但比起她的父亲来，欧也妮的性格却仍显得单薄、虚幻，没有多大色彩。才力的限制原是无可如何的。作者从各方面刻画葛朗台，他的吝啬、冷酷、沉着和老谋深算，无不写得刻入周到。他毫不夸张，只是依情据理，把一桩桩具体的事件累积起来，结果一个可恨而又可畏的守财奴形象，便从纸上活生生地跳出来。写守财奴而能使其可畏已不容易，这儿的葛朗台先生似乎又有几分可敬，因为他有着钢铁般的意志。

　　但是，巴尔扎克的技巧最值得注意的却是背景的描写，这书的第一部全体致力于此。作者先详详细细地把索漠城内一条街道像摄影般记载下来，然后挨次介绍葛朗台（他的过去的历史、现在的状况、性格、习惯、外表和家庭）以及克罗旭、格拉桑两家的人，接着把葛公馆内外部同样精细地描写一番，最后介绍这家的女佣人拿侬，于是故事便开始了。这种写法有两层道理：第一是借背景来反映人生，这一点读者自会看出，无须细说；第二是有了背景，后面便可省去许多解释和困难。举例来证明，克罗旭院长和阿道夫追求了欧也妮好些时候，并没听说有什么反响，查理·葛朗台一来，她便大动芳心，这除了用背景来解释外，还有什么更圆满的说法？这书的事实本就不多，第三部中查理的信未来以前，除葛朗台夫妇的逝世外，根本没发生过什么事情，然而时间却有七年。这该怎么办呢？作者只轻轻地交代了一句"五年过去了"。这在别人的作品里绝对通不过，读者会立刻感到草率的，但在这里却很自然，因为作者早在背景的部分里，叫我们领会到葛朗台公馆里的生活是如何的刻板单调，别说五年，便是五十年，也可一笔带过。背景的描写有此功效，这就不能不使你佩服作者的灵心妙手了。

　　雨果曾以"精于观察和想象"一语来赞颂巴尔扎克。巴氏的不可企及处似乎尤在于他那空前的观察力，这种力量使他对现实世界具有一种超人的感觉。他和雨果的不同处便是一个只宜作诗人，惯会在三十三天上飞行，一个却是天生的小说家，越近地面越有精神。这就说明了为什么同样以现实作题材，雨果的《悲惨世界》只是一个缥缈虚幻的影子，而《人间喜剧》中许多作品却是有生气能活动的肉身。

『咆哮山庄』及其作者

文学作品好比婴儿,在普通的情形下,总是常态的居多,但有时也会出其不意地来个"怪胎"。这怪胎的出现,一般人自然极感惊奇,其实细加研究,原因还是不难追寻的。我们试以《咆哮山庄》为例。这书在小说史上真可算得一个"怪胎",它不大像小说,尤其不像女人笔下的小说。正如森次巴立(George Saints buny)所说,这是"空前绝后书之一"(见《英国小说》*The English Novel*);又如奥里佛·厄尔顿(Oliver Elton)所说,这书"突出于同时代的小说之间,仿佛一座墨黑的火山孤岩矗立于公园区或果园或郊野之间"(见《一八三〇至一八八〇年英国文学史》*A Survey of English Literature 1830—1880*)。

以情调来说，这书似乎更近于浪漫诗人所作的叙事诗——例如，柯尔利治的《古舟子咏》。它跟迦茵·奥斯登的小说恰好成个对照。奥斯登小姐是个标准的闺秀，温柔，精细，而富于机智。翻开她的作品，仿佛踏入一座暖日轻风、花香鸟语包围下的小村，充耳接目都是阴柔之美。《咆哮山庄》则是纯粹"得于阳与刚之美"的作品；黑云翻墨，雷电交加下的荒山幽谷，可以借来比拟这书的世界。这样一部硬性的小说会出自一位闺女之手，难怪世人惊讶不置；但在熟悉作者身世的人看来，这"惊讶"又似乎大可不必。原来这书是天、地、人三个因素的总和；它是作者先天的气质，加上所处地域的特性，再加上后天的人为环境的总结果。让我们先来察看作者的身世。

爱密莱·白斯特生于一八一八年七月三十日，她父亲名巴特里克，本爱尔兰人，于一八〇二年负笈剑桥大学的圣约翰学院，毕业后便终身服务于英格兰北部的约克郡。一八一二年他跟盆赞斯港（属英格兰康瓦尔郡）一位商人之女玛利亚·布兰威尔女士结婚，前后生五女一男，爱密莱行五。从一八二〇年起，巴特里克任牧师于岐司力（Keighley）市附近的和卫司（Haworth）村，这便成了他们一家人永远居留之地。翌年九月，爱密莱的母亲——一向都是抱病的——因癌症逝世了，她父亲便请他的小姨伊利莎白·布兰威尔女士来帮他料理家务。六个小孩子都有着早熟的现象，先由父亲自己来课读。一八二四年他陆续送四个年纪较长的女儿肄业于一家专为牧师之女而设的寄宿学校，那儿膳食既恶劣，管教又过于严厉，一年后两个最大的女儿竟因此遭了夭折，爱密莱和她的姊姊夏罗蒂便退学还家。就此四个孩子又由父亲和姨母来共同课读，他们还自动从事写作。一八三一年，夏罗蒂单独在罗兹柏立市的一家女子学校里，读了十八个月的书。三年后（一八三五年）她回母校任教员，爱密莱和她的小妹安也到那儿去上学。爱密莱为了思家，只读了三个月，便自动退学了。一八三六年她到了哈黎法克市一家学校里去当教员，每日从晨六时至夜十一时不断工作着，这样经过了半年，终于又因苦苦思家，辞职还乡。以后几年间，她在家料理家务，她的两位姊妹在外边充任家庭教师（governess）。由于个性的关系，家庭教师的生涯对于他们不甚适宜，三个姊妹便决定自己创办学校。但这有一个先决条件：她们必须提高自己的外国语程度。于是，一八四二年二月，夏罗蒂和爱密莱便渡海到布鲁塞尔去求学。那年十月她们的姨母突然逝世，两个姊妹匆匆奔丧回家，爱密莱从此不再离开故乡一步。她的姊姊于翌年正月重临布鲁塞尔，一八四四年正月回来。她们积极进行开办学校，章程都已印就要发出了，可是没有一个学生来报名，全部计划终成泡影。百无聊赖之中，三个姊妹只好借写作来排愁遣恨。这时节她们家里又发生了一连串不如意的事情。她们仅有的一位兄弟布兰威尔，年少多才，本是举家所共宝爱的，出去谋生后竟染了恶习，先还不过挥霍钱财，后来居然跟一位比他大十二岁的有夫之妇发生暧昧的关系，弄得身败名裂狼狈回来。之后，他又拿烟酒来麻醉自己，父子间吵吵闹闹的，直到一八四八年九月他逝世时为止，一家人过着痛苦不堪的日子。同时，父亲患着眼病，随时有丧明之忧，这更增加了三个女儿的焦虑。一八四六年五月，三姊妹化名出版了一本诗集。这书叫她们花费了五十镑，却得不到什么反响。据后来的批评家们的意见，只有爱密莱所作的那些诗表现出真正的诗才，可惜她早死，倘天假以年，必能成为英国文学史上最伟大的女诗人之一。诗集的失败并没叫她们灰心，第二年三姊妹又各自出版了一部小说：夏罗蒂的便是那本大名鼎鼎的《简爱自传》，爱密莱的《咆哮山庄》则跟安的《阿格妮斯·葛累》合订成三卷问世。这三部小说中，只有《简爱自传》一鸣惊人，《咆哮山庄》和《阿格妮斯·葛累》并没得到好评，有些批评家甚至疑心它们都是《简爱自传》的作者未成熟时的作品。一八四八年布兰威尔的遗体刚下了土，爱密莱便跟着闹起肺病来。病势日深一日，她却无论如何不肯求医吃药，甚至不肯承认自己有病。直到逝世那天（十二月十九日）的早晨，她还挣扎起床照常做针黹，中午她却溘然长逝了，年仅三十。她死后不到半年，她的妹妹安又因病去世，最后只剩下夏罗蒂一人去侍奉老父。

以上所述只限于爱密莱一生的遭遇，也就是天、地、人三因素中最后的一个因素。这儿得进而说明她的性格和她所处地域的情形。关于后者，我们在前面曾两度提起爱密莱的怀乡病。事实上她一生离开家乡不过三四次，每次总是抱着这种病回来的。她跟本乡似乎结了鱼水之缘，片刻不能分离。要知道那地方的情形，只须翻阅加斯刻尔夫人（Mrs. E.C.Caskell）所著《夏罗蒂·白斯特传》（*The Life of Charlotte Bronte*）的开头二章。简单说来，和卫司村是个荒僻的地场，傍山而建，后面是连绵不断的原野和山岗，它给予人的印象是荒凉、寂寞和闭塞。这样的一块绝地偏能获得一位少女的热爱，夏罗蒂说过:"我的妹妹爱密莱酷爱原野。她想像荒地中最阴黑之处开着比玫瑰还要漂亮的花朵;而阴沉沉的山凹,在她脑中,也可变为伊甸园。"地方如此,人民的性格呢? 加斯刻尔夫人对于这方面的报导尤其详细,把它归纳起来,这地方土著的特性是:犷悍、粗暴、不求人、不好客、重实际、富机智、深仇大恨累世不忘、情感内蕴一发不可收拾等。

至于爱密莱本人的性格,这却不易确定,一位批评家说过:"她生前是一个谜,死后也还是一个谜。"她非常缄默,轻易不肯泄露自己,生平只跟她的妹妹要好,分别时常常通信,后来却把信札焚化了,所以连她的姊妹都不太了解她。话虽如此,她的特性仍可窥见一二。例如:她酷爱自由。夏罗蒂说过:"自由是爱密莱的鼻息;没有了它,她就要死亡。"她小时不爱上学,便是为了学校里的生活过于纪律化。她非常刚毅。有一次被疯狗咬了,她亲手拿烙铁去炙创口。又有一次,她单凭着一双拳头来制服一头猛狗。她要强得出奇,临终的一幕便是绝好的表现。据她姊姊的报告,她病中照常行动,姊妹们为了怕激怒她,甚至不敢注意她上楼时"疲乏的步伐,急促的喘息,连续的停顿"。

综合天地人三点来看,《咆哮山庄》一书出自一位女子之手毫不足怪,因为书中的一切实在只是作者的个性、环境和平生遭遇的反映或变相的反映罢了。这书绝大部分是以书中人物转述的方式来表达的,故事如下:

在英格兰北部的一座山村里住着一家人,那屋子的名字叫做"咆哮山庄"。一天,老主人恩萧先生动身到利物浦去。三日后他回来了，随身只带着一个又脏又黑的吉卜西孩子。据他的解释，这孩子是个弃婴，丢在利物浦街头，没人肯收养的。他给孩子取名希兹克利夫，非常钟爱他。这却引起家人的嫉恨，尤其是他的儿子兴德来。希兹克利夫天生一副坚忍的性格，挨了兴德来的虐待，从不眨眼和流泪。但如有所要求，便非达到目的不可。后来兴德来出外读大学去了，家里只剩下老父和妹妹凯撒琳。凯撒琳的性情跟希兹克利夫的如出一辙，这一对孩子便打得火一般热。几年后老头子逝世了，兴德来带着他的新婚夫人奔丧回家。从这时起，希兹克利夫交了厄运——他突然从小主人的地位降到仆人的地位去了。但他并不伤心，因为凯撒琳跟他照常要好。一晚上，两个孩子悄悄地跑到邻近的鸫翔田庄去窥探，凯撒琳的脚踝被一头猛狗咬伤了，那家主人林顿把她留在家里医治，而把希兹克利夫驱逐出门。五星期后凯撒琳伤愈回来，气派跟从前大不相同，她成了林顿的文雅的儿子哀德加追求的对象了。就在他们订婚那天，希兹克利夫无意中听见凯撒琳说他"下贱"，当天便悄然远行。三年后他重来故地，凯撒琳已归哀德加，失望之余，决心复仇。他先回到"咆哮山庄"，那儿的情形已发生重大变化。丧失爱妻的兴德来万念俱灰，连儿子也懒得去管，天天喝酒赌钱，过着昏天黑地的生活。他看见希兹克利夫囊中有金，便请他住在家里。这坏蛋因利乘便，以借钱供给赌本为手段，把兴德来的全部家产抵押过来。这还不够，他又把兴德来从前对待自己的方法，变本加厉地还敬到他儿子哈来顿的身上去了。他不让那小孩读书，教他用粗话骂人，竭力使他下流。这一家终于毁灭在他魔掌之下！于是，他掉过头来对付林顿一家。他千方百计求见凯撒琳，逗起她的旧情，逼着夫妇俩发生误会。一次大吵闹之后，凯撒琳积愤成狂，患起脑膜炎来。正在举家忙碌之际，希兹克利夫觑个方便，把哀德加的妹妹伊萨白拉拐走了。两个月后，凯撒琳的病刚有转机，那坏蛋又寻个机会跟她会见。病人经历了一连串紧张、惶恐的场面，神志重复昏迷。当天夜里她生下一女，两小时后自己便悠然逝去。她的哥哥兴德来，在她死后半年，也因经不起希兹克利夫的磨折，终于以酒自戕。他的儿子哈来顿从此正式成了那恶魔手下一名忠实的奴才！这时伊萨白拉小姐正在地狱中过着日子，她一入希兹克利夫之手，便百般遭受凌辱。最后，就在凯撒琳埋葬的翌日，她肚里带着一个孽种，逃出虎口，躲到南方某地去了。十三年后她病逝他乡，遗命要她哥哥照管她的孩子。孩子取名林顿，一下地便是个多灾多病的小东西。哀德加仆仆风尘好容易才把林顿接回家里，希兹克利夫却当天就派人来硬把他抢走了。之后，他一心一意要勾引哀德加的活泼女儿凯撒琳，去跟自己那半死的儿子结合。恶魔的神通毕竟广大，天真烂漫的凯撒琳会自投罗网，三番五次偷跑到咆哮山庄去看她的表弟！末了，希兹克利夫放出魔手来，把凯撒琳扣在家里，硬要她跟林顿结婚。她父亲早已衰病缠绵，不到几天便死去了，鸫翔田庄的财产于是也归到希兹克利夫手里来。本来半死的小林顿，婚后不久索性一命归天，让凯撒琳做个孤孤伶仃的处女寡妇。恩萧和林顿两家至此只剩一男一女，而且都在希兹克利夫魔掌里，他要扑灭他们，真是易如反掌。但他忽然感到幻灭，渐渐地神志恍惚起来，死去将近二十年的凯撒琳影子不断在他面前出现，诱引着他，困恼着他。终于，绝食了四天之后，在一个大雨倾盆的夜里，他脱离人世追寻他的凯撒琳去了。剩下的一男一女自然是命里安排来要演喜剧的，他们由相憎变为相爱，最后成了佳偶。

一点不含糊，这书所反映的全是作者身边的现实，书中的吉墨顿村实际就是和卫司村；书中的人物多半也就是作者日常所常见的男女；希兹克利夫的特性有一大部分便是作者自己的特性，如坚忍、倔强等。自然同之中也有不同，我们没理由相信希兹克利夫性格中凶狠恶毒的部分，也是爱密莱小姐所具有的。为了这，她的姊姊曾代她表示歉意。但这只证明夏罗蒂不曾了解她的妹妹，因为希兹克利夫特有的那些性质，正是爱密莱渴望获得的性质。假使说米尔顿真的同情他笔下的撒旦，那我们更可确信爱密莱十分敬仰她自己刻画出来的恶魔。这"敬仰"是有缘由的，以一个渴望独立、自由的倔强女子，偏偏遭逢一辈子摆脱不开的贫困、疾病和失败，三十年的日子全给笼罩在愁云残霜之下，你叫她怎不私念希兹克利夫式的排山倒海的性格？

对于上述的看法，这儿有个很好的证明，书中人物，除了希兹克利夫外，全无足取。林顿一家，软弱无能，固然不值得同情；兴德来兄妹性格虽较强，但反复无常，自找烦恼，实在也并不高明。我们读此书时，觉得有一种说不出的"讽刺"情味。那些牺牲在希兹克利夫手下的人几乎全是自投罗网的；兴德来的毁灭是由于引狼入室，伊萨白拉的失身是为了作茧自缚，小凯撒琳的陷身虎口则更明显地是明知故犯。最妙的是书中唯一好人丁太太，她处处想做好，却处处给人带来灾祸，把希兹克利夫带送鸫翔山庄的是她，实际害死凯撒琳的也是她，最后让小凯撒琳从容落入魔掌的则更完全归她负责。她一忽儿同情希兹克利夫，一忽儿又转而同情她的敌人。作者似乎有意给我们勾出一副脸谱，叫我们看看世间所谓"好人"的真面目！

这书的写作技巧有其可取的地方，也在其可笑的地方。作者让十分之九的故事从丁太太口中述出，当然有其作用，这一来上下几十年的事情可以专挑紧张有趣的来报告，其他的则可采取"无话则短"的办法一跳就是十几年，而并不显得不自然。还有，作者在卷首借着房客拜访主人为题，先把"咆哮山庄"里面乖厉不祥的气氛一笔描出，然后让倒叙的故事去说明它，这自然也是一种聪明的手法。

但这种写法本以取信，结果却不免今人疑心，丁太太干脆等于希腊悲剧中的歌舞队，是作者故意安排在那里的！书中有好些地方，说故事人的话跟人物的话夹在一起，很难分出那些话是谁说的。遇到说故事的人根据别人的报告来转述时，则更纠缠不清，显得作者有点手忙足乱，间接叙述法的弱点拖出尾巴来了！

不过，这书的生命并不建立在它的技巧上面。我们只能说这是一部天才的作品，一气呵成，矫健到底。作者有那么一股原始的情感，把这书直从劳克伍德在山庄惊梦起，到希兹克利夫死后显灵止，全笼罩在它底下，叫我们越读越起劲，仿佛着了迷似的。这绝对不是单凭艺术和技巧所能成功的！讲我们引用安诺德（Matthew Arnold）称赞作者的话来结束本文：

"自从拜伦死后，她的心灵，在伟力、热情、烈性、深愁、大胆诸方面，绝无俦侣。"

『名利场』及其作者

　　十九世纪中叶，英国文坛上出了两位杰出的小说家：一位是举世闻名的狄更斯，另一位是较为寂寞的萨克莱。这两位各有一副动人的姿态。狄更斯像个宗教家，背着一面人道主义的大旗，站在十字街头说法，想以苦口婆心来挽回世道人心。萨克莱则俨然一个鲁克理细阿（Lucretius）派的哲学家，专门坐在十八层楼上的沙发里，俯看拖泥带水、蝇营狗苟的人群，顺便发出几声感慨，或来个会心的微笑。这两副姿态尽管冷热迥殊，认真说来，却都不值得刮目相待。狄更斯的人道主义，我在《〈大卫·高柏菲尔自述〉及其作者》一文中曾经评论过了。萨克莱的哲学，表现得最彻底的，自然要算他那一部《名利场》。关于这，我们留在后面再说。这儿要郑重指出的：这两位小说家的真正价值并不在于他们作品中的"主义"和"哲学"，而只在于一个为贫民请命，一个给贵族拆台。当举世醉心于司各脱的历史传奇之际，狄更斯首先以全力来描写低层阶级的悲惨生活，把人们的注意力，从骑士制度的迷梦中，唤醒到活生生的现实世界里来，这是他的不朽之功。同样的，当封建制度方始崩溃而上层阶级的生活仍很神秘之际，萨克莱首先把贵族腐烂丑恶的面目毫不留情地暴露出来，使人们对它不复存着幻想，这也是一种不朽之功。二人致力的方向相反，而彼此却有异曲同工之妙。原来他们都是出身中等阶级的：一个中间偏下，所以跟贫民比较接近；一个中间偏上，所以更能了解贵族。让我们来看看萨克莱的身世吧。

一八一一年七月十八日，萨氏生于印度的加尔各答城。他父亲和祖父都是一辈子供职于东印度公司，曾祖父当过著名的哈洛学校校长兼萨立郡副主教。萨氏五岁丧父。他母亲于丈夫逝世的翌年，把儿子托人送回本土后，便改嫁给一个陆军少校。这孩子从此由一位姑母来抚养，先在罕布郡和赤斯威克两个地方的学校里读了几年书，然后于一八二二年转入著名的 Charterhouse（公立学校兼养育院），直到一八二八年才毕业。在校时，他成绩平平，但在作讽刺诗和滑稽画方面，却表现了一点天才。一八二九年二月，他进了剑桥大学的三一学院，在那里只逗留了一年半，惟一可纪念的是在一份叫做《势利鬼》的刊物上，发表了一首拿正经题目来开玩笑的诗。一八三〇年九月，他到欧洲去，在威马城遇见垂老的歌德。翌年夏天，他承受了一笔年入五百镑的财产，但在两年当中，却把它弄光了。
这里面有的是被银行倒掉，有的是自己打牌输掉，还有一部分则是由
于办刊物亏了本。他办的一份刊物叫做 *The National Standard*，是个
周刊；他自己撰稿兼作画。这刊物的寿命还不满一岁。这时节他还
曾到巴黎去认真学过画。一八三六年他又鸠集资本办了一份日报，叫
做 *The Constitutional*，他自任驻巴黎的通讯记者。这报纸也只维持了
一年多。同年四月二十日，他在巴黎英国大使馆跟伊萨伯娜·萧小姐
结了婚。由于夫人身体孱弱，他俩于一八四〇年便开始分居。从此萨
氏领着两位女儿，鳏居一世。一八三七年萨氏自巴黎返伦敦。以后
的十年里面，他陆续在《佛来塞杂志》(*Fraser's Magazine*) 和《笨拙》
(*Punch*) 周刊上发表了无数的杂文、随笔、故事、小说。这些自然多半
带着讽刺性，但并未得到广泛的注意。一八四七年正月，他的《名利
场》开始分期发表，初时的反映并不甚佳，十期以后才引起骚动，到了
全部问世时 (一八四八年)，作者的声誉已飞升到可以跟狄更斯对抗
的地步了。接着他又写出四部长篇小说和其他文字，并曾到美国去作
过两次讲演。他逝世的日子是一八六三年十二月二十日。

这儿有一个日子值得注意，便是《名利场》全部出世的年份——
一八四八年。这是欧洲史上顶热闹的一年。从这年起，资本主义代
替了封建制度。换句话说，"碧血"的贵族被铜臭的商人压倒了。这
部杰作在这一年成书真不是偶然的，因为照我们的看法，这书的主要
意义便是在给岁暮日斜的上层阶级画脸谱，让我们看看所谓"贵族"
都是些什么样的人物。同时他也给我们抹出了几副暴发户的嘴脸，

让我们认识认识这未来历史的中心人物。很多人把这部杰作当作普通谈情说爱的小说来读,这实在是重大的错误。我们不要忘记,萨克莱在开始写小说之前,已经是个很成熟的讽刺家了。好讽刺是他的天性,他决不会把恋爱故事看作比讽刺更重要的。明白了这一点,我们才好注意这书的故事和它的写作技巧。

这书借着两位女孩子在二十年里面的经历,来反映出当时欧洲社会的情形。故事开始时,我们看到两位少女从一间女塾里出来:一位是出身寒微、秉性恶劣的利百加·沙浦小姐,另一位是娇生惯养、漂亮温柔的阿米利亚·包德雷小姐。利百加孑然一身,孤苦无依,这时随着阿米利亚回家去。阿的父亲是个富商,她哥哥约瑟新近才从印度回来。利百加一见约瑟,便千方百计向他追求。快要到手之际,却被阿米利亚的未婚夫乔治·奥兹本中尉暗中给破坏了。乔治是个十足的公子哥儿,除漂亮,肯花钱之外,毫无足取。利百加追求失败后,便到一位老爵士璧德·克罗利的田庄里去当家庭教师。这位爵士本来是十分乖僻的,却经不起利百加的媚惑手段,竟迷上了她。不久,爵士的一位拥赀七万镑的妹妹克罗利小姐也到乡下来了。凭着尖口利舌,利百加居然也有神通巴结上了这位非常难以取悦的老处女。于是,当克罗利小姐回到伦敦去时,她硬要把利百加带走。这时这个诡计多端的少女,暗中正在跟璧德爵士的次男罗顿上尉发生恋爱。有一天,璧德爵士特地到伦敦来找利百加。他刚刚死了夫人,情愿跟她结婚。哪晓得这没福的少女,早于前一天私下嫁给罗顿了。这一来,不特利百加从此见不得克罗利小姐,连一向被宠爱着的罗顿也遭了他老姑母的弃绝了。这时我们的阿米利亚小姐正在患难之中——她的父亲突然破产了！他们一家人迁到伦敦一条穷巷里，赁屋而居，靠着她哥哥约瑟年津一百二十镑来过活。同时，她的未婚夫乔治奉着老太爷奥兹本老板的严令，不得再跟这赤贫的女孩子来往。他们的婚姻眼见就要中断了，阿米利亚芳心抑郁，几致魂销。多亏乔治的一位挚友窦萍上尉见义勇为，从中撮合，这一对玉人才得草草成婚。但乔治从此被老太爷厌弃，做了一文莫名的穷光蛋了。婚后，他们到布来屯去度蜜月，在那里遇见罗顿夫妇。旧友重逢，感情并不融洽。罗顿是个赌徒，常从乔治手里骗到一些现款；乔治则恋着利百加的媚态，把自己的新妇冷在一边。恰巧被放到荒岛去的拿破仑，就在此时卷土重来，大陆上又有了战事。这几位军官奉派到布鲁塞尔去听候调遣；他们便各自带着家眷同行。利百加在布城大出风头。滑铁卢大战的前夕，她在一位公爵夫人的跳舞会上，叫全场的男子如醉如痴地缠绕着她。阿米利亚却觉得非常寂寞，她独自坐在暗昧的角落里，睁眼看自己的丈夫在追逐利百加。翌日清早，男人们匆匆赴战场去了。利百加在旅舍里料理身边资产，预备丈夫万一阵亡时能够自力更生。阿米利亚则整日失神落魄，一心惟恐乔治死在战场。乔治果然一去不返——兵荒马乱中，一弹贯胸，叫他成了国殇。阿米利亚昏迷了六星期。这时全仗多情的窦萍照顾她，把她送回本土的娘家（她的公公根本没承认她）。不久，她生了一个遗腹子，便拜窦萍为干爹。窦萍又东拼西凑地拿出些钱来，交与孩子的母亲，假说是她丈夫的遗产。他这样好心实在是有原因的，原来他早就在热爱着阿米利亚了，很想开口求婚。无奈这寡妇一心只想念着亡夫，又把全副热情放在儿子身上。窦萍觉得时机尚未成熟，便随军开赴印度。正当阿米利亚守孀闺、抚孤儿、度着困苦寂寞的岁月之际，利百加却先后又在巴黎、伦敦大肆活动。她丈夫依然妙手空空，并且还在各地积下了还不清的债。但这些并不妨碍她的向上发展。仗着一身的聪明和机智，她在伦敦社会里越爬越高。她也有一个儿子了，却毫不爱惜，只一心一意交结贵人。终于有一天被他丈夫看出破绽来——她正跟一位红得发紫的斯台因老勋爵有着暧昧的关系。罗顿虽是个落拓不羁的人，却颇有几分志气。他当场把那位老不羞打了一顿，随后又登门要求决斗。经过旁人的调解，决斗的事没实现，罗顿却奉委到一个荒岛上当总督去了。失败后的利百加真是一落千丈！她流亡到欧洲去，到处受人排挤、鄙视。她还想挣扎，结果只落得在音乐院和赌场里过日子。她的朋友阿米利亚这时正渐渐地翻起身来。孤儿长大了，终于承继了他祖父一笔可观的遗产。她的哥哥和一别十二年的窦萍也联袂从老远的印度回来了。一个机会引诱着他们四个人到欧洲去旅行。在一个德意志的小邦里，他们见到狼狈不堪的利百加。这儿她做了仅有的一桩好事：把滑铁卢大战前夕乔治约她私奔的条子给阿米利亚看。这痴心的寡妇至此死心塌地答应嫁给窦萍。他们回国去后，留在欧洲的约瑟便成了利百加的又一个牺牲品。最后，阿米利亚又在生男育女，罗顿病死异域，利百加则拿着儿子的津贴金过活。

　　上面的故事很容易叫我们想起一句老话——"浮生若梦"。事实上，这就是作者的"哲学"。在这书的结束处，萨克莱感慨系之地捧出一句格言来——"空中之空"（Vanitas Vanitatum）！接着又提出一连串同样感慨无穷的问题——"我们之中有谁在这世界上觉得快乐？有谁得偿所愿？又有谁偿了之后觉得满足的？"这些真是道地的东方思想，在我国的旧籍中，随处可见，但在不大懂得达观的西洋人的作品中看到，不免觉得有趣。然而，这也只是有趣而已，并不值得重视。正如哲斯脱吞（G. K. Chesterton）所说：萨克莱哲学的毛病正在不成其为哲学，而只是一种感想，这种感想最易发生于未经哲学熏陶过的人的头脑中（见所著《狄更斯与萨克莱》一文）。哲学的职责乃在指示我们：怎样才算有意义的生活？我们应如何生活？盲目地否认一切生活，认为全无意义，这是满腔情感时的妄念，算不得合理的思想，更算不得哲学。

因此，作者尽管摆着哲学家的架子，我们却不必太注意他的"哲学"。值得注意的，倒是他的写作方法。在这方面，他跟狄更斯有貌似的地方，例如：范围之广、情节之繁、人物之多这几点。但也有截然不同的地方。简单说来，狄更斯是以浪漫的手腕来处理现实的题材；萨克莱则倒转过来，以现实的手腕来处理浪漫的题材。这自然跟他们的性格和处境很有关系，但这儿却没工夫来加以细论。关于萨克莱的写作方法，我们至少可看出两个弱点：第一，他太喜欢现身说法。古今中外的小说家里面，恐怕要算此公最不客观。他的小说如果有点像希腊悲剧的话，那便是作者不断以歌者的姿态直接跟读者会面。他不大瞧得起读者，老爱把他们当作小学生似的来耳提面命。

他自己说得明白:"当我们带出人物来时,让我以同类和兄弟的身份,不特要加以介绍,同时还要时常从讲台上踱下来,讨论他们……"他何以要这样做呢? 据说是由于担心读者会把书中人物错误的见解归到作者身上! 于是他便老实不客气地时常撇开正文,大发宏论,好让读者认识他自己正确的见解。他又很喜欢发感慨,书中遇着作者大呼"名利场"的处所,底下总有一段腐得发臭的陈年牢骚! 总之,他全不懂得含蓄!

第二,他太像历史家。跟托尔斯泰一样,他常把自己的小说叫做历史。但托氏惯用戏剧的方法来处理历史性的题材,而萨克莱则彻头彻尾用的是历史的方法。这可从几方面看出: 第一,他是有闻必录的。恰如毕赤(J. W. Beach)所说,他写小说"像一个旅行家一点不马虎地逐日把旅程以及伙伴们的行动记载下来"(见《二十世纪之小说》)。为了力求包罗一切,他每每不惜颠倒次序或打断脉络地来个补叙或插叙。他自己说过:"在本章内,我们的历史,必须以十分犹豫的样子,前后移动;把故事带到明天之后,我们还须立即回到昨天去,这样读者才能听到故事的全部。"这种手法的笨拙、无谓,稍懂得小说技术的人们自会看出,无待细说。其次,他很爱安插些历史式的文件,如家谱之类的东西。揣其用意,无非竭力要把稗官弄成正史的模样;但无故叫读者吞下许多和本文无干的累赘东西,这代价未免太大了。还有,书中叙述的部分远比对话的部分为多,戏剧性的场面更是绝无仅有。这一点的确是萨克莱的致命弱点。他之所以不及狄更斯走红,原因多半在此。世间爱看戏的人到底要比喜欢听故事的人多啊!

然而，从另一角度看来，萨克莱的不可及处也就建筑在这缺乏戏剧性一点上面。他虽比不上狄更斯的工于想像、创造，以及能哭善笑，他却比狄更斯更冷静，更富于现实感。小说的效用如只在供给读者一些离奇古怪的故事，以资消遣，那自然要推狄更斯为此道的圣手。假使说它的真正功能是在作为一面反映现实社会的镜子，那我们就要承认萨克莱手中的这面镜子比狄更斯手中的强得多了——它更明白、准确。拉博克（Percy Lubbock）论小说，有所谓"场面式的"（Scenic）和"全景画式的"（Panoramic）之别。《名利场》是第二类中的代表作，它是某一时代某一社会的全部写真。

末了，我们还得一提作者的人性观。在这方面，萨克莱却是古今中外小说家中最客观的一位。他跟狄更斯全然不同。狄更斯干脆把人类分作二型：天使型的和魔鬼型的。他笔下的人物全是所谓扁性格的。萨克莱没那么天真，他看人全用冷眼，因此被厌恶他的人唤作"犬儒"。这是天大冤枉！犬儒哪会有同情心？萨克莱则很明显地对于任何人都同情，只是同情之后不忘继以批判罢了。书中的两位女主人翁要是到了狄更斯手里，自然又是一个天使，一个魔鬼。这儿的"天使"，则除了性情温柔之外，全无足取，倒是"魔鬼"比较有趣，而且值得同情。细细想来，坐在十八层楼上冷眼静观的萨克莱，要比站在十字街头闭眼瞎说的狄更斯可靠一点。

论狄更斯的写作技巧

——『块肉余生记』的写作分析

此书原名《大卫·高柏菲尔自传》，林畏庐先生把它译作《块肉余生述》。迭更斯在自序中告诉读者："在我的所有作品中，我最喜数这一部。这是容易置信的，我对于自己想象力的每个产儿都很溺爱，世间没有一个人会像我这样热烈的去爱这些孩子。可是，正如许多溺爱的父母似的，在我心坎的深处，我只有一个娇儿。他的名字叫做大卫·高柏菲尔。"从这些话上面，我们可看出作者自己是如何的推重这部书。事实上，这也的确可算得迭更斯最得意的一部杰作，后代的批评家几乎无异议的承认了这一点。

这书是带着半自传性质的，大卫·高柏菲尔的许多经历实际就是作者自己的亲历。迭更斯一辈子忘不了他幼小时所受的种种委屈，他常在作品中描写穷孩子的苦况，便是拿自己来作根据的。这儿恰好有个机会让他痛快的发泄一下几十年前的牢愁，这跟他特别宠爱这部书恐怕大有关系。也是为了这一点，这书的情味和他别种作品的情味略为不同。他的优点在这里愈益显露，而他的缺点却多半深深的埋藏起来了！

所以我们在详细讨论这部书以前，必须先略究作者的身世和他作品的一般性质。却尔士·迭更斯生于一八一二年。他父亲名约翰，是个书记，共有八个儿女。这人家既贫寒，又不善理财，有一度竟因负债入狱，在这情形下，自然谈不到子女的教育。因此，却尔士年方八岁便被逼到鞋墨厂里去做工，后来虽得到解放，但始终没受过怎样充足的学校教育。他的所有关于文学方面的学识，都是靠着自己不断的努力去获得的。他曾当过书记，也曾做过新闻记者。一八三七年，他的第一部杰作——《匹克威克遗稿》全部问世后，他稳定的坐定了英国小说界的第一把交椅。这地位一直保留到一八七〇年他逝世时为止。这三十三年当中，他享尽了世界上文人所能享的一切幸福。除了家庭中稍有风波外，他真是无往不利，恰如他的传记的作者约翰·福斯德所说，成为"本世纪最受欢迎的小说家"。

因为自己出身寒微，迭更斯对于下层阶级始终寄予最大同情。他写小说不一定有什么重大的目的，但嘲弄压迫者和刻画被压迫者的惨状，却成为他执笔时排除不掉的双重任务。又因为他成功得迅速而彻底，他的作品便永远脱不了他所特有的"怪癖"。他有天才，也有毛病。他的天才是善"感他人之所感"，和长于描写性格。他的毛病是喜欢夸张，和故意歪曲。他应该是个写实主义者，却又不很纯粹。写实主义者是专以研究人性和表现真实的人生为职志的，而迭更斯却多少带着一点为艺术而艺术的普通小说家的性质。他的备受大众欢迎的，于是他便竭力来讨好大众，大众爱听情节离奇的故事，他的作品便以结构繁复巧妙著称，大众爱无端欢笑和流泪，他便忽尔诙谐，忽而伤感。大众爱讽刺，他的笔下遂也特多嘻笑怒骂的文字。大众喜热闹，他作品中人物的数目便动辄在一百以上。此外，如紧张的场面，恐怖的情绪，神秘的事件，都是大众所爱好的，他也能一一予以满足。总之，迭更斯的长处是精力弥满而滥用，精力却也成为他牢不可破的惯习。森次巴立曾把"细节上的极端真实和氛围上的非常不真实并合"一句简括的话来形容迭更斯作品中的世界，我们只须反复玩味这句话的含义，便能洞悉迭更斯小说的一般性质。

前面说过，《块肉余生述》一书的情味和迭更斯其他作品的情味略为不同，理由是这书的写实色彩比较浓厚。作者下笔写此书时，本意大约要尽量利用自己的经验作题材，无论情节，人物，都想力求接近人生，写到后面，他的"怪癖"又发作了。但全体看来，这书毕竟另有面目，和迭氏平常的作风不很一致。让我们来详细研究一番。

先来看看这书的故事。主人翁大卫·高柏菲尔诞生于他父亲逝世后六个月。他母亲年轻貌美，不甘守寡，便嫁给一个叫做墨斯吞的。这人冷酷无情，常常虐待大卫，逼得这可怜的孩子只能和他保姆璧各德相依为命。有一次，他跟璧各德到她以捕鱼为业的哥哥家里去。在那里，他认识了男孩汉姆和女孩爱默儿，这两个都是自小便被这渔夫收养的。大卫九岁时被打发到一家学堂里去，那校长名克利苦，是个魔王。在那里，他结交了一位名唤司蒂尔福斯的同学。过了一年，大卫的母亲终遭墨斯吞磨折死了，他自己也被逼停了学，到伦敦一间栈房里去做苦工。这时他寄居在一个潦倒不堪的斯文人密考伯家里，天天目击这一家人的窘况。后来，他因为过不惯卑贱的生活，便徒步逃到杜佛去投奔他的姨祖母妥洛务特小姐，从这时起，他交了好运。妥小姐送他到坎特布里城去跟大儒斯吞格博士读书，又把他寄托在律师威克菲尔家里。这儿他又认识了两个人，一个是威律师的爱女阿格妮斯，还有一个是他的书记喜朴。大卫从斯吞格博士处卒业时，年已十七。他决定当状师，便经人介绍到期本诺和约金斯二氏合办的事务所里去实习。这一来，他才有机会见到期本诺的女儿都拉。他正在热恋着这个天仙般的美女，一连串不如意的事情却接踵而来。首先是他保姆死了丈夫，他赶到那边去帮她料理丧事。他的朋友司蒂尔福斯竟趁着人们都在忙乱的时节，拐走了快要和汉姆结婚的爱默儿。他回到伦敦时，他的姨祖母又莫名其妙的破了产。经过重重打击，他立意从事写作，想藉此赚些钱来贴补家用。有情人终成眷属，大卫和都拉到底结了婚，那时他年二十一。婚后生活并不十分满意，因为都拉完全不懂料理家务。大卫正在发愁，意外的事情又发生了。威克菲尔律师的书记喜朴是个恶劣透顶的人，他每每利用主人酒醉糊涂之际逼令他签署伪造的文件。威律师经不起他的威吓，终于答应和他合伙。这之后，他更进一步，想大权独揽，他忽然看中了密考伯，便请他来作书记，并且逼着他去帮自己作非法的事。

那晓得密考伯天良未昧。一天，他悄悄的约好了许多人，当场把喜朴的罪行连赃证一起公布了；其结果，威律师恢复了自由和名誉，妥洛务特小姐也恢复了她那莫名其妙的失去的财产。然而接着来的却是一桩天大的祸事。

都拉死了！大卫伤心之余，决计到海外去旅行。动身以前，他先送走了一批到澳洲去求生路的人。这里面包括密考伯一家，渔夫璧各德，以及飘泊归来的爱默儿小姐。大卫在国外漫游三载，时时想念阿格妮斯。回来后，经他姨祖母的暗示和催促，便同阿小姐结为夫妇。佳偶天成，此后的幸福自然绵绵不绝。

这书的情节虽也相当复杂（上面的叙述只包括全书最重大的几桩事实），其中却并没有多少离奇的成分，不可思议的事情自然还不能免，例如：汉姆会因拯救司蒂尔福斯而致死；克利苦、喜朴，和列提摩竟能物归其类的在一处聚首。这些都是作者故意弄出来的玄虚，然而类似的怪事，书中究竟不多。全书除最后二章外，可分为四大部分：

（一）第一章至十八章，叙大卫诞生至十七岁学成时事。

（二）第十九章至四十三章，叙大卫就业及与都拉恋爱并结婚事（时年二十一）。

（三）第四十四章至五十三章，叙大卫婚后生活及都拉病死事（时大卫年二十三）。

（四）第五十四章至六十二章，叙大卫远行及续娶阿格妮斯事（时年二十六）。

第六十三章叙渔人璧各德，于大卫续弦后十年从澳洲回来，报告迁到那边去诸人的情况。最后一章，系尾声。略述书中人物的近状，藉以结束全书。

书名《自传》，实际除第一部分外，主人翁并非全书最主要的人物。书中和他的经历同样重要的，至少有下列各人的事：密考伯，司蒂尔福斯和爱默儿，喜朴和威克菲尔。次要的尚有下列各人的事：巴吉斯和璧各德，斯吞格博士和他的妙年太太，妥洛务特小姐和她的丈夫。因此，在结构方面，作者的技巧全在如何把这些不相连系的小情节贯串起来。这儿我们发现迭更斯行文时的一个大原则——多多变化。这原则用在处理复杂的情节时，便是错综排列。书中几个重要的小情节都不是一次述完的，作者的办法是把每个情节的始末分散在四大部分当中，使各部分都包含着这些情节的一鳞一爪。举例来说，作者先在第一部分中分别介绍爱默儿和司蒂尔福斯，继在第二部分中借个机会让他们聚首和淫奔，第三部分借列提摩口中述出他们淫奔后的情形，第四部分述司蒂尔福斯的惨死和爱默儿的远行。其他情节也是同样的拆开来叙述的。如何衔接，如何使各个情节不至混乱或遗漏，这是作者最费苦心的地方。我们必须反复细看，方能发现此中的奥妙。

关于结构，尚有一点应顺便提及：迭更斯最会用旧时文评家所称的"埋伏"的手腕。书中到处都有埋伏，例如，大卫小时和爱默儿在海滨玩耍，爱默儿不断做着"贵妇"的梦，这一节看似寻常。其实作者已给后来淫奔的事埋下一根线索。埋伏有两种作用：一种是预备将来容易接线，上面的例便属于这一类；还有一种是故布疑云。书中最大的疑云自然要算斯吞格夫人的事。这位少妇的贞节，直到最后她向丈夫倾诉一切时，才得水落石出。在这以前，作者一路上故意跟她捣鬼，因而疑云愈来愈黑，到了云开日出时，我们仿佛做了一场噩梦。书中疑云不止这一片，妥洛务特小姐的突然破产以及她和一个陌生男子时时接触的事，都应归入此例。疑云也有始终不曾拨开的，例如，司蒂尔福斯和达妥小姐的关系。本来布迷魂阵是迭更斯最拿手的一种戏法，但在本书中只用于小情节上面，这也是本书和他的别种作品不同的一点。

其次，让我们来看看这书的性格描写。书中人物，大小合计差不多有一百个，大多数照例是随举随弃，但紧紧握着的，至少也有二三十个。有些极不要紧的人物，如棺材店老板乌马却被作者三回五次的提起，这也可看出他穿插的本领。这些人物的性格范围极广；纯洁的如阿格妮斯，醒齇的如列提摩，简单的如迭克，复杂的如喜朴，各人的性格虽有深浅广狭的不同，表现出来却是一样的明显。这儿我们不得不承认《小说面面观》的作者福斯德的看法是正确的，他说："迭更斯小说中的人物都是'扁平'的，你们只能从正面去认识他。"我们试举喜朴为例。这人是个伪君子，按理最难识破。然而到了作者笔下，他仿佛挂着一面牌子似的，一见就可断定为何种人物。牌子有两种：一是语言，一是动作；迭更斯的习惯是这两种并用。喜朴见人，兜头一句话免不了是："咱是个非常微贱的人。"然后全身一扭，双手一搓，或者再来个露齿笑，这样，"伪君子"三字便刻在额头上了。再如密考伯和他的太太，这一对贫贱夫妻，每人都有一句口头禅。密考伯的是："如果有一天我发迹了。"他太太的是："我决不会离弃密考伯先生。"这两句口头禅恰恰代表这两个人，因为密考伯真的是一辈子在等着发迹，而他太太也确确实实不曾离弃过他。

写实派的作家不很赞成这种挂牌子的办法，他们认为这样刻镂出来的人物只是一种典型，而不是有血肉有个性的活人，活人决不会这样单纯的。这话也许很对，但用来批评迭更斯却不很适当。迭更斯的人物虽扁平，而却有生命。这跟作者的精力弥满当然有关，但一半也由于他对每个人物只注意一二点，所以写来格外深刻。福斯德说得好："几乎每个人物都可用一句话把他总括起来，然而我们却异样地感到这样精深的人情味。"

除了"扁平"外，迭更斯的人物还有一个特点，便是半真半幻。试以妥洛务特小姐为例。这位老姑娘一见驴子从门口经过，无名热火便要直冲天灵盖；偶然在伦敦过夜，总担心城里会着火，因而一夜不得好睡。诸如此类的怪癖简直数不清。全体看起来，她只好算怪物，那有半点活人的气息？可是，当大卫结婚后，深以都拉不肯料理家务为愁，想利用这位姨祖母去作"吓起鸦雀的草人"时，假使你曾坐在旁边，听她那一篇博大精微的训词，你必定会惊讶这位老姑娘的聪明睿智，这又明明是个饱经世故的活人，那像怪物？迭更斯笔下的人物每有一种魔力，令人对之神魂颠倒，个中奥妙全在这"半真半幻"四字上面。

但是，不扁又不幻的人物，书中也并不缺少，主人翁自己便是一例。我们在前面曾指出：大卫·高柏菲尔实际就是却尔士·迭更斯，作者竭力想把这个人物描成活人的样子，因此大卫的性格是相当复杂的。你要说他好，他的确不坏：努力，长进，嫉恶如仇。可他又是那么自私！他表面上同情密考伯，暗中却讨厌这个人爱借钱。他娶了都拉，心里却在想着阿格妮斯，为的是都拉不会管家。他的虚荣心大得可惊！著了几本什么书，出了一点小风头，便到处留心别人有没有听到自己的大名。于是，凡跟他有一面之缘的，都知道大卫·高柏菲尔先生是个大作家，甚至连棺材店老板都懂得拜读他的大作！我们不知道迭更斯先生是下意识的泄漏了自己的秘密，还是故意拿自己来开玩笑？如果后者属实，那他真可算得有史以来最大的幽默家！不过，大卫的性格虽然复杂，表现在书中却是既脆薄又不明显，作者本意要创出一个又圆又结实的人物，结果只弄出个大泡沫来！这到底是因为迭更斯不会刻画活人，或者干脆是为了活人无法照样搬到书上去？我们把这问题留给聪明的人去解决。

在技巧方面，这书还有一个特点，便是戏剧化。作者对于任何事件，总不肯跟历史家似的三言两语把它说尽。他注重直接表现，而不屑采取间接叙述的方法。因此，书中从头到尾，不断有着类似剧本中的一幕或一景的场面出现。在这样的场面中，各个人物的性格固然表现得纤毫毕露，便是故事本身，也被发展得淋漓尽致。我们读过此书，觉得印象极深，这实在是个最大的原因。

然而，这书的成功多半却由于作者的人格。据说有许多批评家一面不满迭更斯的写作技巧，一面却也爱读他的小说，理由是被他作品里反映出来的人格所吸引。迭更斯的人格有两个特点：一是生命力极强，一是同情心极大。关于前者，哲斯脱吞说过："一般讲来，迭更斯的作品里出奇的少有疲劳的现象。他有时不免写出恶劣的东西来；有时甚至写出无足重轻的东西；但他从未写过一行不曾充满着他个人所特有的锐猛的生命力和幻想力的文字。"（见"万人丛书"本《块肉余生述》导言）我们在前面也曾把"精力弥满"四字来概括迭更斯的长处。这书中到处可看里精力弥满的现象，无论怎样不重要的人物，怎样微不足数的事件，一到作者手里都生气勃勃，有声有色，仿佛经过催眠似的。举例来说，大卫第一次上学去时，路上遇见的那个堂倌，除了作者，有谁肯费精神去画出他的面目？不特人和事，即便是个微末的东西，作者往往也有闲情逸致来拿它取笑。书中开天辟地便把大卫的"胞衣"来打趣一番；接着，璧各德的钮扣，墨斯吞姑娘的铜珠，巴吉斯的赢马，都可随意用作笑料。这些在严厉的批评家看起来，自然都是浪费精力；但迭更斯照例是不吝惜什么的，因为他知道自己尚有余力去应付其他更重要的人物和事件。

关于同情心，我们早就说过：嘲弄压迫者和刻画被压迫者的惨状是迭更斯执笔时的双重任务。他对于社会上一切不平的现象非常不满，但他是个人道主义者，不主张流血革命。于是，他只有两种武器：幽默和悲哀。幽默是用以对付恶人，迭更斯笔下的恶人几乎个个像小丑，作者尽量给他们画脸谱，使他们不但可恨，同时也可笑。自然，他有时也会取笑好人，但情味是完全不同的，他用以激起人们对于弱小者的同情的，却是悲哀的情绪。他不特"笔锋常带情感",并且时常费很多的笔墨去描写助人的场面。他仿佛能钻到每个受难者的心窝里去,熟悉其中的细微曲折。这些我们都可从本书上找到充分的例证。幽默和悲哀的交织是迭更斯小说的一大特征。读他的书的人往往要跟着作者哭了又笑,笑了又哭。有些人不喜欢他的"幽默",也有些人觉得他的"悲哀"是溺情主义;但能哭能笑是健康的表现,迭更斯的小说尽有许多夸张和过火的毛病,吸引力却是非常之强,比起一般读了教人"哭笑不得"或"啼笑皆非"的作品,不知要高明多少倍。这一点该是他当受欢迎的一个主要原因。

关于《块肉余生述》,我们还想说一句最后的话:这书的内容和形式或者都已过时,但只要人性不至完全改变,一定还会有人喜欢读它,因为这是一个活泼泼的人的健康作品。

『大卫·高柏菲尔自述』及其作者

　　读书要知人论世，这是一条颠扑不破的原则。这条原则可以普遍应用，而用于读狄更斯的作品，尤不可废。狄氏高张人道主义的旗帜，飞扬跋扈于十九世纪中叶的英国文坛，每出一书，举世倾倒。这在当时看来，确可雄视千载。然而百年定论，我们却犹恨他以那样的才力、胸襟，始终只局促于虚伪的、不彻底的人道主义的老圈子里，不能更进一步地成为先知先觉的革命文豪。这事实，仔细推究起来，不外由于时代背景和生平遭遇两个因素在那里作祟。论时代，狄更斯是生在新旧交替的时期。那时近代工业方始萌芽，资本主义的流毒也才发作，世风虽已浇漓，却还未至不可收拾的地步。所以，热心的人士多半仍想做个"弥缝使其淳"的中间人物，希望大声疾呼一下，人心便可忠厚起来，社会现象便可改善起来。在这样的环境里，人道主义的抬头原是极其自然的。但是，狄更斯的人道倾向，倘若全部归责于时代背景，这却不当。严格说来，狄氏的意识形态孕育于社会环境的，只有十之三四，而孕育于自己的经历的，倒有十之六七。他的作品中的种种病态，无论属于思想或技巧方面的，追根究底，都可归咎到他那前后截然不同的境遇上去。他书如是，《大卫·高柏菲尔自述》一书尤其明显。

这书是一部半自传性质的小说。历来论此书的人都盛赞开头十几章写得极好，后面反大见逊色。这种看法自然不错，但何以有此现象，他们却从未提及，或者根本就没有想到这问题。我以为要解释这现象并不难，只须把作者的生平研究一下，就可大彻大悟了。

一八一二年二月七日，却尔士·狄更斯生于朴资茅斯。那时他父亲约翰·狄更斯（《大卫·高柏菲尔自述》中密考伯先生的蓝本）在海军会计处里当职员，年薪只有八十镑。却尔士小时比较快乐的日子是在四岁到九岁之间，这时约翰调到茶坦姆（Charham），年薪增至二百五十镑。茶坦姆恰似朴资茅斯，是个海港。这儿所见的尽是水手、士兵、军官、码头夫之类的人物，却尔士却很喜欢他们。他父亲常带他到办公室里去向同事们夸耀，因为却尔士生得眉清目秀，且又聪颖活泼，十分可爱。他并没有受过怎样充足的教育，只在七岁到九岁之间，跟着一位浸礼会的牧师读了两年的书。此外，还贪婪地吞下了好些堆在他家顶楼中的小说书，包括菲尔丁（Fielding）、斯摩勒特（Smollett）、勒·萨日（Le Sage）、西万提斯（Cervantes）、笛福（Defoe）诸人的作品。这是他生平仅有的文学修养。接着，厄运来临了。他家的光景一向就不很好，这时更负债累累，逼得迁居到伦敦的贫民巷里去。为了应付债权人，约翰的收入由逐渐减少到全部抵押，最后还不免坐牢。这就苦了却尔士。他是八个孩子中的第二个，因为母亲柔弱无能，家事便全归他一人料理，从刷皮鞋，管弟妹直至上当店，不时还得到狱中去探望父亲。这还不要紧，最惨的是为了每星期六先令的收入，他不得不含羞忍耻到一家鞋油厂里去当学徒。两年（十一岁至十三岁）当中，他混在一群没教养的人里面，做些极微贱的工作。素来敏感又颇自负的他，处在这样的情景下，哪能不伤心？这一时期的生活使他怨恨了一辈子，但也帮助他成了一个杰出的人物。他父亲恰似密考伯，一生都在期望着意外的好事情，结果被他望到了一笔小小的遗产。这使他除了脱身图圄之外，还有余力送儿子到威灵吞学校去读书。却尔士在那儿待了两年（十三岁至十五岁），目击不少野蛮腐败的情形，这些他都记载在《大卫·高柏菲尔自述》中。两年后，家中的经济情况又艰窘起来。他只得弃学就业，到一位律师的事务所里去学速记术，先给法院服务，继为一家报馆充任议院访员。到了十九岁那年，他已成为全伦敦最迅速而准确的访员之一。这时他进了晨报馆（Morning Chronicle）。以后的四五年间，为了采访新闻，他常奔走驰逐于全国各地。一八三六年，他的第一部作品《波士速写》成书问世。同年四月，他跟凯莎琳·霍加士结了婚。第二年年底，他的成名之作《匹克威克遗稿》全部出版了！从这时起直到中风逝世的那一天（一八七〇年六月九日）止，他真是一路春风，如意到底，三十三年里面，除了家庭内偶有微波外，几乎无往不顺利，享尽了人间的幸福，受遍了世人的膜拜，恰如他的传记的作者约翰·福斯德所说，成了"本世纪最叫座的小说家"。

这儿把"一路春风，如意到底"八个字来概括狄更斯的后半世，并非笔者存心偷懒，实因狄氏的生命史，到了二十五岁以后，确实没有什么值得大书特书的事件。

　　他一生最得力的是童年时代。他对人类的同情，多半是从追忆这一时期的苦难而来的。改变了这一时期的生活境遇，他的作品也许会全部变质。然而，他的同情心虽丰富，却极虚幻。对于受难者，他照例只陪着他们流泪，而从不给指出一条生路。他一面诅咒着社会的黑暗，一面却很乐观地相信公道自在人心，为善无不报，恶人终会捉到官里去的。他的作品，大体说来，都是以悲哀始，以欢笑终。克罗斯（Wilbur L.Cross）说得对："狄更斯的小说尽管充满着污秽、罪恶和苦痛，读过任何一册之后，所得的印象却是：他跟来布尼兹（Leibnitz）一样地坚信这世界是一切可能有的世界中之最佳的。"［见《英国小说发达史》（*The Development of the English Novel*）一书］他何以有此乐观的态度呢？干脆一句话，这是因为他成功得太迅速而彻底。让他多在泥潭中挣扎几时，他的态度也许会更严肃一点，对于世事的看法也许会更深刻一点。因为他翻身得太容易了，他才那样盲目地相信，一切可怜虫的命运，都跟他自己的一样，总有一天会自动地"否极泰来"的。

　　要给上面的话找根据，单单《大卫·高柏菲尔自述》一书已经很够了。这书的故事如下：

　　大卫·高柏菲尔诞生于他父亲逝世后六个月。他母亲年轻貌美，不甘守寡，便嫁给一个名唤墨斯吞的人。这人冷酷无情，常常虐待大卫，逼得这个孩子只能跟他保姆璧各德相依为命。有一次，他跟璧各德到她那以捕鱼为业的哥哥家里去。在那里他认识了男孩汉姆和女孩爱默儿，这两个都是自小便被这渔夫收养的。大卫九岁时被打发到一家学堂里去，那校长名克利苦，是个魔王。在这里他结交了一位名唤司蒂尔福斯的同学。过了一年，大卫的母亲终遭墨斯吞折磨死了。他自己也被逼停了学，到伦敦一间栈房里去做苦工。这时他寄居在一个潦倒不堪的斯文人密考伯家里，天天目击这一家人的窘况。后来他因为过不惯卑贱的生活，便徒步逃到杜佛去投奔他的姨祖母妥洛务特小姐。从这时起，他交了好运。妥小姐送他到坎特布里城去跟大儒斯吞格博士读书，又把他安顿在律师威克菲尔家里。这儿他又认识了两个人，一个是律师的爱女阿格妮斯，还有一个是他的书记喜朴。大卫从斯吞格博士处卒业时，年已十七。他决定当状师，便经人介绍到斯本诺和约金斯二氏合办的事务所里去实习。这一来，他才有机会见到斯本诺的女儿都拉。他正在热恋着这天仙般的美女，一连串不如意的事情却接踵而来。首先是他保姆死了丈夫，他赶到那边去帮忙料理丧事，他的朋友司蒂尔福斯竟趁着人们都在忙乱的时节，拐走了快要和汉姆结婚的爱默儿。他回到伦敦时，他的姨祖母又莫名其妙地破了产。经过重重打击，他立意从事写作，想借此赚些钱来贴补家用。有情人终成眷属，大卫和都拉结了婚，那时他年二十一。婚后生活并不十分满意，因为都拉完全不懂料理家务。大卫正在发愁，意外的事情又发生了。威克菲尔律师的书记喜朴是个恶劣透顶的人，他每每利用主人酒醉糊涂之际，逼令他签署伪造的文件。威律师经不起他的威吓，终于答应和他合伙。之后，这小人还想更进一步，独揽大权。他忽然看中了密考伯，便请他来作书记，并且逼着他去帮自己作非法的事。密考伯却有良心。一天，他悄悄地约好了许多人，当场把喜朴的罪行连赃证一起公布了。其结果，威律师恢复了自由和名誉，妥洛务特小姐也恢复了她那莫名其妙地失去的财产。然而接着来的却是一桩天大的祸事——都拉死了！大卫伤心之余，决计到海外去旅行。动身以前，他先送走了一批到澳洲去求生路的友人。这里面包括密考伯一家、渔夫璧各德以及飘泊归来的爱默儿小姐。大卫在国外漫游三载，时时想念阿格妮斯。回国后，经他姨祖母的暗示和催促，便同阿格妮斯结为夫妇。佳偶天成，此后的幸福自然绵绵不绝。

这故事并不完全，但拿来跟狄更斯的传略对比，已可看出其中许多类似的地方。大抵这书开头十几章，十之七八是作者自己的经验，后面则想像居多。哲斯脱吞（G.K.Chesterton）在这书的导言（见Everyman's Library 本）中曾指出一桩事实，他说狄更斯在这里做了一次"浪漫性的写实追求"（a romantic attempt to be realistic），结果失败了，因为这书"以新的作风开始，却仍旧回到老的作风里去"。这些话说得明白一点便是：这书开头三分之一是倾向写实主义的，所以既忠实，又逼真，后面三分之二则仍旧充满着狄更斯固有的浪漫作风。哲斯脱吞认为这种前后矛盾的情形是狄氏小说中罕见的"疲劳"现象。何以有此现象呢？他却不曾提起。我以为这还是作者前后迥异的生活境遇在那里作祟，与他的"疲劳"与否无干。狄更斯开始写这书时，他的思想回到童年时代，所以字字认真，语语动人，到了大卫发迹以后，那是另外一个狄更斯，成功后的狄更斯，在那里执笔。

这书后半部的主人公根本已不是大卫，而是司蒂尔福斯、喜朴、密考伯这些人。作者虽也一样地会哭会笑，但态度已全然不同。他不再认人生作一场严肃的斗争，而把它看作一幕可怜复可笑的趣剧，闹了一阵之后，胜利照例是可怜虫，那些本领通天的恶棍到底免不了天然或人为法律的制裁。于是，麦尔先生胜利了，托米·脱勒杜斯胜利了，威克菲尔律师胜利了，密考伯胜利了，而恶劣的司蒂尔福斯终遭灭顶的报应，卑鄙险诈的喜朴和列提摩也逃不掉王家的刑法。只有墨斯吞兄妹侥幸漏网，那恐怕是为了顾全大卫母亲面子的缘故。自然，此外还得凑点传奇性的插曲。于是，跟司蒂尔福斯有着不共戴天之仇的汉姆，竟会因抢救前者而致死；克利苦、喜朴和列提摩三个活宝竟能物归其类地在一处聚首。而尤其不可思议的，书中伟大惊人的事件全由所谓"畸人"来演出。击败喜朴的是疯疯癫癫的密考伯，拨开斯吞格夫妇间的疑雾的是白痴狄克，擒获列提摩的是女侏儒毛策，寻获爱默儿是堕落过的女工马莎。全体看来，作者似乎有心在跟我们的常识开玩笑。可是，狄更斯的魔力也就在这里——违背常识。一切现实社会上不可能的事，他要在作品中使其可能。翻看他的小说仿佛置身于一艘万吨轮船，尽管外边是浪涛汹涌，你知道这里面总是安全的。这种作品当作"劝世文"来看自然很好，但对于真正的"世道人心"却是大有害处，因为它的效用只是麻醉而已。

在技巧方面，狄更斯的作品更十足受着"成功得太迅速而彻底"之累。以才力而论，他几乎无所不能。不管怎样复杂的情节，他都能安排得妥帖周到。不管怎样琐屑的事件，他都能叙述得津津有味。他又擅长布置戏剧性的场面，叫读者跟着他哭，跟着他笑。他还有一个绝技——性格描写。在这方面，他真做到了神工鬼斧的地步，除了莎士比亚外，怕没有第二个人赶得上他。然而这些全被他滥用了！他的成功不曾使他更进一步地去指导读者，提高读者的鉴赏力，却叫他不顾一切地去讨好读者，求取读者的更大的宠爱。他一生最关心的是作品的销路和普通读者的不尽正确的意见。他那分段发表的小说，往往由于读者的抗议，而中途改变情节甚至人物的性格。他是一心一意要跟着读者跑的。读者爱听情节离奇的故事，他的作品便以结构繁复巧妙著称。读者爱无端欢笑和流泪，他便忽而诙谐，忽而伤感。读者爱讽刺，他笔下遂也特多嬉笑怒骂的文字。读者喜热闹，他作品中人物的数目便动辄在一百以上。此外，如紧张的场面，恐怖的情绪，神秘的事件，都是读者所爱好的，他也能一一予以满足。其结果，他的作品魔力虽大，而缺点之多，在第一流作家中，也堪称第一！关于《大卫·高柏菲尔自述》一书的写作技巧，笔者另有一文作详细的分析，这儿不再多说。总之，狄更斯的作品在各方面都受着他不寻常的遭遇的影响，那是千真万确的。

一般说来，狄更斯在前代作家中，比较还算有头脑，有心肝。他的作品近来在国内似也颇受欢迎。笔者此文，在有狄更斯癖的人看来，或者要认为故意吹毛求疵。但责备贤者不一定就是抹煞贤者，值得批评的人我们才有工夫去批评他。老实说，笔者自己对于狄更斯也是一向倾倒的。希腊先哲有云："吾爱吾师，吾尤爱真理。"愿以此二语，为本文作辩护。

『包法利夫人』及其作者

　　我国旧派谈艺家每将文人分成二类："大家"与"名家"。这些恰等于西洋批评家所称的"伟大作家"和"优秀艺术家"。所谓"名家"或"优秀艺术家"，指的是写作工夫出人头地，能卓然自成一家的诗文作者。所谓"大家"或"伟大作家"，则除了上述条件外，尚须另具别种性质，如著作宏富、作品中含有伟大的意义，以及气象雄伟、波澜壮阔之类。假如我们拿这个标准来衡量十九世纪法国写实派小说家福楼拜，那末我们只能称他为"名家"，却未便捧他作"大家"。福氏的艺术成就尽管惊人，他的作品，在含义和气象方面，比起同时代的狄更斯和托尔斯泰的作品来，终觉稍逊一筹；这是天公地道的评判，无论如何难以推翻的。但这也只是就全体而论，假如我们单挑出《包法利夫人》一书来说，那断语可就不能这样轻率了。

《包法利夫人》是福楼拜最初同时也是最佳的一部作品，书中人物个个卑不足数，但作者却以十二分讲究的笔墨来刻画他们。这在小说史上可算得一桩破天荒的事件，因为在福氏之前，虽也有人把平凡人物的事迹写入小说（如真·奥斯登，巴尔扎克等），但肯这样的殚精竭虑，把小说当作史诗和悲剧般来精心结撰的人，却的确没有。而尤其令人惊奇的，福氏对于这些平凡人物不特不感兴趣，甚至还非常厌恶。一面讨厌自己笔下的人物，一面却不辞为他们呕出心肝来，这岂不是很奇怪？但是，我们且放下这点，先来推究福氏何以要厌恶这些平凡人物。

一八二一年十二月十二日，福氏生于法国西北部的鲁昂城。他父亲是个名医，在城里市立医院当院长。福氏躯干雄伟，表面看去似乎很结实，实际却孱弱多病，而且自幼便患着一种奇怪的脑系病。少年时，父亲命他学法律，他却从十一岁起便对文学发生兴趣；后来在巴黎大学混了几年，名义上仍是选择父亲指定的科目，其实什么也不做。他又素性好静，不喜都市，而爱乡居。二十五岁那年，父亲和妹妹相继去世，他为了安慰老母便弃学返乡，陪着她迁往鲁昂西郊的克洼塞乡。那儿沿着塞茵河有他们的一座房产，福氏的一生便都消磨在这里。除了一度（一八四六年）往布勒塔尼旅行，一度（一八四九年）往东方——希腊、埃及等地——游历，一度（一八五八年）往迦太基旧址考古，及不时到巴黎暂住外，他几乎足迹不曾出里门。他一辈子没结婚，只跟一位女诗人高莱结交了七八年，写下一大堆非常重要的信札。一八五〇年从东方归来后，他开始写《包法利夫人》，费了五六年的功夫才完成，于一八五六年十月起陆续在《巴黎杂志》上发表。由于"风化"问题，这书的作者及杂志出版者不久都被法庭传了去，闹得满城风雨，幸亏终于宣判无罪。接着他计划写一部以迦太基为背景的历史小说，这便是1862年问世的《萨朗波》。过了七年（一八六九年），他又写成一部以现实为题材的小说，叫做《情感教育》。到此时期为止，他的生活比较还算安乐，以后便转入逆境。一八七〇年普法之战，巴黎被围，故乡沦陷，福氏受了刺激，旧疾复发。二年后（一八七二年）遭母丧，体力益羸，家境也大不如前。同时，仅有的几位老友，有的死去，有的因误会而渐渐疏远，晚景的凄凉是大可想见的。但他仍奋力写作，于一八七四年发表《圣安东的诱惑》——一部破了二十五年的工夫来写作、修改的小说，又于一八七七年刊行三个短篇小说。一八八〇年五月八日，福氏因中风逝于克洼塞故居，享寿五十九。翌年，他的最后一部未完成的小说《布法与白居谢》也跟世人见面了。

综观福氏的一生，可说是平静而单调。他生长于中产阶级的家庭，一辈子过着中产阶级的文人生活，日常接触的照例又都是些中产阶级的各色人物。对于这个阶级里人物的性格及其生活状况，他知道得最清楚。惟其知之深，所以恨之切。他恨这些人庸庸碌碌，恨他们藐视艺术，恨他们贪利自私。恨来恨去，恨成了癖。这种狂癖，在他的信札甚至作品里面，随时都可发作。晋朝人论顾长康的性格，说是痴黠各半；福楼拜跟他相似，浪漫与现实恰好平分秋色。他出身中产阶级，不能不沾染一点这个阶级的特征——现实，但他又天生一副浪漫的精神，好反抗，多梦想。这两种矛盾性质不断交战，使他烦恼了一辈子，但也帮他制出一部伟大的作品，这便是《包法利夫人》。

这书借着一个浪漫女人的事迹来反映出中产阶级的生活状况，故事如下：

女主人公爱玛生长农家。十三岁那年父亲送她到一家女修道院读书，起初她颇醉心院中神秘的宗教气氛，后来却转而恣读浪漫派小说，离校后又不满乡村生活而怀念起修道院来。一次，她父亲出外应酬跌断了腿，从邻村请来一位青年医生。这人名查理·包法利，老实而勤谨。在医治的过程中，他爱上了爱玛，但因已娶了一位四十五岁的老寡妇，只好闷在心里。那晓得天从人愿，老寡妇突然夭了天年，这就作成了查理和爱玛。爱玛未嫁时，脑子里装满了妄想，以为婚后生活必将如何幸福有趣。谁知一切都不如意，丈夫只是个毫无风趣的蠢才，生活更刻板得如坐牢一般。现实的残酷反而增加了她浪漫的热情，于是某次赴过一位侯爵的宴会后，她竟日夕想念着巴黎以及种种热闹的生活，终于害起神经病来。她丈夫由于一心要安慰她，乃不惜重大牺牲，迁到新的地方去。那儿也是一个乡僻的处所，爱玛首先认识了一位名唤赖翁的书记。两人气味甚为投洽，但双方的胆子都小，始终只维持着一种柏拉图式的恋爱关系。不久赖翁怅然地去了巴黎，接着来的是一个独身的地主，叫做罗道夫。这人惯会糟蹋妇女，一见爱玛，便觉可欺。果然，不大功夫，她便成了他的情妇。两人无法无天地闹了一些日子之后，爱玛更进一步地要求罗道夫带她远走高飞。罗道夫却无意于此，只敷衍了她一下，便躲到别处去了。爱玛一愤成疾，险些儿丧了性命，多亏查理百般调治，才渐渐康复起来。病后，她转向宗教方面寻取慰藉，结果依然落了空。一天，她跟查理到鲁昂城里去看戏，戏院中邂逅着赖翁。这位游过巴黎的书记已非吴下阿蒙，胆子比从前大得多，竟敢强留爱玛在城里多住一天。此后他们便成了情侣，爱玛借口学习音乐，每星期到城里去跟赖翁幽会一次。其间她还瞒着查理，私下向一位名唤莱赫尔的捐客赊了许多货物，借了许多债，供自己享用、挥霍。日久月深，债台高筑。莱赫尔是个活流氓，欺诈恫吓，件件都来，最后更呈请法庭发下传票来，限她二十四小时以内清偿逋负，否则变卖她的家产。这时爱玛对于粉红色的生涯已感厌倦，到处求情乞援又都无结果，而尤其凄惨的是先遭了赖翁的欺骗，又被罗道夫拒绝。绝望心酸，遽萌短见，便悄悄闯入邻舍药剂师何麦的化验室里，偷吞了他的砒霜，当夜便咽了气。她死后，查理如痴如醉的过了些日子，甚至在发现爱玛生前的秘密后也还不肯改变态度，只一心一意地想念着她。一天，他竟因神伤过度，突然魂销于他家的后花园，遗下一女，流落到纱厂去做工度日。

仿佛看来，这书似可题作《法国潘金莲外史》。当时的法国政府便是抱着这种见解的，所以才把它当作淫书来审判。但这是瞎了眼睛的看法！这书不特非淫书，实际还是最有效的劝世奇文。我说它"最有效"，因为世间的"劝世文"大概都只是用极拙劣的方法来说些难以置信的故事,而这书则彻头彻尾没有半点勉强的地方。读过这书后,你不得不相信:像这样的一个女人,生在这样的一种环境,必定会有这样的一个收场。书中到处都有唤醒迷梦式的警语,作者不断地给浪漫性的痴男怨女痛下鞭笞,叫他们认清人生原是空虚的,想像中的乐趣到头来也只如此如此。爱玛跟赖翁亲热了一阵之后,发现桑中濮下的勾当还是跟正式婚姻一样的平淡无奇,于是不免慨叹:"什么都不值得追求,一切都是虚幻。"连那位风月魔王罗道夫到了兴酣情满之时,也要尝到幻灭的苦味,觉得一切情欲都是单调的,脱不掉"同样的方式,同样的语言"。这种写法,在诫淫方面,远比把奸夫淫妇押上法场去千诛万剐有效得多。所以站在卫道的立场上,这书亟应送入皇家学院,大量翻印,以广宣传,岂可反目为淫书?

但是,作者的本意果真如是吗?不会的,福楼拜至少非低能儿,不至于跟同善社诸公一般见解。直截了当地说来,这书是用以挖苦中产阶级的。这是个死气沉沉的阶级,没有野心,没有热力,没有义气。庸碌、懦怯、势利、麻木、卑鄙、险诈是他们的属性。他们会干伤天害理的事情,但一遇情势不妙,照例便溜之大吉。他们会互相倾轧,但到了闯出祸来时,却又并没有拼个你死我活的决心。他们会发牢骚,说刻薄话,但眼光总是注视着对方,一见神色不对,立刻便会顺风转舵。对于生活,他们要求的不是"全或无"而是"还可以"。总之,他们是虫,只会爬、爬、爬。在这样的一群人中,放进了一个性格完全相反的女人,让她演出一出大悲剧,作者的意思难道还不够明白的吗?他只是借她来反映出周围的黑暗罢了。自然,爱玛也并不是怎样完全的一个人,她下流，龌龊，但比起那些玩弄和作践她的人来，显得高尚多了。她有魄力、有骨气。当证官居里曼趁着危急时分来调戏她时，她的答语是何等词严义正："先生，你乘我之危，未免太不要脸！我是来求你可怜，不是来卖身的！"总之，她是人，不是虫。她之所以不免于堕落，完全是环境使然，换个环境，谁敢担保她一定不会成为贞德式的人物？她不是妖精，而是你、我，以及普天下有理想、有作为、不甘为现实环境所压倒的人的影子。这才是本书的伟大意义的所在，我们费了这许多笔墨来讨论它，是因为历来爱读本书的人往往只注意它的形式，而忽略掉它的含义。

说到形式，第一件引人注意的自然是这书文字的粹美。福楼拜行文讲究，那是人人耳熟能详的一桩文坛上的佳话。便是从译文里面，我们也仿佛可以看出原文笔法的佳妙；例如：文句的简洁、比喻的多而精、每章结束处的含蓄有力等。此外，书中描写文极丰富，每一个新的人物出场，每一种新的场面出现，作者都要加以详细而真实的描写，对于自然风景也是这样。

全书共分三卷：上卷共九章，从查理入学起叙至迁出道斯特镇止；中卷共十五章，从查理迁入勇威尔寺镇起叙至爱玛在鲁昂戏院中重逢赖翁止；下卷共十一章，从爱玛失身于赖翁起叙至查理归天止。书中的主角是爱玛，而一起一结却由查理占了去，粗看这似乎太无计划，细思才见得作者的匠心。查理和爱玛的悲剧是偶然而非必然的，假使两人不碰头，双方的命运也许全然不同。作者认清了这一点，特先在爱玛未出场之前，把查理浓浓地写了几笔，叫读者想想看，这么一个老实安分的人，倘不娶个"妖精"般的妻子，而直跟那位老寡妇百年偕老，他一辈子的庸福还会有问题的吗？同样，那位心地灵活的爱玛，倘不嫁个平庸愚蠢的丈夫，而嫁给一位比较有作为，比较能了解她的人，谁敢担保她不会跟《战争与和平》里的娜塔莎似的成了个标准的贤妻良母？所以在这出悲剧里，他们是互为因果的，谁也不得怪谁。为了要强调这一点，与查理单独有关的事迹必须放在显著的地方，这便是开头和煞尾。

这书写爱玛是从三方面着笔的：第一是透过她的意识，让她来作自我表现；第二是从旁人眼中看爱玛；第三是作者直接描写她。三者之中，第二方面比较不重要，因为书中人物的头脑都不高明，不足以了解爱玛。剩下来的，一方面是主观的自我表现，一方面是客观的直接描写。这两者如何调和一致？这就要提起福氏小说中喧传众口的"无我性"。所谓"无我性"，便是作者避免在作品中直接出面来批评或分析人物的性格或行动，而只是站在第三者的立场，以间接的口吻来叙述或描写。但话虽如此，无我之中还不免有我。这书的妙处是表面上看不见作者的形迹，而作者却到处都存在着，无论人物的自我表现也好，作者的直接描写也好，全书的情调总是一致的。这样，两方面便调和了。关于这一点，拉博克（Percy Lubbock）在他的名作《小说的技术》（*The Craft of Fiction*）中有过极精妙的分析，读者可参看。

一个"无我性"的作家必然是写实派的。这书的写实性可从两方面看出：第一是对人、物、场面、风景等的不厌求详的刻画，这一点不必多说；第二是性格描写。书中人物甚少，除了爱玛外，余人都不多费笔墨；但用墨虽省，却个个逼真。在塑造形象方面，作者的目标是跟狄更斯相反的。狄更斯一心只希望人物生动有趣，不惜用种种夸张的方法来加强描写，结果智愚贤不肖都变成半真半幻的怪物。福楼拜追求的是真实，要每个人物各如其本来的面目，所用的方法便全然不同。前面说过，爱玛决非潘金莲，理由是潘金莲只好算作妖怪，爱玛则是跟你我一样的具有血肉、生命的活人。你看作者写爱玛的堕落是如何的委婉曲折，近情近理！即便在堕落之后，他还是一次两次地叫她懊悔、回头，不让旁人妄认她作天生的"贱货"。这样深刻忠实的描写，在狄更斯的作品中，是找不到的。单以写实的手腕而论，福楼拜何止高出狄更斯一头？

关于这书的形式，尚有一点应顺便提及。书中除了叙述爱玛的遭遇外，还添了许多跟故事的发展无甚干系的场面（如乡间的婚礼、农产改进竞赛会等）和人物（如药剂师何麦、牧师布尔尼先等）。这些场面和人物的重要性并不亚于故事本身，作者显然是费了极大的力量来下笔的。难道福楼拜竟丧失掉他艺术上的"均衡感"了吗？这自然不会。原来小说跟戏剧不同，戏剧只须讲个故事，小说则除此之外尚须画出若干时代与地方的背景。因此，简单说来，小说是戏剧跟图画的并合。而在此书中，图画部分的重要性似乎比戏剧部分更大，因为前面已指出：这书是借着一个浪漫女人的事迹来反映出中产阶级死气沉沉的生活。

一个能抓住一部分人灵魂的作家，他的伎俩决不限于能在文字上翻筋斗。假使说荷马是刻画英雄的圣手，那末福楼拜对于庸碌的中产阶级人物灵魂的揭露，至少也可说是具有同样的能力。所以，单以《包法利夫人》一书的成就而论，他已不止是"名家"，而是可方驾荷马的"大家"了。

『悲惨世界』及其作者

　　小说可大别为二类。一类无妨怪诞，世间数不尽说不清的探奇猎艳，催泪勾魂，以至出生入死，怵目惊心的稗官野史全属于此，谈狐志异之类的佳作更不用说。捧起这类作品来读的人自然都是死心塌地来受麻醉的，所以作者尽可睁开眼睛说梦话，越离奇，越荒唐，也许越讨好。还有一类则唯恐不真，一切以忠实表现人生为职志的正经作品都归入此类。这两类作品，前者有个别名，叫做传奇（Romance），后者才是真正的小说（Novel）。纯粹的传奇，跟纯粹的小说一样，不会叫人讨厌。世间最可怕的是介乎小说与传奇间的一种非驴非马的东西，雨果的《悲惨世界》便是这一类作品中的"杰作"。以意义来说，这书不可谓不严肃。作者抱着悲天悯人的胸怀，苦心孤诣地想把现代人生编织成一部伟大的散文史诗。然而，结果却落得如斯脱采（G.L.Strachey）所说：一部长达二千字的巨著只成了历来才人所产生的最放荡的庞然大物（见《法国文学纪要》）。费了无比的精力，不过造成一种大而无当的怪东西，这未免令人慨叹。但仔细一想，这也无足深怪，因为一切作品都是作者整个人格的表现，我们只要研究一下雨果的生平，对于这书的奇怪形态，必能明瞭其所以然了。

一八○二年二月二十六日，雨果生于法国东部的伯桑松城。他父亲是个著名的军官，于大革命爆发时志愿从军，决心为共和效死，这时正统兵东陲，他母亲却是个矢志不渝的保皇党。他俩共生三子，雨果最幼。他下地时险些儿成了死胎，全亏母亲不肯灰心，这才保了性命。五星期后军队调动了，这初生的婴儿便也开始随军转徙，十年当中好几度来回于法、意、西三国之间。有一次他跟母兄到意大利去，路上看见无数被正法的盗匪的尸首悬于树上，这残酷的景象叫他成了一辈子反对死刑的人道主义者。一八一二年自玛德里回巴黎后，他母亲请了一位退院的天主教神父给两位幼子课读，这时雨果受的纯粹是天主教和保皇主义的教育。两年后他跟着他二哥肄业于一家寄宿学校，一八一八年毕业。在校三年，他的功课各门都好，而尤擅长吟诗。一八一七年，法国学院以"读书乐"为题，公开征诗。那时雨果年才十五，居然也悄悄地投了一首，结果取了荣誉第九名！毕业后，他父亲为了两个幼子抗命不学工艺，便毅然断绝他们的经济供给，逼得他们不得不依赖母亲过活——他母亲于一八一四年跟丈夫协议分居。一八二一年六月，母亲逝世了，雨果的境况非常狼狈，几乎无法生存，这时全靠爱情来振作精神。他的爱人名阿德儿（Adele），是他父亲一位老同事的女儿，从小就认识的。一八二二年六月，他的第一部诗集《短歌集》（Ode）出版了。这书除了七百佛郎的版税外，还给带来路易十八特赐的每年一千佛郎的恩俸。于是，一对有情人便于那年十月成了眷属，雨果的六十年写作生涯也就蓬勃地发动了。但截至此时刻为止，他的作品中所表现的全是天主教徒和保皇党的思想，而他的写作方法也一点不脱古典主义的窠臼。一八二五年他突然来了个转变——倾向于浪漫主义。这倾向愈来愈露骨，到了一八二七年十月他的第一部剧作《克伦威尔》（Cromwell）的序言问世时，那是图穷匕见的辰光了。这序言简直是一篇浪漫主义运动的宣言，作者从此成为这一运动的首领，而他生平第一次大转变也就这样地完成了。一八二九年正月，《东方之歌》（Les Orientales）的出版决定了他在诗歌方面的胜利。翌年二月，《艾尔纳尼》（Hernani）一剧的上演博得"戏剧的胜利者"（Victor in drama）的雅号。而《巴黎圣母寺》（Notre Dame de Paris）一书的行世（一八三一年二月）则更锦上添花。索性也给取来"传奇的胜利者"的尊称了。这三书一出，雨果不特成了法国文坛上一颗巨星，且也被公认为当代全欧洲最伟大的一位文人。一八四一年六月，他被选入法国学院，这是从政的第一步。四年后（一八四五年四月）他名列贵族院，正式的政治活动便从兹发轫。这时路易·腓力浦在位，雨果的政治思想虽较前稍有进步，但骨子里仍是一个保皇党。一八四八年二月，路易·腓力浦退位，国民议会成立，雨果以稳健派共和党的姿态活跃于议会中。他赞成让路易·拿破仑进入国境，他又赞助他竞选总统，直到一八四九年正月他还跟急进党站在对立的地位。但同年五月立法议会成立后，他的态度突然转变——他自己成了急进党！这一转变一直保持到他逝世为止。一八四九到五一年之间，路易·拿破仑恢复帝制的野心日益显著，雨果在议会中的言论也愈趋激烈。终于"大政变"爆发了（一八五一年十二月二日），议会被解散，反对党领袖被逮捕，巴黎街上的零星反抗也开始了。两三月间，雨果忙着到处宣传、煽动和唤起叛军的士气，但一切都归失败，最后他只得化装逃到布鲁塞尔去。这是十九年流亡生活的开端。他在布城只逗留了半年多，为了发表一本攻击路易·拿破仑的火辣辣的小册子（书名叫做《拿破仑小鬼》*Napoleon le petit*），他被比国政府打发出境。之后，他到英属的稷泽（Jersey）岛去，在那里待了三年，又因文字纠纷被逼迁移到革因稷（Guernsey）岛去。这儿他一住四十年，后半世的重要作品差不多全在此地写成，就中尤以《悲惨世界》一书的出世为最热闹。这书未出版前便已译成九种文字，于一八六二年四月三日，在巴黎、布鲁塞尔、伦敦、纽约、玛德里、柏林、圣彼得堡、吐林诸地同时开始出版，那年九月十六日全书出齐。这真可说是世界文学史上空前的壮举！一八七〇年九月普法之战，拿破仑第三兵败被俘，法国境内起了革命。雨果匆匆从革因稷，经布鲁塞尔，返巴黎。翌年三月，他在波尔多出席国民议会，力主继续抗战（那时德军正围攻巴黎），并拥护反教徒的加里波的将军当选，当场大遭保皇党及天主教徒的斥责，只得中途退席；他的政治活动实际至此告了结束。他的晚境并不甚佳，夫人和二男一女都已去世了，只剩下一位癫狂的女儿。但他并不悲伤，因为他还有一对孙儿孙女；他仍不断努力写作。一八八五年五月二十二日，他病逝巴黎，虽然遗命要求藁葬，但本国人民仍给他一个热闹空前的国葬。

从上面的传略里，可以看出雨果在写作《悲惨世界》时，他的人格是怎样的复杂。在文学方面，他是一个浪漫主义者。在社会方面，他是一个人道主义者。他在政治方面，他是一个急进党。再以整个气质来说，他是一个天生的诗人，永远排除不掉好幻想的习性。可是，他又曾参加过实际的政治，满头脑里都是政治哲学。而他的生活又很丰富，腹笥里有的是经验和掌故。这些矛盾，凌乱的因素全部出现于他的小说中，于是这书里有哲学、社论、历史、闹剧、传奇、散文诗诸种形态。作者的一枝"不能自己"的健笔不断来回跳跃于这许多形态之间，造成一种历史不像历史，论文不像论文，传奇不像传奇的臃肿不堪的局面，这就是"悲惨世界"。让我们撇开一切，先来察看着书的情节。

主人翁常华尚是个刑满释放的囚徒。二十年前他为了窃取一块面包去养活他的寡姊的七个孩子，被判了五年的监禁，后来因四度

越狱又被累增至十九年之久。怀着满腔的愁恨，他走出狱门，来到 D
城。这儿他又遭到一连串的歧视，无论旅馆、人家都不许他投宿，甚
至爬进了狗窦也被黑狗驱逐出来。最后有人指点他去敲米里哀主教
家的门。那主教是个活菩萨，他请这犯人吃饭，又请他睡在客房里。
半夜里犯人醒来，踌躇了一歇，终于下手偷走了主教家里的银器皿。
翌日清晨，他却被一群警察押回来了。米主教不特保全了他，索性连
家里仅有的一副银烛台也一并奉赠。犯人受了刺激，在田野里陷入
深思，无意中又劫取了一个小孩的一枚银币。清醒后，他发现了刚才
的行为，心里感到一阵无边的痛苦。他痛哭了，这神圣的泪水赶走了
心头的恶魔，从此他决定走着米主教的道路了。几年后他化名孟德
兰，在一座小城里经营某种实业发了财。他乐善好施，做了许多公益
的事，不久被委为本城市长。他手下一位名唤查威尔的警察总监却
看出了破绽，常用言语来套他。一天，查威尔忽然自请撤职，据说是
为了妄疑市长作逃犯常华尚，暗地里告了一状，被上头驳了下来，因
为那犯人已经在邻县落网，不日就要判决了。这时市长大人正在全
力照顾一位被社会遗弃的少妇，这妇人名芳汀，为了接济寄养在外的
一个私生的女儿，她出卖了自己的牙齿、金发，甚至皮肉。听了查威
尔的报告，市长当夜在家里烦恼了一宵，第二日便赶到邻县去自首。
他回到本城时，查威尔已接奉命令，亲自来逮捕了。可怜的芳汀，一
吓之下，竟致魂销。常华尚又恢复了囚犯的生活。过了几月，他在都
龙港的一艘军舰上解救了一个悬在半空里的水手后，自己却趁乱跳
入海中逃走了。他来到芳汀寄养幼女的那个村镇里。那主人名汤纳

提，是个饭店主，为人阴险非凡，待芳汀的女儿（名珂瑟）如丫鬟。常华尚费了一千五百佛郎把珂瑟赎出来，带她同赴巴黎。他们在一条僻巷里赁屋而居，过着极俭朴的生活。但由于好救济灾黎，常华尚的秘密又给调到巴黎来服务的查威尔觑破了。一晚上，查威尔带着一批警察，在街上追捕常华尚和珂瑟，而他们却逃掉。他们逾墙逃入一座修道院的花园里。恰巧那园丁是个熟人，从前有一次压在车下，曾被常华尚救出的。经过他的介绍，常华尚便在院中工作，珂瑟也就在那里上了学。当他们脱离修道院时，珂瑟已是个亭亭玉立的少女了。她越长越好看，常华尚唯恐有人追求她，而追求她的人偏偏立刻就来。那人名马流士，系拿破仑麾下一员骁将之子，自幼归外祖父抚养，后来为了不满外祖父的保皇思想，便愤然离家，度着极艰苦的生涯。他首在公园里发现了珂瑟，一见倾心，而苦于无缘接近。经过长时期的相思，一双情侣果得称心如意，夜夜在花园相会。但好事多磨，有一天常华尚忽然得了警告，以为查威尔又在盯着他，连忙带着珂瑟迁到别处去。马流士失了情人的踪迹，心里异常懊恼，恰巧革命爆发，他的一些朋友利用一家酒店作营垒来反抗官军，他便前往参加。在那儿，他邂逅了查威尔和常华尚，前者是为了奉派来侦察，后者则是自动来救护受伤的革命党的。经了一昼夜的剧斗，营垒终是被攻下。常华尚放走了查威尔后，负着失去知觉的马流士，从阴沟里逃出险境。刚到了地面上，却被查威尔一把抓住。他恳求查威尔让他先把伤人送还其家，再到自己家里走了一下，然后束手就擒。他从家里出来时，查威尔已经不见了，原来这执法如山的警察总监受了常华尚伟大人格的感动，深觉法理人情虽难以兼顾，终于投河自尽了。几个月后，马流士伤愈，跟珂瑟结了婚。常华尚把全部财产托词交出，再寻个机会将自己真面目透露给马流士。这一来引起马的反感，多方设法叫珂瑟跟她的继父疏远。到了真相大白，一对新夫妇赶往请罪时，那可怜的老人却因苦念爱女，积劳成疾，马上就要断气了。他死得很庄严，很平静。

这儿所述的情节并不详尽，但已可从而想见这书的叙述部分该是如何地紧张、生动。事实上，这也就是本书的特色之一。作者不说故事则已，一提起故事，必定找最热闹的一段，用最动人的笔法，来加以描绘。他自己说过：一本理想的小说该同时是戏剧，也是史诗。书中和常华尚有关的许多情节，如自首、如在军舰上救人、如被查威尔追捕、如在阴沟中挣扎等，都是极具有戏剧性的。读到这些地方时，我们的精神似乎跟作者的一齐抖擞起来；一口气可以吞下几十页。这种引人入胜的手法自然极可钦佩，但本书的致命伤也就在这里。作者忘掉他要写的不是纯粹供人消遣的"传奇"，而是有意义有生命的"小说"。他不该抵死追摹司各脱，可他不特如此，且还青出于蓝地专找热闹镜头和偶合事件来媚悦读者。书中又爱故弄玄虚，例如常华尚和汤纳提的几次出现都是极尽扑朔迷离的姿态的，但作者的障眼法又不很高明，西洋镜一拆便穿，于是弄巧适以成拙了！本来书名叫做《悲惨世界》（亦可译为《可怜虫》），论理该多就日常事件来揭露被压迫者的惨况，作者却认为这些人太琐屑，太平淡。书中叙堕落后的芳汀和贫困时的马流士都只草草了事，不肯多费笔墨，作者的眼光于此可见。

这书自然极有意义，其中一大段一大段的议论，都是用以发挥这意义的。简单说来，作者有三种主张。第一，他反对一切认为的法律（这是受了卢骚哲学的影响），他认为法律会逼使一个想翻身的罪人继续堕落。第二，他提倡人道主义，他同情一切受难的男人、女人和孩子，他赞成革命，因为他相信惟有以"人道"待人才能叫罪人彻底回头。第三，他赞成革命，因为他相信惟革命才有进步。这三种主张不特见诸议论，同时还借故事来说明，正如一位批评家所云：这书的故事纯是为了证明一种理论而杜撰的。关于雨果的思想，这儿不必多加评论。他主要的是一个诗人，思想非其所长。他的最大的弱点是爱摆哲学家的架子，而他的"哲学"多半是空想，他太天真了。

除了情节和议论外，这书还附有不少的历史记载和背景描写。书中的叙事脉络已经被横插进来的议论搅得七零八落了，而作者还在东拉西址、拖泥带水地牵引着许多不相干的东西。为了表明马流士的父亲怎样被汤纳提救出死地，作者费了整整一卷的篇幅来叙述滑铁卢之役的始末。再为了常华尚往阴沟里走了一趟，他又得费一卷来报告巴黎阴沟发展的过程。他如修道院的生活、野孩子的性格，以至于盗匪的隐语，都承蒙作者的垂青，加以描写。这些是荦荦大者，至于零星一两章的叙述和刻画，那是随处皆是，多不可计的。揣作者的用意，把这些题外的东西加上去，无非要增加这书的重量，使其更结实，更繁富，因而也更像史诗。然而，太多的累赘东西不会引起读者的好感的。他会觉得厌烦，他更会痛恨作者无端分散他的注意力，其结果自然是把他认为"多余"的部分省略过去。在这一点上，雨果真应该向屠格涅夫学习！

　　这书还有个令人厌烦之点，便是文笔拖沓。雨果跟我们的饮冰室主人同病——"下笔不能自休"！往往三言两语可尽的，他偏要唠唠叨叨地说了一大套。举例来说明，书中记查威尔的自尽，仅仅刻画他心中战斗便费了将近十页的笔墨。其实，这一段和《左传》上鉏麑触槐的事极相像。《左传》记晋灵公派鉏麑去刺赵宣子，"晨往，寝门关矣，盛服将朝，尚早，坐而假寐。麑退，叹而言曰：'不忘恭敬，民之主也。贼民之主不忠，弃君之命不信，有一于此，不如死也！'触槐而死"。本来这两桩事情都一样地难以置信，越是多费笔墨，越会叫人觉得无谓。比较起来，还是我们的瞽史高明一点。

　　再就人物来说，这儿几乎没有一个真实的人。作者费九牛二虎之力来模塑常华尚，意思无非要令活像"担荷人类罪恶"的耶稣基督。然而，照我们的肉眼看来，这人除了也会"吃醋"一点之外，可说毫无人性。有些地方，他简直像魔术家。在汤纳提巢穴里拿起火烫的錾子自灼那一幕，神情更近乎滑稽！其他人物更不足取。查威尔根本不是人，只是法律的象征。珂瑟和汤纳提是迭更斯作品中常见的两种类型，前者代表叫人一见倾心的"洋囡囡"，后者则代表着不可救药的恶棍。马流士从许多方面看来便是作者自己，按理应与众不同，偏偏他却是全书最讨厌的一个人物！看到他逼令珂瑟和常华尚断绝关系，谁都想呼之出来，饷以巨灵之掌的。真不晓得作者葫芦中卖的是什么药！

　　总之，这书各方面都有缺点。作者尽管在诗的创作上立下了不朽的业绩，他的小说却是不甚值钱的。歌德似乎早已看到了这一点，他曾对爱尔曼说过这样的话："雨果的才情颇不错，可惜沾染了这时代不祥的浪漫的风气。因此他走上了迷途，惯把美妙的和丑恶不可耐的并为一谈。这几天我正在读《巴黎圣母寺》，读这书需要好大的毅力，去忍受无边的痛苦。这真是历来最坏的一本书……"平心而论，《巴黎圣母寺》还不至于成为"历来最坏的一本书"，因为这只是老老实实的一部传奇。歌德要是有机会看看到这非驴非马的"悲惨世界"，那真不知更要下怎样严厉的评语了！

『父与子』及其作者

十九世纪俄国三大小说家中，朵思陀也夫斯基和托尔斯泰的地位，到现在可说已经确定了。这两位尽管在技巧方面有着许多缺点，论气魄，论才情，他们都是第一流作家，比得上荷马在史诗中的地位的。只有屠格涅夫很成问题。一般崇奉艺术至上主义的批评家，如亨利·鲁姆士之流，把他捧到天上去，说他的作品十全十美，精巧得足以方驾希腊悲剧家苏福克利的剧作。然而另一些人却觉得他气魄太小，至多只能归入第二流。布卢克纳（A.Brückner）便曾在他的《俄国文学史》中坦白地指出："他（屠格涅夫）缺乏强大的史诗激动力——他的推敲刻镂的本领和嗜好只配撰制短篇故事。"一位英国批评家贝灵（Hon

Mourice Baring）也曾以委婉的口气下过贬词，他说屠氏是"一个伟大的，一个古典的艺术家，俄国文学中的散文味吉尔"（见《俄国文学纲要》）。这"散文味吉尔"（Prose Virgil）的名称真定得俏皮之至，因为它一方面固然在推崇屠氏艺术功夫的到家，一方面却也轻轻地把他抑低了一级。屠氏究竟属于第一流或第二流呢，这自然又是见仁见智的问题。但照我们只能阅读译文的人的感觉，他的作品比起朵思陀也夫斯基和托尔斯泰二位的作品来，的确显得寒伧一点。朵托二氏，表面上虽然天差地远，而其精神气魄却很相像。假使用我国文评家的话来形容，他们的作品该是"如长江大河，浑浩流转"。屠氏的作品则决不能比作"长江大河"，最恰当的比喻该是他的一部大作的名称——"烟"。真的，屠格涅夫的小说再像烟不过了，而且是轻烟。它漂亮，活泼，然而大风一吹，立刻化为乌有，因为它又稀薄，虚幻。具有这样性质的作品，如果它的内容只限于批风抹月，谈情说爱，那也罢了，偏偏屠氏的小说又都含有一些严肃的意义，尤其是《父与子》。这书的题材，倘放到托尔斯泰手里，不知又要写出怎样动人心魄的一部大书来，而到了屠氏笔下，大题照例要被小做。于是，尽管有人称赞这书"纳须弥于芥子"，而我们平心静气地读来，却仍不免有一种不足之感。这所谓"不足"自然不专指篇幅而言，上面的烟的比喻在这里还用得着，这书仍很像烟，它给予我们的印象是——稀薄，虚幻。读者或许要问，屠氏的作风何以跟同时代同国度的其他两位的不同如是呢？这问题的答案，照我们的老办法，还是要向作者的生平中求取的。

屠格涅夫于一八一八年十月二十八日生于俄国中南部的奥勒尔城（Orel）。这一姓的祖先据说是鞑靼人，他们的门风老而且贵。屠氏的父亲是个军官，漂亮，不羁，于一八一七年跟一位比自己大六岁的豪门小姐结婚。他们的家庭简直无幸福可言，夫妇俩日夜吵嘴，待儿子尤其凶暴——直到晚年，屠氏犹能记忆幼时口中的泪味。父亲逝世后，他陆续受着母亲的苛待。他母亲最瞧不起文人，特别是用俄文写作的作家。她渴望儿子讨一门好亲，再来个轰轰烈烈的事业。那晓得儿子偏不从命，既不想做官，又立志独身一世。这一来，母子俩便永不得妥协。屠氏幼时在家学的是法、德、英三国文字；至于俄文，那只好私下里向仆人去学习（他母亲生平，除了跟下人说话外，从不操俄语）。后来，他连续在莫斯科、彼得堡，和柏林三个大学里读了好几年的书。在古今著名的文人中，他可算受过最讲究的教育的一位。到了柏林后，他的头脑完全西化了，这叫他一辈子菲薄国粹派的亲斯拉夫主义者。他最初是写诗的，早在一八三七年，便已在《现代杂志》上发表了几首诗。一八四三年，他出版了一本诗集。跟莫泊桑一样，他终于发现自己并非真正的诗人。于是，他转而运用散文。一八四七年，他在《现代杂志》上发表了他的第一篇《猎人随笔》，以后继续写了二十三篇，于一八五二年成书问世。这书一出，屠氏在文学史上的地位稳稳地奠定了，但也因此开罪了本国政府，因为这书揭露了农奴的悲惨生活。恰巧果戈尔就在那年逝世，屠氏循例做了一篇哀辞，不知说错了什么话，竟被责令还乡思过，在老家里整整住了两年。释放后，他自动流亡到西欧去，先在巴登（德国），继在巴黎，销磨了他后半世的生涯。这时期，他偶尔也回到祖国去，但每次总跟过客似的，小住便去。他的全部作品几乎都在国外写成，中间最杰出的是两部小说：《贵族之家》和《父与子》。前者于一八五九年问世，这书不特增加了作者的声望，同时还使他受为普遍的爱宠。后者刚刚相反，它的出版（一八六二年）叫作者凭空受了一场重大的打击，因为各方面都不讨好；俄国革命党认为作者有意借书中的主人翁来讽刺他们，而反动分子则咬定这书是用以推崇虚无主义的。这一场纠纷持续了很久，屠氏在国内的声光一落千丈。在国外，他却备受敬仰。一代文豪如福罗贝尔、乔治桑等都很推重他，批评界权威泰因（Tnine）甚至说他的作品是苏福克利以后最佳的艺术品。他果然一辈子没结婚，但在少年时代却曾认识了一位法国歌星嘉茜亚小姐。他们的友谊一直继续下去，屠氏在巴登和巴黎的时节，多半是跟她的一家人生活在一起（嘉茜亚小姐后来成了维亚多夫人）。一八八三年九月三日，屠氏逝世于巴黎，临终时曾给托尔斯泰去了一封恳切动人的信，请他重新从事文学工作。

上面的传略里有两点值得注意：第一，屠氏后半世（三十年）都住在外国；第二，他的所有重要作品都不是在本国写的。这些说明了什么呢？因为他长期生活在国外，他对于本国的情形，便如雾里看花，难得清楚。又因为他的作品都在外国写成，他的作风便多半受了西方文字的影响，尤其是法国的。这两者并合起来，决定了屠氏小说的内容与形式。在内容方面，他惯以转变中的俄罗斯为题材，但因情形隔膜，写来不免肤浅，虚幻。有些批评家干脆称他为过了时的小说家，实在并不过分。我们记得，屠氏自动流亡的日子，差不多就在俄皇亚历山大第二登极那一年（一八五五年）。从那时起，俄国内部起了大变动：政治舞台上一连串不彻底的改革，合上民间无数积极的行动，把整个社会都搅翻了。而我们的小说家正在"文学的国都"里，逍遥自在地过着寓公的生活。你想他的作品中所反映的当时俄国社会的情形，还会是真实的，深刻的吗？在形式方面，他完全走着福罗贝尔的路线，而且比他还要古典化些。为了力求整齐划一，他把题材节省到无可再省的程度。这自然也有好处，但过度的经济，往往会把内容弄得很稀薄。费尔浦斯（W.L.Phelps）在他的《论俄国小说家》一书中，曾称赞屠氏说："屠格涅夫的方法是先把故事写得很长，然后加以严刻无情的紧缩，因而他最后给予读者的是他艺术的精华。"其实这种方法只可用以写抒情诗，拿来做小说不见得十分合适；小说跟史诗一样，需要浓重的色彩，更需要繁富的内容的。

让我们来研究《父与子》吧。以题材而论，这是多么庄严伟大的！本来年老一辈跟年轻一辈的冲突，自古以来便无休止的时候。何况在大动乱的时期中，保守的和进取的，浪漫的和现实的，他们中间的斗争更应如何的猛烈？这些如果由一位有才情，有魄力的作家来下笔，论理会写成一部史诗般的巨著。然而到了作者手里，它变成怎样的局面呢？请先看看这书的故事：

一位从彼得堡大学毕业的青年阿卡提，带着一位比他年纪稍长的牛朋友、牛老师的青年巴扎洛夫，回到家里去。阿卡提的家在乡下，他父亲尼古拉是个小地主，从前亦出身于彼得堡大学。跟尼古拉同住的，有他的哥哥保罗——一个退伍的军官。尼古拉为人富于情感，爱诵普希金的诗，也爱弹大提琴。他待底下人极好，但因缺乏驾驭的能力，把田庄的情形并得很糟。他哥哥是个十足的公子哥儿，为了早年在恋爱上伤了心，垂老之际仍保持着一种抑郁不平，顾影自怜的神气。他虽退隐乡间，却仍打扮得像个花花公子，而且头脑里塞满了贵族和骑士的思想。当那一对青年回到乡下时，他们立刻跟这两位中年人起了冲突。阿卡提还好，他只是觉得父亲和伯父身上的古老浪漫的气味，有点不合他的摩登胃口。巴扎洛夫则直接跟保罗拌起嘴来。巴扎洛夫是个研究自然科学和医学的人，他的头脑非常现实，对于一切空虚的，抽象的东西，诸如文、哲、音乐、美术之类，他全瞧不起。他更彻底否定所有传统的权威和制度，如宗教、道德、婚姻、阶级等。而这些恰是保罗所推崇拥护的。阿卡提说巴扎洛夫是个虚无主义者。在保罗的心目中，这位虚无主义者实在只是个毫无教养的流氓罢了。而照巴扎洛夫看来，这位容止甚都的绅士也只是个古老的，毫无丈夫气的"男性"而已。巴扎洛夫在阿卡提家里的主要工作，除了收集昆虫花草和解剖青蛙外，便是跟保罗争辩。一个月后，这两位青年到附近的一个县城里去作客。在那里他们遇见了一位绮年玉貌的富孀阿丁索夫夫人，随后便被请到她乡下家里去游玩。这两位瞧不起浪漫情感的摩登青年，在短短的两个星期内，竟发生了重大的变化，起先是两个人一同爱上阿丁索夫夫人，后来阿卡提把情感转移到她的妹妹凯提亚身上，而自命顶天立地的巴扎洛夫仅仅于极艰难的情形下，勉强把自己从爱情的漩涡中挣扎出来。他的虚无主义第一次遭到厉害的考验，他失败了！之后，巴扎洛夫带着阿卡提到他自己家里去。他父亲法西利是个退老的军医，只有薄田数亩，差堪糊口。他母亲阿里娜是个痴心的，迷信的老太婆。这一对老夫妇把儿子当作天神般的崇拜着，供养着。而儿子偏不领情，只觉得他爹娘唠叨可厌，在家待了三天，便又匆匆地离去了。他们又回到阿卡提家里来。十天后，阿卡提寻个机会，再去探访他的意中人凯提亚。巴扎洛夫单独留下来，继续做着他的实验。有一天，他忽然起了浪漫的感情，在花园中吻了一下尼古拉的情妇费尼奇佳。这却被他的对头保罗撞见了。原来保罗也正在对费尼奇佳作着柏拉图式的恋爱，这一来激怒了他的醋心，便登门去约巴扎洛夫作一次决斗。我们的虚无主义者竟又违背自己的头脑，答应去跟那位落伍的绅士作骑士式的表演。决斗的结果，受伤的是保罗。但巴扎洛夫也不便再在他们家里待下去了，第二天他就动身回去。路上他曾枉道到阿丁索夫夫人家里去跟阿卡提诀别，在那里他眼见他的得意门生接受婚姻制度，正式向凯提亚求婚！到家后，他决定埋头工作。这一次他的爹娘很识趣，一点也不去麻烦他。但几天后，他却自动地不做工了。他觉得抑郁、厌烦、无聊——这些都是浪漫派人物常有的情绪！他在家里惯用嘲笑的口吻跟他父亲谈话，出外对农民们谈话有时也用同样的口吻，却被他们看作小丑或傻瓜。最后，他的厄运来临了。有一天，他帮着一位乡下医生解剖一具害伤寒病死掉的人的尸体，不小心割了一下手指，结果自己也染病死掉了。死前，他曾托他父亲把阿丁索夫夫人请来见了一面。六个月后，尼古拉父子同日各跟费尼奇佳和凯提亚举行婚礼，而保罗也就在那一天离家到西欧去做永远的流浪者了。

这儿故意把故事详细地介绍了一下，目的是要让读者看出作者的意向。很明显地，作者对于这一场大转变时期中父子两代的斗争，是采取了一种嘲笑的态度的。他把两边的情形和力量都歪曲了，小看了，无怪出书后，革命党和反动派一致加以攻击，认为有意侮辱。他用保罗来代表反动派。保罗是个什么样的人物呢？他是个破落户子弟，是情场恶少，是个一辈子只念过五六本法国小说的人，是个老了还要涂脂抹粉，用香水来洒胡子的怪物。以这样的人物来代表整个的旧派，自然是很冤枉的。至于新派的代表呢？在这书的前面三分之一以内，我们似乎看到作者站在年轻一代——也就是革命党——这一边。他一方面刻画着保罗的"饱食终日，无所用心"的情况，一方面也叙述着巴扎洛夫怎样整天地埋头工作。他又借着一连串的辩论，把前者脑筋的陈腐空虚，和后者思想的清新结实，明明白白地揭露出来。这样，作者无疑地是向着新派表示同情的了。然而，十二章以下，情形便大谬不然，他一步紧似一步地把新派代表巴扎洛夫的真面目展示给我们。原来这位铁打的汉子，碰着自己中意的美人儿，也照样会动起情感来的。他并且还会对他的门生吃醋！对他那慈爱的爹娘，他简直冷漠到不像人类。最后，他索性下作起来，以至于在人家的花园里，强吻主人的女人！这一来，图穷匕首，老派与新派原来是一丘之貉，"谁也感觉到对方完全看穿了自己"。于是，他们来决斗了。其结果，老派固然失败，但新派更堕落了，堕落到连工作也无心继续——他变成了十足的浪漫派了！到了这里，作者便不客气地来了个致命的一击——这个"自以为懂得怎样和农夫谈话"的革命党，在乡下人们的心目中，却原来只是个小丑或傻瓜！于是，于是他死了！这位"巨人的惟一使命"，只在告诉我们"怎样能死得像个样子"！

以上的分析丝毫不带着开玩笑的意思。如果书中的两个角色真的是代表着反动派和革命党的话，作者的态度便也只能如此。我们不要忘记屠氏自己是个怎样的人物，简单说来，他的人格是等于保罗人格和巴扎洛夫人格的并合；那就是说，他是个瞧不起贵族的贵族子弟。因为他表面上瞧不起贵族，所以他要给反动派画花脸；又因为他骨子里是个贵族子弟，所以他不忘给革命党安个尾巴。一场顶热闹的"父与子"的斗争，为了作者人格的自相矛盾，竟变成毫无意义。这情形仿佛一位象棋比赛的裁判员，当红白双方正在忙着厮杀之际，他忽然不待终局，便把两边的棋子一概洗掉了，认为双方都不是材料！作者以"父与子"来作书名，而其实做的却是"人类与自然"。他委婉地告诉我们，反动派也罢，革命党也罢，人类到底只是人类，归根结蒂，还不是同归于尽？我们曾经用烟来比屠氏的小说，这"父与子"还不像一缕袅娜的轻烟吗？

但是，这部名著难道就真的这么不值钱？这又不然。假如我们撇开重大的意义，另换一副眼光来看它，我们可以坦白地说：这是一部写得极好的小说。书中比较次要的人物，虽都只寥寥几笔，而写来异常生动。巴扎洛夫更是一切小说中找不出几个的绝好人物。他并不是什么革命党，而只是如书中一位老用人所痛斥的"骗子"和"暴发户"。他一面瞧不起贵族，一面却又鄙夷底层的人。他有着极严重的自卑情结，由这出发的是虚伪、嫉妒、冷酷，是轻浮。他有了这许多缺点，所以尽管把握一种惊人的自制力，却仍旧救不了自己，他终于无可奈何地沉沦了！像这样的人物，社会上那里会没有？作者可算给我们塑出一个深刻有力的类型来了。此外，这书的写作技巧，从消极方面来看，可说已达到完美的境界。它真的连一点缺点也没有，全书很均匀地分作三部分：十一章以前为第一部，十二章到二十一章为第二部，其余为第三部——活像一本三幕剧。书中的情节不多不少，一切贪多爱好的毛病，夸张取巧的习气，全都避免。至于文字之美，译文上自然看不到的。不过我们还可从作者对于景物的不断描写，以及书中每章结束处的悠然不尽上，推见原文该是怎样地富于诗趣。

也许是有鉴于此吧，一些崇拜屠氏的批评家，便竭力替他辩护，说这书根本与政治无涉，而只是一件纯粹艺术品。果真如是，那就彻底证明了屠格涅夫比不上朵思陀也夫斯基和托尔斯泰；因为他们两位，除了艺术之外，多少还给我们一点别的东西。他们不是纯粹的艺术家。

『罪与罚』及其作者

　　十九世纪的俄国小说，大概可用《战争与和平》和《罪与罚》来代表。这两部作品，一以博大胜，一以精微胜。我们说《战争与和平》是博大的，并没想抹杀它的精微，事实上这书也有其精微的地方，只是它的精微被它的博大掩住了，这却无法否认。同样，我们说《罪与罚》是精微的，也并没干脆认它作"意识流"派的小说，因为它除了意识之外还有客观世界，到底未曾精微到牛角尖里去，但它的博大远不及它的精微，这也是事实。

　　博大精微而外，这两部小说，就整个气氛来说，也是截然不同的。《战争与和平》虽一样充满着人间世生老病死、悲欢离合的故事，而其气氛却是健全的，正常的；我们可以说这儿是一片阳光的世界。《罪与罚》则与此相反，那是鬼气森森、鬼影幢幢的世界；这儿除了贫穷、疾病、罪恶、痛苦之外，几乎一无所有，因此它的气氛是恶浊的，反常的。我们展读此书，仿佛在看但丁《神曲》中的《地狱》。是的，这书极像《地狱》："把一切希望抛掉吧，你们这些进来的人！"当我们随着但丁步入地狱之门，我们立刻便被悲惨黑暗的雾气包围住；这雾气不断缠绕着，直到我们从撒旦的身下爬出地狱，望见星光为止。同样，翻开这书，我们便随着作者踏入鬼气森森、鬼影幢幢的世界；这世界的尽头便是这书的末页，在那里我们得到新生的消息，仅仅是消息而已。

但是，仔细一想，这书又不很像《地狱》。《地狱》的作者对于正在受难的鬼魂，至多只有悲悯，而并无半点同情之意；这书的作者则对于书中人物，既加悲悯，又予同情。很多人拿这书来比希腊悲剧，说读了会使人起哀矜恐惧之情，因而涤除心中的恶念。这话用以譬说《地狱》，甚为恰当；用于此书，则未尽中肯；因为陀思妥耶夫斯基跟但丁有别，并没想拿他笔下人物来告诫读者。他根本就没把犯罪的人当作什么元恶大憝；相反地，他要我们相信那些人一样是可以了解，值得同情的。他何以有此伟大的心胸呢？这就不能不研究一下他的生平。

陀思妥耶夫斯基于一八二一年十月二十日生于莫斯科。他父亲是个贫寒的退伍军医，共有儿女五人，陀氏居次。从幼年起，他便患着痫症，不时发作。一八四三年，他毕业于圣彼得堡军事工程学院，名列第三。一条高官厚禄的"坦途"摆在他的面前，但因酷嗜文学，他终于在翌年父亲逝世后，弃掉原有职务去从事写作，他所仰慕的文人是果戈里、普希金、巴尔扎克和乔治·桑。一八四六年，他的第一部作品《穷人》发表于诗人尼克拉索夫主编的杂志里。这书深得尼氏及批评家别林斯基的赞赏，出版后果然一举成名。以后的二三年间，陀氏连续发表了十几部小说。这些并没增加他的声誉，只使他更加贫困和苦恼。1849 年 4 月，他忽然被捕了，原因是参加了一个专门讨论傅立叶和其他经济学家学说的所谓革命团体。跟他一起被捕的有三十一人，他的一位兄弟也在内。八个月后的一个清晨（十二月二十二日），他跟其他二十一位因犯被绑到彼德堡城内一个方场里去执行死刑。在严寒的天气里，他们穿着汗衫，等候枪决。结果在行刑前一刹那，沙皇的命令下来了，把死刑改为流放。圣诞节前一日，他们出发到西伯利亚去。整整四个年头中，他"仿佛被钉在棺材里，拿去活埋"（这一段经历记载在一八六二年出版的《死屋回忆录》中）。出狱后，他又在西伯利亚当了三年的小兵和一年的军官。一八六二年至一八六六年是陀氏一生最痛苦的时期，这时他死了夫人，死了哥哥，身上百病交集，办杂志又折了本，为了避债，不得不到国外去流浪，就在这贫病交逼的情况下，他的第一部杰作《罪与罚》出世了（一八六六年）。不久，他又跟一位女速记员斯维特庚小姐结婚。这一次内助得人，他的生活史便大大地改观了，最后八年乃得在比较安乐的环境中度过。一八八〇年俄国京城的普希金纪念碑揭幕典礼，集全国著名文人于一堂，陀氏即席发表了一篇关于俄国文学和俄罗斯人民的将来的惊人演词，激动了无数人心。翌年正月二十八日，他病逝于彼得堡。出丧那天，参加执绋的有四万人。他的一部未完成的杰作《卡拉马索夫兄弟们》，就在那年出版。

从上面简单的叙述里，可看出陀思妥耶夫斯基是个怎样苦命的人。他生了一辈子的病，坐过牢，上过法场，流放过边远区域，娶过不忠于自己的女人。负了一生一世还不清的债，又曾遭过各方面的非难；倘不是晚境尚佳，那真可说是"坎坷终身"了。这样的人最易成为愤世嫉俗的小气鬼，陀氏却是个例外。他不特未曾为了吃尽苦头而痛恨人类，他反而因此觉得芸芸众生的可悯。流放到西伯利亚的那几年，他日夜跟一群凶恶的囚犯生活在一起，得出一个结论：犯罪不是一种愆尤，而是一种不幸。假如说但丁进入地狱是为了求取个人灵魂的解脱，陀思妥耶夫斯基到西伯利亚去却是抱着"我不入地狱，谁入地狱"的"大慈大悲"的精神，这种精神充分表现在陀氏所有的作品中，尤其是在《罪与罚》中。布卢克纳（A.Brückner）说过："世界文学史上或许有比陀思妥耶夫斯基才力更大，声望更高的人物，但比他心肝更热烈更富于情感的，却决不会有。不是在《浮士德》，而是在《罪与罚》里，'人类的全部苦难'，抓住了我们。"（见所著《俄国文学史》）这些不是溢美之词，是句句有根据的。让我们来看看这书的故事吧。

主人翁拉斯考尔捏考夫是个因贫寒而失学的法科大学生。在困苦中，他忽动奇思，以为自己具有和拿破仑一样伟大的性格，成大事者必须不计细行，世间的法律只是为庸庸碌碌的人而设的，不足以范围豪杰。于是他决定去暗杀一位以放债为业的老寡妇，准备劫取她的财宝，以发动自己的事业。在实行这个计划以前，他遇到一连串不愉快的事情。首先是在酒店中碰着一位名唤马麦拉道夫的酒徒，从谈话中得知那人一家的惨状。其次是接到母亲的来函，诉说他的妹子在人家当家庭教师怎样遭东家的欺侮，后来又怎样匆促地答应跟一位陌生人订婚。最后是在出行时，眼见一位少女被人灌醉了酒，要施以非礼。这些事情间接增强了他谋杀的决心。终于，在一个黄昏里，他把那位老寡妇用斧头砍死了。这时他才发现自己并不像拿破仑，因为他行凶时的心境远非事先所预料的那样平静。在极度的慌乱中，他不特未曾夺取多少财宝，甚至还连带杀害了寡妇的妹妹。事后他更怕得厉害，把劫来的东西埋在一个冷僻的院子里后，竟昏迷不醒地病倒了。这时幸亏有一位名唤拉苏密金的同学特来照顾他。几天后，他的病虽已脱体，而精神弥见恍惚，有时狡猾异常，有时则险些要把心中的秘密全部吐露出来，因此引起了警察局中人的注意。由于心中苦痛，他直想离群索居，朋友的善意固然不予理会，甚至母妹来了也遭他厌恶。好几次他想投河自杀和上警察局去自首，最后他决定向一位妓女供认一切。这妓女名唤索妮亚，是酒徒马麦拉道夫的女儿，为了要救活全家的人，她才情愿牺牲自己，投入火坑的。索妮亚劝他自首，并表示要跟他一起上刑台。他挣扎了一番之后，把母妹付托给好友拉苏密金，真的便自动投案了，他被判处到西伯利亚去当八年的苦役，索妮亚履行诺言，陪他同去受难。在最初的一年里，他心中闷闷不乐，对索妮亚十分冷淡。病了一场后，他忽然爱上了她，虽然还有七个艰苦的年头在前面，新生的活力已降临到他们心上来了。

从正面看来，这书似乎只有一个主题：犯罪的人怎样发现自己挑不起罪恶的重担，因而被迫去寻求自新之路。这时正是虚无主义流行的时代，据说在巴黎以及俄国各地，便有一班学生，活像拉斯考尔捏考夫，想以行凶来考验自己的勇气。作者是个笃信宗教的人，似乎要借这书来攻击虚无主义。他在这儿告诉我们：一切凶杀的案件都起因于不敬畏上帝；凶手于行凶前，每自以为是个超人，犯了罪后，才知道自己也一样的会日夜提心吊胆，痛苦不堪；这时惟有借宗教的力量，才能把自己从罪恶的深渊中救起，走上自新的道路。书中的索妮亚便是代表着宗教的力量的。关于这方面的见解，我们不必多加评论。早就有人指出，陀思妥耶夫斯基的思想是不彻底的，甚至是反动的。对于怎样扑灭罪恶的问题，他不往改革社会制度方面着想，而只注意个人的思想和信仰，这自然是重大的错误；但是这书也有其了不起的一面，便是把当时社会的黑暗面毫无掩饰地暴露出来，让我们知道贫穷、疾病、罪恶这些到底是怎么一回事，它们中间又有怎样连带的关系。书中最动人的一幕是拉斯考尔捏考夫突然跪在索妮亚的身旁，吻着她的脚，然后对这惊惶失措的女人说出下面的话："我并不是跪你，我是向集中在你身上的全人类大悲苦下拜啊！"其实这正是作者自己所要做的，他写这书的目的便是向受难中的人群致敬。他自己经历过千灾百难，所以深知悲苦的滋味。不然，他怎能把马麦拉道夫一家的惨状写得那样活灵活现？有些批评家认为作者的才力不够广大，只能描写悲惨的场面，不知人间还有光明愉悦的一隅。我们却以为这正是作者可取的地方，当"悲惨的场面"还未绝迹于人世的时节，试问这"光明愉悦的一隅"值得我们浪费笔墨去歌颂的吗？

这书的写作是在"心理小说"一个名词发明以前，但后来的心理分析派的小说，比起这血与泪的记录来，全都显得单薄虚幻。这自然大部分要归功于作者卓绝的天才。他有那种探入灵魂深处的本领，跟一般志在意识外层作浮光掠影式的分析的作家截然不同。可是，这中间还有技巧的因素存在着。陀思妥耶夫斯基不像后来的"意识流"派的作家，那些作家专喜作抽象的分析，一部作品里，除了川流不息的所谓意识外，什么也没有；这些意识因为是架空存在的，所以跟天上的浮云一般，显得飘忽不可捉摸。陀氏似乎预先看到了这一点，他不肯凭空刻划意识，而要让外界具体的事件来反映意识。这书从头到底写的是拉斯考尔捏考夫的心理状态，计分三段：行凶的前后和过程。在行凶以前，作者借着马麦拉道夫一家的惨况、他母亲的信和被灌醉的少女这一连串的事情，来反映凶手心中越来越紧的恶劣情绪。在行凶的过程中，不用说，凶手的全部心理都在他的一举一动里反映出来。行凶后的事占全书六分之五，这时凶手的心思简直飘荡不定，变化万端。作者利用他和警察局中人苦苦挣扎的机会，来反映出他心中恐慌的情状；又借他和母妹及密友酬对的情形，来反映出罪人渴望离群索居的心理。总之，这书到处都在描写心理，而写法一点也不抽象，这是陀氏在创作技巧上独具匠心的地方。

假使我们再仔细地把这书研究一下，我们可以发现它干脆就是由两种戏剧拼合而成：一种是描写心理状态的主观戏剧，还有一种是注重情节和动作的客观戏剧。从技巧的观点来看，这书的重心是放在主观戏剧上面的，因为它所要表现的主要是凶手在行凶前后和过程中的心理变化。但是与此并行贯串全书的还有好几条线索，如凶杀案的追查与水落石出，马麦拉道夫一家人的遭遇，凶手之妹与斯维德立格诺夫和卢迅二人的纠纷等，这些都属于客观戏剧的范围。主观戏剧好比灵魂，缺少了它，一部小说便不会深刻。客观戏剧好比肉体，缺少了它，这灵魂便等于脱离了躯壳的鬼魂，叫人看不见，摸不着。"意识流"派作家的吃亏处，正由于太瞧不起躯壳，以为抛掉了它，作品可以更高超，哪晓得这只是"可怜无补费精神"的孟浪之举！陀思妥耶夫斯基把这两者兼而有之，一方面介绍事实，一方面分析心理，这就是他的作品不废精微而仍旧读得下去的真正原因。

这书的戏剧性还可从下列几点看出。第一，全书四百五十页[1]，除去尾声二章外，只写十几天的事，而其中的四五天（凶手在病中）仅一笔带过，因此实实在在只有九天：行凶前的准备占两天，行凶一天，病起至自首六天。这六天中，第一天都塞满了紧张生动的事实。其次，这书极富穿插变化，而且一松一紧，跟舞台上的情形尤其相像，还有，书中的对话有几处完全是戏剧式的，如凶手跟斯维德立格诺夫的初次会谈。

太过戏剧化的结果自然也会发生毛病。这书本来是很接近生活的，后来突然孱入传奇作风，凭空教这部伟大的悲剧成了闹剧。书中如斯维德立格诺夫的逼奸杜妮亚以及后来的赠金、自杀等，都只能算是闹剧中的好情节（这些大约是受了雨果和狄更斯作品的影响）。许多批评家对于陀氏写实、浪漫一齐来的作风颇致不满，这当然是有见解的；但比起他的优点来，这毕竟只是微不足数的小疵，不值得大加诃责。

---

1 据 Everyman's Library 英译本。

『战争与和平』及其作者

　　翻遍小说史，要想找出一部可以跟《战争与和平》相提并论的作品，真不容易。这倒并不是仅仅因为本书的篇幅特别长，人物特别多，情节特别复杂，而是因为它对象的广大和含义的精深，确可以压倒历来所有的小说。斯特拉考夫（Strakhov）——跟本书作者同时的一位俄国批评家——曾说：这书不特是当时俄国社会的一幅全景，同时也是人性的一幅全部写真。罗曼罗兰也曾称赞这书说："《战争与和平》是我们时代最宏大的一部史诗——一部现代的《伊利亚特》。"[1]（见所著《托尔斯泰评传》）这样博大精微的杰作，论理该是作者晚年的手笔；然而实际这却是他

1　古希腊盲诗人荷马的一部史诗。

三四十岁时的作品，虽非"少作"，决也算不得"老成"。这事情似乎很奇怪，但我们倘一研究作者的生平，心中的疑虑便可涣然冰释。

托氏出身贵族，于一八二八年生于莫斯科南一乡村中。父亲名尼考拉（《战争与和平》中尼考拉·罗斯托夫的原型），逝世时，托氏才九岁。母亲名玛丽亚（同书中玛丽亚郡主的原型），于托氏二岁时即已奄忽。这一对短命夫妻遗下四男一女（托氏行四），由两位远房姑母来抚养，其中一位塔蒂阿娜，是《战争与和平》中索尼亚小姐的前身。托氏十四岁入大学，十九岁离校致力农村改革，两方面的成绩都不称心。后来因失望而陷入堕落的生活，致负债累累，不得不于一八五一年（二十三岁）逃到高加索的驻防军里去投奔他的大哥。那年秋天他加入炮兵队，同时开始写作，他的第一部作品是《幼年》。一八五三年俄土战起，他辗转到了塞佛斯他波尔（Sevastopol）。在这围城中，将近一年的光景，他几乎每日与死为邻。经过炮火的洗礼，他那一度丧失的宗教热情复活了。但更重要的是，在这紧张的日子里，他以极生动而忠实的笔调写出了《塞佛斯他波尔的故事》集。这些故事使沙皇感动得下令请他离开围城。一八五五年十一月，他于一片欢迎声中来到彼得堡。以后五六年间，他好几次到西欧去旅行，主要的目标是考察教育。一八六一年他又回到本乡，办一所乡村学校，兼办一份杂志，这些都于翌年年底结束了。一八六二年九月，他跟索菲亚·别尔斯结婚。婚后的十六个年头，他住在乡下，从事写作。他的两部名著：《战争与和平》和《安娜·卡列尼娜》，便是这一时期的出品。这是他一生中最快乐而安静的一个阶段。一八七七年到一八七九年之间，忽然来了个精神上的危机。这时他感到人生的空虚，好几次想自杀，终于勉强从基督的教义里获得灵魂的安息。但这是暂时的，因为他的热情不能让他永远躲在宗教的迷梦里，看不见下层阶级的痛苦。于是，一八八〇年冬天，第二个危机接着发作了。为了参加调查户口的工作，他发现莫斯科城里贫民非人的生活，不禁"狂呼、痛哭和挥拳"。从这时起，他决定放弃已往的生活方式而开始过着农民的生活，自己耕田、砍柴、烧水、补鞋。这些自然不是他家里人所能理解的，夫妇之间便时常发生矛盾。他屡次想离开家庭，都不曾实现，到了死前几星期，突然带着他的医师出奔。路上他遭了风寒，以肺炎症病逝于亚斯塔波佛（Astapovo），那天是一九一〇年十一月二十日。

从上面的叙述里，我们可看出《战争与和平》的写作是在托氏一生经验最丰富，精力最弥满，心情最愉快的时代。在这以前，他还在探讨人生，积聚经验。过了这时期，他的兴趣渐渐转移到宗教和社会问题上去。所以，这书确可代表他创作能力达到最高峰时的成就。

照托氏的原定计划，这书只是一连串小说中的一部。作者本拟从彼得大帝起直写至十二月党员止，结果只写成本书和《十二月党员》二部。关于战争方面，本书写的是一八〇五年至一八一三年拿破仑侵入东欧以至溃退的事，中间包括射恩格拉本、奥斯特立兹、保罗定诺诸战役和法军攻入莫斯科又狼狈退却的情形。这些都是拆开来分布在全书中的。所以显得支离破碎，不成体系。作者只凭着说不尽的命定论式的历史哲学来作线索，把它们勉强凑在一起。比较还算完整的是和平方面的故事，这儿叙的是几个贵族家庭生活在战争中的情形。作为全书的中心的一家叫做罗斯托夫，这家有重要的一男一女——尼考拉和娜塔莎（托尔斯泰夫人和她妹妹的联合影子）。娜塔莎，活泼、聪明、豪爽，是书中最主要的一个角色；有了她，全书才好贯串起来。她初次出场时，芳年才十三、怀里还藏着洋囡囡。十五岁那年，她的歌喉竟引动一位年纪比她大得多的军官去向她求婚，这当然遭到拒绝。过了两年，她遇见安得来郡王（代表着作者性格的一面：英明而骄傲，且系本书中两个主要的男角之一）。他们立即订了婚，但由于男的父亲老保尔康斯基郡王的阻挠，不得不约定于一年后结婚。一年将尽时，娜塔莎跟她的父亲到莫斯科去迎接她那出外游历的未婚夫。一晚上，她在莫斯科歌剧院里碰着库拉根家的浪子阿那托尔。这人千方百计勾引娜塔莎，她竟坠其术中，差点儿要跟他私奔到远方去。安得来远道归来，扑了一个空，伤心之余，又投入军队里去。保罗定诺一役，他受了重伤，运到后方来，以意外奇缘又和娜塔莎碰了头，最后在她的看护下溘然长逝。彼得是书中第二个主要的男角，代表着作者的另一部分性格：宽厚而寡断和好作杳冥之思。早年，他上了当，跟库拉根家的女儿海伦结为夫妇。他心里极爱娜塔莎，只因发妻犹在，无从开口。后来，海伦竟于彼得被俘时病逝彼得堡，这就使他有机会称心如意了。同时，娜塔莎的哥哥尼考拉也和安得来的妹妹玛丽亚郡主结了婚。这书结束时，气氛极融洽。那是战争退出俄国国境后的第七个年头（一八二〇年），娜塔莎共有儿女四个，已经成了一位极标准的贤妻良母。

这书中的事实千头万绪，要想把它一一列举出来，那是绝对办不到的，上面所述的只是极可怜的一点点罢了。假如把世间的小说分作两类：一类只消请别人讲给你听，另一类却须自己来看，那末这书便可算是后一类的代表作。如果你要更进一步地去欣赏这部大书，那你不特要用眼睛去看它，同时还要打起精神来读它。

我说了这些话，一方面固然在警告读本书的人要有耐心，一方面也在指出这书的缺点。这书的最大的一个缺点便是杂乱。托尔斯泰和亨利·詹姆士（Henry James）刚刚相反。詹姆士写小说，把艺术放在第一位，为了求形式完美，他宁可牺牲生活。他晚年的作品几乎没有事实，人物也少得可怜，而结构的巧妙却可用某种式样（Pattern）来表示。托尔斯泰并不轻视艺术，但他更注重生活，他的作品总是塞得满满的。《战争与和平》用拉博克（Percy Lubbock）的话来说，是"跟人生一般广大"（as large as life），"无论我们从哪一点看过去，它总是挤满了生命；非常地生动，不断地热闹，这书的广大的印象是由托尔斯泰那异常丰富的创造力所构成的。"（见《小说的技术》*The Craft of Fiction* 一书）这样写成的一部大书自然不会显得干净利落；相反，它是乱糟糟的。假使我们也要用一种式样来代表它的结构，那必定是百衲衣。这书并没有一定的观察点，东一个开端，西一个接头，全书仿佛是用许多小方块补缀起来的，百衲衣实在是最恰当的比喻。拉博克对于本书曾作过极精细的分析，他说这书可分为两部：一部不妨叫做《青年与老年》，另一部便是《战争与和平》。前者的性质近于史诗，它是超乎时间与空间的，因为这儿述的是人生中新陈代谢的故事——一群天真活泼的孩子怎样成长，怎样衰老，又怎样被另一群新生的孩子所接代的故事。后者则是戏剧，它的对象并非万古如斯的自然现象，而是一时间一境域内偶发的历史事件——两个民族斗争的故事。虽然后者充当前者的背景，但双方太不调和了。作者的兴趣有时在前，有时在后，分不出主从来，"很明显地，他一点不觉得自己同时在写着两部小说"。其结果，两方面既时常脱节，又都不完全。总而言之，免不了杂乱。

除了杂乱一点外，这书还有个毛病，便是议论太多。作者的命定论的历史观是说不完的，书中每于故事讲得正热闹之际，忽然插进好几页——甚至几章——小册子式的议论文。这些议论未必可厌，但无端打断读者的兴趣，总不是办法。读者对于这些"叫人发狂的插嘴"，往往要像拉博克所说的，"终于采取一种随随便便的态度"，"遇着'历史家'三字出现时，他便知道好几页可以立刻翻过去"。

然而，读者可别误会，以为这书只是内容充实，写得并不怎样出色，世间那有写得不出色的杰作？ 笼统说来，这书是兼有着广大和精微两种长处的。关于广大，前面已暗示过：这书的内容是无所不包的。以人物的类型而言，这儿几乎搜罗了当时世界上所能有的一切角色：皇帝、朝臣、女官、贵族家庭中的男女老幼、外交人员、各级军官、士兵、农民、奴隶以及帮闲的清客、女伴之类。以人物的性格而言，这儿有刁钻的、势利的、傲慢的、虚浮的、昏聩的、精明的、俗气的、龌龊的、浪漫的、痴情的、驯良的、怪癖的……以人物的情感而言，这儿除了寻常的七情之外，更特别着重死的恐惧、生的迷惘，黑暗中的奋斗、歧路上的挣扎。再以所描写的事件而言，生老病死，应有尽有。此外，更网罗人生中一切光怪陆离的节目，如沙场上的血战、军事会议席上的唇枪舌剑、沙龙中的清谈、狩猎场中的追奔逐北、情敌的决斗、歹徒的诱奸、秘密团体的入会仪式、伤兵医院中的恶浊空气……总之，这书的对象是整个人生。

如果只是内容广大，那还不算什么。这书的不可及处是大而能细，粗而却精。作者是个极彻底的写实主义者，对于任何细节都要加以极准确而精密的描写。这书又善制造气氛，每个不同的场面都有一种特殊的气氛：战场、会议场、歌剧院、伤兵医院、跳舞会、危城……这些都写得活灵活现，读者恍如身临其境。对于战争，作者更有一种不同流俗的看法。他并不以战争为神圣事业，或妄认那些参加抗战的俄国军官个个都像荷马史诗中的英雄。相反，这书中表现的只是战争的无谓与残酷，而那些以保卫国土自命的军官们也多半只会互相倾轧或虚报战功，以邀重赏，甚至到了生死关头，还要继续勾心斗角。越是高级的越是如此，只有下级军官和士兵才有一些同仇敌忾的表示。这种看法，证之我们最近亲眼目击的情形，大概是千真万确的。

但是，作者的写实态度表现得最露骨的却是对于人性的见解。这书从头到尾找不出一个完全值得钦佩的人。拿破仑在当时——甚至此刻——是被公认为一位不世出的"大英雄"的，而到了作者手里，却和亨得生《使德辱命记》中的希特勒一般无二。亚历山大二世更不行，只是个孱弱无能的呆子。这些是历史的人物。想像的人物也没有一个是十全十美的，娜塔莎会爱上阿那托尔，其非安琪儿可知；甚至圣洁如玛丽亚郡主，也会起恨心，也会嫉妒。女的如此，男的更不足道。但有一点必须注意，作者虽没让任何人超凡入圣，却也不曾叫谁成了恶魔。书中最龌龊的道洛号夫也有他光明的一面：勇敢。这儿，托尔斯泰很明显地跟他心爱的狄更斯分了家。狄更斯的人物都是扁平的，只有一种特性而且不会发展；托尔斯泰的则个个浑圆，方面多，变动得也很厉害。书中重要人物没有一个不会发展。娜塔莎从天真烂漫的孩子变成浪漫风流的少女，再变成温柔慈爱的贤妻良母，这发展是可观的。她的哥哥尼考拉也是如此，从一个不知世故，一心一意只想替皇上效死的贵家子，一路上直变下去，最后变成了一个踏实老练、毫无理想的乡农。推而至于安得来、彼得诸人，无不如是。可是变之中也有不变，每个都在变，而变的方式各人不同，回头一看，非此人不能有此变。这一点，照我的看法，是托尔斯泰最大天才的所在。

这书实在太伟大了，假使拿建筑物来比，它该是一座一百几十层的摩天大厦，里面不知藏着多少重楼叠阁。我们读此书时还有一种感觉，它仿佛是个有机体，会生长，会活动。福斯德（E.M.Forster）在《小说面面观》（*Aspects of the Novel*）里把这书比作音乐，说的也是这种感觉。让我们引他的话来结束本文："这样一部不清不楚的书。可是当我们读它的时候，不是有很大的琴弦开始在我们背后响动的吗？而当我们读完时，不是每个细节——即便是战略的节目——都比原先显得阔大的吗？"

一群逃避现实的小说家

高尔基说过："智力贫乏的原因常可从拒认现状的根本意义里找到，也可从逃避人生里找到，这逃避或由于恐惧，或由于自私地爱好宁静，或由于资本主义国家卑鄙而可厌之无政府状态所造成的对社会冷漠的心理。"这些话真是一针见血，把第一次世界大战后西欧一些国家里小说家的毛病痛快地指出。这些小说家，尤其是英国和法国的，为了避免麻烦，绝对不敢正视现实；一切直接刻画和攻击现社会的作品，在他们看来，都是鄙俗无味的。他们忘记了巴尔扎克的话：小说家要叙述的是"社会关系的故事。不是捏造的事实，而是到处正在发生的实事"。相反地，他们最怕的就是这些"到处正在发生的实事"；他们竭力逃避人生，逃到以往去，逃到未来去，逃到幻境里去，逃到意识里去，逃到……总之，脱离现实越远越好。其结果，他们的艺术工夫尽管到家，他们的作品尽管光彩夺人，拆穿了，也只等于空花泡影，好看而已，并无实质，免不了高尔基所说的"智力贫乏"的毛病。这一类小说家多极了，不遑一一列举，本文所要介绍的只是较为著名的几位。

一、劳伦斯（D.H.Lawrence）

劳氏堪称第一次世界大战后英国小说家中的翘楚，他的敏感和他的抒情的天才都是别人所望尘莫及的；但从另一方面看来，他又是一切小说家中最反动、最违背现实的一个。他的小说是以描写性欲著名的；性欲对于他，不是一种"调和"，而是一种"冲突"。这冲突的情形，他的两部小说，《虹》（*The Rainbow*）和《欲海中的女人们》（*Women in Love*），表现得最尽致。很多人不了解劳伦斯对于性的看法，他们一直相信这位作家必定在这方面受过挫折，不然不会有如此变态的心理的。劳氏却曾于致友人爱德华·甘勒特（Edward Garnett）书中说明过："你不要在我的小说中寻觅人物的老套的固定不变之'我'。世间别有一'我'，他一有举动，此人物即无法辨认……这有一比，金刚石和石炭都是纯炭质变成的。普通小说专门叙述金刚石的历史——我却说，'哼，金刚石！这只是纯炭质罢了。'"换句话说，劳氏在他的小说中故意把人之所以为人的普通性质一笔勾销，而竭力刻画那些原始的、不合情理的和一发不可收拾的"兽性"。由于这种极端浪漫的倾向，他的许多作品便陷入无形式无组织的状态之中，甚至连人物的个性也分别不清。我们读他的《虹》，但觉书中的男女个个都是色情狂，除了不断地追求性的满足外，别无所事。一本长达五百页的小说彻头彻尾尽是这种事情，其单调乏味令人厌倦，那是不用说的了。

劳氏何以这样地倾心于人类原始的性质呢？说穿了也平常，原来他对于没落中的资本主义文化的腐败与虚伪是非常痛心疾首的，因为恨之深，所以逃之也惟恐不速，结果从厌恶资本主义文化一跃而陷于厌恶一切文化的迷途中了。在他的一部晚年的作品《却泰莱夫人的情夫》（*Lady Chatterley's Lover*）中，劳氏作了一次似前进而实反动的寓言。这书中的三个主要人物象征着三个阶级：那半麻痹的克力佛爵士代表上层阶级，他的夫人康士坦丝代表中层阶级，工人麦勒斯代表下层阶级。作者借康士坦丝委身于麦勒斯一节，暗示中层阶级必须倾向于下层阶级，方能获得活力与回春的机会，上层阶级是不中用的，因为它已经瘫痪了。表面看来，这寓言是进步的，但内容的含义却十分要不得，因为作者分明把一个本属普罗阶级的工人变成小布尔乔亚，叫他离弃原来的阶级和这一阶级的一切进步的生活态度，而离群索居似的在接近大自然之处过着原始的生活。这种"归返自然"的想头不断出现于劳氏的作品里面，越近晚年，他对于资本主义国家里劳资纠纷的情形越感觉不耐，逃避之心也越来越切。事实上，他逃到澳洲去，逃到墨西哥去，到处追寻他的理想世界以及居住在这世界中的"高尚野蛮人"（Noble Savage）。结果自然是落空的，于是他活了四十五岁便郁郁以殁了。

劳伦斯的盲目反对一切文化，粗看似乎只是个人的一种浪漫谛克的行为，于大众并无妨碍，细思却不然，因为从这里再跨一步，便极容易地落到纳粹的圈子里去了。戈贝尔的宣传词跟劳伦斯的主张竟是一鼻孔出气，他说："智力的活动害死了我们的人民，一切有关智力方面的事物都使我非常厌恶。"绝圣弃智的道家照例跟严刑峻法的法家很接近，蔑视人类文化的纳粹党终于要实行"血"的统治，那是必然的。劳伦斯似乎也有此倾向，这有他的作品《艳装的毒蛇》（*The Plumed Serpent*）为证。在这本小说里，他暴露了自己的"淫虐狂"，以描写杀人流血为无上的乐趣。一个神经脆弱的文人，仅仅为了不敢正视现实，而盲目遁逃，终致坠入法西斯的泥淖，这活生生的教训实在值得我们深思熟虑的。

二、普鲁斯特（Marcel Proust）

这位被福斯德（E.M.Forster）誉为最善分析现代意识的法国小说家，他的集子《往事之回忆》（*A la Recherche du temps perdu*）据说是二十世纪小说界杰作之一。这集子包括十六册连贯而又可分立的小说。名为小说，其实只是一连串的回忆。但作者却具有小说家应有的一切条件，如高度的观察力、敏锐地吸收印象的本领、深刻地描写社会相的手腕和分析及评论心理现象的能力。作者写这书活像蜘蛛结网，从一桩经历盘到另一桩经历，这样不慌不忙地建立起他那由心理状态和情感气氛合成的世界。我们说他"不慌不忙"，因为他的书包括着无数的枝节。他往往从一事想到另一事，再从另一事想到第三事，这样无限制地分歧下去，中间还插入好多的议论，直到最后才回到原来的事情上去。他这种写法跟十八世纪英国小说家劳伦斯·斯腾（Laurence Sterne）的作风如出一辙。

普氏小说中的人物全是行尸走肉，他们活着没有什么目的，只尽量满足微末的欲望和激起空虚的情感来消遣无底止的闲空。他们的一举一动几乎全发源于琐屑卑鄙的动机，日夜缠祟着他们的是一种不可压制的恋爱狂，然而，说也奇怪，他们的恋爱竟毫无热情。书中记苏万跟奥蒂恋爱，明说苏万爱的并不是奥蒂本人，而是从奥蒂身上看到的意大利画家波提拆利（Botticelli）一张图画的影子。这个事实值得玩味，因为它暴露了作者自己的态度：他对于人生中活生生的事实并无兴趣，他所感兴趣的只是对于这些事实的想像而已。他自己说过："如果把想像从我们所有的乐趣里减去，那就等于全部乐趣化为乌有。"

很明显地，普鲁斯特的小说完全跟人生脱节了，他故意忽视周遭发生的日常事件，而凭自己的想像力过着一种"独立"的寄生虫式的生活。他的小说尽管被人夸作精妙无比的艺术品，实际却是既虚幻又不自然的。不错，他有一副非常灵敏的头脑，但不幸的是这副头脑专门用来作吸收印象的工具，因而失却自动的创造力了。他重视情感过于思想，重视空想过于动作。他的小说好比温室里加工培养出来的花朵。这些花能够永远锁在暖房里，那当然很理想，万一要被逼送到门外去接触新鲜的空气，那就只有一种结果——立刻枯萎！

三、乔易斯（James Joyce）

一九三二年世界文坛上发生了一桩惊天动地的事——乔易斯的小说《佑匿昔斯》（*Ulysses*）[1] 出世了！单以形式来说，这书确实摧毁了小说史上所有的传统。作者费了整整十年的工夫，写成一部长达八百页的巨著，而所叙述的只是二十四小时里面发生的一些微末的事情，这已经够使人惊异的了。而尤其可怪的，这书竟全然放弃普通小说家所惯用的客观描写法，而单独利用人物的意识来作自我表现。这一点自然是沿袭亨利·詹姆士（Henry James）的作风，但这一作风被乔易斯变本加厉地运用到无以复加的地步了。詹姆士的小说虽也不甚注重故事，但至少还有一个完整的"情节"（Plot）；乔易斯的小说则根本无情节可言。这儿所有的只是一连串的幻想、回忆和一些事实，这些都是乱糟糟地夹杂在一起的，很难分开。全体看来，乔氏的小说极像勃朗宁（Robert Browning）的诗。其实，他的作品，与其说是小说，不如干脆称之为诗。

《佑匿昔斯》一书的事实，主要的只有下列这一点：一个爱尔兰的诗人和教师，名唤斯提芬·德达拉斯，跟他的朋友们在寓所中谈了一阵；上课去了；带了一篇别人做的论文到报馆去；跟朋友们在图书馆中讨论莎士比亚；在产科医院中参加医科学生们的谈话；吃醉了

1　今译《尤利西斯》。

酒上妓院，被一位名唤利欧破尔得·白鲁姆的犹太人请到家里去谈话，吃了一杯可可辞别回寓。利欧破尔得·白鲁姆，一个广告掮客，给他的妻子玛利温预备早点；上邮局去，接到一位女友的信；参加了一个人的葬礼；为了登广告的事上报馆去；在一家旅馆的酒吧间里给女友写回信；被一个激烈的反犹分子踢到门外去；坐在一条板凳上想心思，顺便向一位痴情的少女作无情的追求；伴着斯提芬·德达拉斯上妓院，随后带他回家去吃可可茶；伴太太上床安息，于快乐的沉思中睡去。最后，玛利温作了一次极长的回忆：她的过去的情感生活，跟丈夫的种种关系，第一次接受他的爱时的情形。

这真是一部稀奇古怪的书！这书反映了资本主义末期一个现代都市——杜柏林（Dublin）[1]——里颓唐腐烂的情形，也反映了生活在这样一个城市里的人们的支离破碎的意识。在这方面，作者是有其伟大的贡献的。

但是，这书却并没有什么积极的意义。相反地，它是非常消极的，作者传递给我们的只是一片悲哀绝望的空气。他看不见光明，也不想寻找光明，他的惟一的办法是逃避——逃到"艺术之宫"里去。于是，这书看似毫无结构，而其实却有着非常巧妙的结构，那就是把荷马的史诗——《奥德赛》——作为蓝本，每个情节都依着它。荷马的"大手笔"（The grand style）竟被利用来写这样的东西，真是绝大的讽刺！我们可从乔易斯身上看出没落的资本主义社会是怎样地在糟蹋人才，怎样地逼着一个相当伟大的艺人去产生卑弱颓废的文学作品。

---

1 今译"都柏林"。

四、吴尔芙夫人（Virginia Woolf）

吴尔芙夫人的小说可说是普鲁斯特和乔易斯二氏作品的并合。在方法上，她是跟乔易斯完全一致；而在对待人生的态度上，她更接近普鲁斯特。她跟这二位的最大不同之点是，他们都喜欢"小题大做"把琐屑的事情写成巨著，她却力求"小巧玲珑"，绝不肯浪费篇幅。我们试拿她的代表作《达乐威夫人》（*Mrs. Dalloway*）为例，这书并无情节，述的是二十四小时里面发生的事，反映的是一个现代都市——伦敦——里的情形，作为反映的工具的是两三个人物的意识：这些跟《佑匿昔斯》如出一辙。但《佑匿昔斯》的作者对于人生并不采取一种"欣赏"或"审美"的态度，这却是吴尔芙夫人异于乔易斯而同于普鲁斯特之处。《达乐威夫人》一书所欲表达的，干脆说来，只是：一个大晴天里伦敦城内生活给予人的印象和感觉。为了行文方便，作者特地挑选一个具有相当想像力的时髦女人作为中心，透过她的意识来看花花世界。

吴尔芙夫人的小说有个特点，便是众所周知的音乐化。她似乎要以音乐来描写现实。她的文体就像音乐，具有音乐一般的韵律和组织。这种手法自然不能用来窥探深刻的人生问题或描写广大的社会现象，因此她的作品是够不上伟大的标准的。不过，在她自己的范围内，她的艺术确已达到完美的境地了。我们引为可惜的，她的作品中的世界始终不出客厅之外。很明显地，她是故意把自己圈在客厅里面的，因为惟有这样，她才能以冷静超然的态度去"欣赏"人生。然而，"天下事原如意少"，客厅的门和窗到底不能永远关闭着的，偶然飏开了一下，杂乱喧哗的市声马上冲进来，吴尔芙夫人的安静和平的世界便也不免随之破碎了。她曾经不止一次的在她的作品中透露过外来世界惊破她的好梦的事实，这是她的悲哀，这也是一切企图逃避现实的人们的悲哀。

五、赫胥黎（Aldous Huxley）

严格地说来，赫胥黎算不得一个小说家，他的作品实在只是以小说为外衣的哲学论文罢了。由于他头脑的敏锐活泼和他笔调的轻松俏皮，他的作品颇受一般摩登知识青年的欢迎。他的拿手好戏是揭发肤浅的流行思想和刻画典型的现代青年。这青年具有下列特征：神经过敏、满头脑的空想、控制不住自己和环境。赫氏反复不厌地专拿这种人物来取笑，竭力暴露他的浅薄以及他生命的空虚。因为作者的兴趣过于浓厚了，不免令人疑心他这种取笑不一定含着谴责的意思，或者还带点赞美的意思也说不定。同样值得注意的，那些最爱读赫氏小说的人往往也就是属于他所取笑的那一型，他们对于他的作品简直像害着马左克色狂（Masochism）似的爱得入迷。

这情形看似稀奇，说穿了，却也平常。原来赫胥黎所调侃的人物就是——他自己！他就是一个满头脑都是聪明的思想而始终得不着结论的人。这有他的代表作《点对点》（*Point Counter Point*）为证。

这部小说的概括内容是：许多人眼中的人生。作者利用这机会来暗示：世间并无绝对的真理，一切都是相对的，不同的气质产生不同的观点，如是而已。庄子的"彼亦一是非，此亦一是非"的老调，在赫氏看来，该是惟一可接受的"真理"了。

让我们痛快地指出赫胥黎的毛病吧。他患的是"理智有余，情感不足"的流行症。我们说这是一种流行症，因为目下文人中十有九人是有着这种毛病的。他并不是不聪明——也许太聪明了，但因为缺乏热情，面对着当前的重大问题，他就只能利用他的理智来作自私的闪避。他曾自白：最适宜于他的一种心理状态是"知识上好奇心之冷静超然的流动"。"好奇心"而止于"冷静超然"，那自然不会有什么积极具体的结果的。事实上，他根本不想获得积极具体的结果。他曾在一本小说里说过："一个人的日常生活如履薄冰，又仿佛水虫疾驰而过深不可测的水面。只要下脚稍微重一点，你就沉下去了，你就要挣扎于一种陌生而危险的原素中。"对于生活，赫氏是决计不肯深入的，他只像水虫似的在表面上爬动着。因此，不管他怎样会以"怀疑"来文饰"怯懦"，以"俏皮"来遮掩"浅薄"，他的"哲学"归根结蒂只是空洞洞的漂亮话罢了！

以上五家，平心而论，都是文坛上不可多得的人才，其中有一二位且可算得小说史上开天辟地的革命家，但因为生错地域和时代，他们的才华只好比投入瘠土里的种子，到底培养不出好花果。环境的累人真不浅，真不浅啊！

读雪莱『诗辩』

一

　　十九世纪英国浪漫主义诗人雪莱的理论著作
《诗辩》，是文学批评史上一篇奇怪的文献。学者
们一方面对它采取菲薄的态度，认为它缺乏系统
性、逻辑性，作为诗歌理论价值不大；另一方面却
又深深地被它散发出来的魅力所吸引，对它发生
浓厚的兴趣，终于不得不承认它具有一种不可磨
灭的思想光辉[1]。这种感受上的矛盾是可以理解的；

1　参看 A.C.Bradley："Shelley's View of Poetry"
（ *Oxford Lectures on Poetry* 151−174页），David Daiches:
"Platonism against Plato"（ *Critical Ap proaches to
Literature* 111−128页 ）和 George Saintsbury: *A History of
Criticism* 第三卷 274−275页。

因为，打个不很确切的比喻，这篇东西颇有点像屈原的《离骚》，既大气磅礴，震撼人心，又杂乱无章，令人心烦。雪莱是为了驳斥他的朋友皮可克[1]而写此文的。皮可克在杂志上发表一文，题作《四个时期的诗》，公开提倡诗歌无用论，并把诗人贬称为"文明社会里的半野蛮人"。他以为诗歌是人类童年时代的产物，那时浑沌初开，人们头脑简单，只能用神话诗歌来解释自然现象并以之娱乐自己，到了科学发达的时代，哲学家和自然科学家已能系统而有力地研究客观现实了，如果再搞诗歌这种玩意儿，那就是浪费精力于无用的事情上面，是愚昧者的行径。这些话无疑是针对当代浪漫主义诗派而发，因此激起了雪莱的愤怒，他立即著文反驳，由于感情冲动，文章喷薄而出，一气呵成，但只写了三分之一便兴尽而止。

这场论争实际牵涉到重理轻文的问题。那时是十九世纪初叶，工业革命以后，自然科学长足发展，有些浅见的人便专讲功利，以为只有理科和经济之学有用，而文艺应该束之高阁；皮可克是此派的代表。雪莱的文章洋洋洒洒一大篇，其中心意旨只是为文艺作辩护；他警告说片面重视机械和功利，只能招灾惹祸而不会给人类带来多大幸福的。这位"天才的预言家"[2]语无虚发，在他死后的100多年间，世界物质文明突飞猛进，可也发生了两场毁灭性的大战，差点没把人

1　Thomas Love Peacock（1785–1866），学人兼小说家，写过几部讽刺小说。他在杂志上发表的文章，题作 *Four Ages of Poetry*。
2　恩格斯给雪莱起的称号，见《英国工人阶级状况》（《马克思恩格斯全集》第二卷 528 页）。

类推回到原始社会去。在第二次世界大战结束的前夕，我曾用文言写了一篇文章介绍《诗辩》，文末说："雪氏之死去今已逾百年矣，吾人于大浸稽天之中展读遗文，觉其所以告诫吾人者无不亲切而有味。今同盟国胜利之曙光已微露矣，举世方畅谈战后之建设，窃以为从事建设之前，应先追念前痛而求其症结之所在，然后对症下药，庶杜牧所谓'后人哀之而不鉴之，将使后人而复哀后人也'之惨剧不至于重演，是诚有望于今后主持世界大局者之'想象力'矣。"现在，事隔30多年，世界物质文明发展的迅速更非前人梦想所及，然而第三次世界大战的危险却又有所增长。在这样的情况下，我重读了《诗辩》，心里有无限的感慨，同时觉得应该再让人们听一听这位青年诗人的意见，尽管他的意见有些是错误甚至是可笑的。

《诗辩》内容庞杂，但集中起来看，谈的主要是诗的性质和功用问题。本文打算就这两方面加以阐述，附带略谈自己的看法；译文仍旧用文言。

二

关于诗的性质问题，雪莱对诗下了一连串的定义："诗者，想象之表现也（the expression of the imagination）"；"诗者，生命之象万古如斯之表现也（the very image of life expressed in its eternal truth）"；"诗者，神妙之物也（something divine）"；"诗者，完美至乐之心完美至乐时之鸿爪也（the record of the best and happiest moments of the best and happiest minds)"。假如我们不知道雪莱深受柏拉图哲学的影响，我们对上面这些抽象神秘的话必将不知所云。从柏拉图那里，他继承了对宇宙人生的一套看法，认为人间是愁苦不堪的地场，即所谓"幽暗宏大之泪谷 (a 'dim vast vale of tears')"[1]，但在这黯淡的世界中偶然也会有惬心的东西瞥然呈现，这是因为茫茫的宇宙中隐伏着一种潜在而光明的力量。这种潜力不是遗世独立，而是常常活动于人类世界中，企图齐万有而为一。世间一切美善的东西都是此力的圆满表现，比如风景的秀丽、情爱的缠绵、德性的纯粹、法律的公正、哲理的微妙、艺术的工巧，等等。雪莱在他的诗篇中用各种名字称呼此潜力，如"自由 (Liberty)""惟一 (The One)""幻象 (The Vision)""自然之神 (The Spirit of Nature)""智慧之美 (The Intellectual Beauty)""伟大之神 (The Great Spirit)"[2]等，可见此力是无所不包的。他的所谓诗就是产生于这种潜力的"启示 (revelation)"，如同花光月色是它的启示一样。

但是，雪莱既谈启示，也谈创作，这两者似乎是矛盾之词。然而细读《诗辩》全文，我们知道雪莱的所谓创作并非凭空想象之谓，而是指有所感受后的一种努力。因此他极重视"灵感 (inspiration)"，

---

1 这种看法比较普遍，和雪莱同时的诗人如 Robert Montgomery, Robert Browning 等，都以"泪谷"比人世。

2 "Liberty"见 *Ode to Liberty*，"The One"见 *Adonais*；"The Vision"，见 *Alastor, or The Spirit of Solitude* 及 *Epipsychidion*；"The Spirit of Nature"，见 *Queen Mab*；"The Intellectual Beauty"，见 *Hymn to Intellectual Beauty*；"The Great Spirit"，见 *Ode to Naples*。

他说:"诗非推理之比,不能主之以意志之力。凡人不得以吾欲为诗自许,即世间最大之诗人亦不得如此云云也。盖诗人之方在创作也,其心如就烬之炭,一为不可睹之力如无定之风者所扇动,则于一霎间炽然明矣。此力自内而发,如花之色随花之荣枯而变,其来去之期非人智所能前知,苟其初见时之纯粹性与力量可以永保者,则其收效之宏不可逆料;惟当诗人写作之时,其灵感已渐就衰微,世上最美妙之诗亦仅为原来酝酿于诗人心头者之残影而已。"又说:"灵感之来,仿佛一异常神妙之物侵入吾人之心,其步履如风之过海,旋为后来之平静所扫荡,而其足迹则见于海滨沙滩之皱纹中。"诗人的职责即在捕捉此冥漠无形变化无常的"神物",而表之以文字或其他媒介,务"使神灵之临于人心者不至枯朽"。这段议论惝恍模糊的程度大足媲美我国神韵派大师的谈艺之言,其招来的非议与讥评之多大抵也相似;总之,两者都带着浓厚的唯心主义色彩,因而被恰当地指斥为违反科学。不过,我们应该承认,雪莱说这番话是根据他自己的实践经验,而不是像神韵派中某些人那样,故弄玄虚,大言欺人。雪莱的诗有一些的确是属于"忙兴"而作的一类,先有深刻的感受,然后喷涌而出,仿佛神差鬼使一般,诗成之后有一股力量使人百读不厌,例如大家熟悉的短诗《致云雀》和《西风颂》。作为诗歌理论,这种片面强调"灵感"的倾向当然是错误的;但作为赋诗的一种方法,要求有感而动而不是抱头硬做,却应给予适当的肯定。

有一点必须明确,雪莱的所谓诗不单指押韵之文,而他心目中的诗人也不限于吟风弄月的风雅之士;他的所谓诗包括一切由想象产生的东西，他的所谓诗人，其范围之广与此正同。他说："凡以想象或表现宇宙间不可磨灭之秩序为事之诗人，非仅文字、音乐、舞蹈、建筑、雕刻、绘画等之作者也，其人亦为法律之制定者、社会之创立者、人生艺术之发明者，与夫力求接近美与真之宗教家。"他在这里特别着重"想象"与"秩序"二词，因为他认为诗人的能事尽于想象，而他所欲表现的必然是一种"秩序"、"和谐"或"驳杂中的统一"。

以上说的是广义之诗，其范围兼包文艺以外的道德、宗教、法律等。至于狭义之诗，则专指艺术中以语言为工具的那一部分。雪莱把语言看作最高的艺术工具，因为它最直接又具有最高的吸引力，它本身就是想象的产物，与其他带有物质背景的艺术工具不同，所以用来作表现，可以不受外来的限制与阻碍。他认为诗比其他艺术高，正由于所用的工具处于优势，雪莱主张诗的语言必须是一种有节奏的语言，但不必墨守一定的格律；诗人与散文家原无区别，诗人与哲学家尤不可分；柏拉图的文章最富有诗情，因为它声调铿锵而又多比兴之辞；培根、希罗多德、普鲁塔克、李维诸人也以同样原因可称为诗人，尽管他们的作品中包含着许多非诗的成分。由上所述，可知雪莱并不注重诗的形式，他重视的是诗中的"灵感"，因此他痛恨专在字句上争长短的诗人，大声责问他们："吾欲质之当代最杰出之诗人，夫以诗中最精彩之章句为苦吟而得者，宁非刺谬耶？"这也是一种经验之谈，雪莱诗的佳处正在于一片天机之所流露，如行云流水，纯任自然，而其字句则不无可议，往往被其同辈所指摘，后人也有责难之词。

说到这里，雪莱的所谓诗大致面目已清。他以为诗是想象的表现，而想象的产生则由于灵感；诗人于接受灵感后，所赋咏的或为自然之美，或为爱情，或为友谊，或为忠愤，而他所欲表达的则是一种秩序、和谐或韵律，因为宇宙之美就表现在这上面；诗人所感受的并非一时的幻觉，而是万古如斯的真象，因此诗与小说不同，它不受时地和因果的限制，它所蕴藏的意义永不竭涸。雪莱说："诗人者，与于永恒、无穷、纯一之事者也。"又说："名诗如活泉然，永为智慧与愉悦之水所充溢，其灵源纵为一人或一时代之人从某方面竭涸之，惟新时代之人将不断继起，而此诗之新方面亦将不断产生，故此诗乃一不可逆睹与不可思议之愉悦之源也。"他热烈歌颂这种诗的力量："凡物之丑者诗使之美，其甚美者使之尤美；更能化惶恐为狂喜，变忧愁为怡悦，使变动成恒久；一切不可调和之物，经其控制，皆化而为一。凡其所接触者，与夫游弋于其辉光所笼罩处之物，一经熏陶，皆脱胎换骨而与其所吐露之精神融而为一。自死亡穿入生命中之毒水，一经其渲染，即成流动之金。掩蔽万象之幻网为其所揭，于是真纯而静穆之美暴露无遗矣。"

雪莱是唯心色彩很浓厚的浪漫主义诗人，他的诗歌创作和理论都有晦涩模糊的毛病，前人议论已经不少，这里不必再多说。我们觉得应该注意的，倒是他的可取之点。他的诗已经在世界文学中占了一个位置，这点不容置疑。问题是在于他的诗论，我们能不能把它一笔抹杀了呢？我看不能。剥开那些可厌的外衣，他的诗论和他的诗一样都是眼界开阔陈义甚高的严肃的艺术作品。雪莱关心人类的命运，他以诗歌为武器和当时社会上各种腐恶势力奋斗终身，同时展开想象之翼为人类探索光明的未来。这种高尚精神也体现在他的诗论中。《诗辩》不同于一般谈艺之书，它不屑就诗论诗，专门在形式问题上兜圈子，而是把诗和整个宇宙人生联系起来，要求诗人具有"天地与我并生，万物与我为一"的伟大胸怀，要求诗人所赋咏的无论家国之大、虫鸟之微都包含着他全部的宇宙观和人生观。把诗的性质和诗人的地位提得这样高，这在世界文学史上是罕见的；因此虽然其本身有着许多弱点，人们对这篇奇怪的文献不能不抱一点崇敬的心情。雪莱是服膺柏拉图学说的，但最终又背叛了他。柏拉图把诗和诗人贬为一钱不值，雪莱却反其道而行之，把这两者都捧到天上去。

三

《诗辩》除反复说明诗的性质外，还特别卖力宣扬诗的功用，其要点有二：一，诗能促进人类道德；二，诗是最有用的东西。这是直接针对皮可克的论点。皮可克攻击诗而称赞推理，大意说自文化发达后，诗的功用逐渐丧失，诗的影响也逐渐衰微，代之而起的是推理与力求实用。雪莱便拈出"想象"一词以与推理对抗，《诗辩》的开宗明义章就对这两者间的高下作了评判："推理乃吾心之一种活动，专以研求一意念与其他意念间之关系为职志；想象乃吾心加于此诸念之一种作用，以自己之心光渲染之，融化之，使成为新意念，而彼此新意念又能独立互存各有其生命。"又说："想象之作用为综合，其对象为存在自身及宇宙间深刻共有之事物；推理之作用为分析，其视事物间之关系止于关系而已，而其视各意念也，复不以之为具有独立自足之性，而以之为略如代数符号之物，只可赖以获取得数已耳。"又说："推理注意事物互异之点，想象注意事物共同之点。"大抵雪莱所谓想象，其作用略等于刘禹锡所说："片言可以明百意，坐驰可以役万景"[1]，它比推理高就在于能创造。因此雪莱又说："推理之于想象，犹影之于物，形体之于精神，工具之于工具使用者。"我们必须弄清想象一词的义蕴，才可进而探讨雪莱所谓诗的功用问题。

为什么说诗能促进人类道德呢？雪莱说："伦理学之为事仅能将诗所创造之原理加以排比，外此则提供方案、选择例范而已；然人之所以有嫉恨、傲慢、谴责、欺罔与凭陵他人之情者，固不因世间无崇高之道德学说也。诗则异于是，其作用乃远较伦理学为神妙。诗使人之心常惺惺，且开拓之，令可包纳千百未经发现之思想组合。"诗所以有如许伟大的能力，就因为它是"想象之表现"。于是雪莱便进而论述想象的功用："道德之深旨为仁爱，所谓仁爱者即忘其小我以与美之存于非我之思虑、行动或形体上者合而为一。凡欲为大善人者，须作精深而广阔之想象，又须设身处地以与一人或多数人之精神相往还，又必能以其族类之苦乐为一己之苦乐。想象者行善之利器也，诗之妙处即在运用想象之因而自致行善之果。"这样，我们对想象与道德的关系就比较清楚了。雪莱的意思是，人们干坏事并不因为未闻前圣往哲之言，也不因为世间无伦理学之书，而只是由于缺乏民胞物与的思想；冰冷的知识不能使人为善，只有热烈的仁爱之情才

1　见《刘宾客文集》卷十九《董氏武陵集纪》。

能，而这种感情的培养必须依靠想象，因为不善于设身处地以求了解别人的人，是决不会有仁爱之情的。想象的力量固然很大，但还需要诗来给予补充。雪莱说："诗开拓想象之境界，以常新可悦之意念灌注之，而此意念复能吸收其他意念使之与己融合，又留余地以招引后来之意念。诗使人为善之力充实，犹运动使人肢体充实然。"

诗与想象有裨于促进人类道德既如上述，雪莱乃坚主二者发达的时代必为道德昌明的时代，反之必为道德衰落的时代。他以古希腊为例证明这两方面的关系。他认为苏格拉底未死前一世纪（公元前五世纪）是古希腊文学艺术最繁荣的时代，同时也是人类道德达到高峰的时代："在任何时期中，力与美与德之发展未有如是之甚者，亦从未见盲目之力量与冥顽之物体如是之驯服而听命于人类之意志，而此意志复能不稍与美与真指示为抗，如苏格拉底未殁前之一世纪为然者。"到了衰落时期，腐化的现象也是先从文艺开始："腐化之起，先之以想象与智力，且以此为中心，然后如麻醉剂然，仲展到七情六欲，直至全身麻木无复感觉为止。方此时期之将临也，诗辄向最后遭毁之性能进其忠告，其声清晰可闻，如厌世而去之仙女之足音然。"即便是在衰落时代，文艺对人类道德仍然会起一些较好的作用："吾人不能不承于叙拉古、亚历山大二城侈靡之人民中，彼喜读提奥克利塔之诗者，尚不及余人之冷酷、残忍与荒淫也。"

雪莱虽然畅谈诗与道德的关系，却又力主诗人不应在其作品中明作劝世之言，或与人辩论是非。他在《普罗米修斯解放》一诗的序言中说："讽谕之诗为吾所痛恶，凡可于散文中圆满表达之意，倘以之入诗，无不乏味而烦赘。"这种主张是基于下列两种原因：一，诗的内容应当是宇宙永恒的真理，而诗人的道德见解却往往只是他所生存的时代与区域所特有的偏见。雪莱说："不朽之诗人如荷马者决无此失，惟诗才虽大而不深之诗人如欧里庇底斯、刘肯、塔索、斯宾塞诸人，每怀有道德目的，而其诗之效果即随其逼迫吾人注意此点之程度而低减矣。"二，诗的产生是由于想象而不是由于推理，因此诗中的道德效果应当让读者从想象中得之，而不应当采取耳提面命的说教方法。雪莱在《诗辩》中历述各时代的文学，其用意即在说明文学衰落的时代往往就是诗人爱在作品中侈谈道德的时代。他斥责这类诗人说：他们有"一可怜之企图，欲以己所认为道德真理之教条授之于人"；又斥责他们的作品说，"无想象之性质至于离奇之程度"。他还警告以诗为工具的人说："诗如电光之剑，永不入鞘，脱蒙之以鞘者，则鞘为剑所毁矣。"

以上关于诗与道德之关系的议论，用今天的眼光来看，自然是千疮百孔，错误重重的。雪莱生活于一百多年前，要求他的理论与今天合拍，那也不切实际，因此我们不必多所吹求。他在这里提出了一个人道主义问题。他要求诗人（文艺家）"以其族类之苦乐为一己之苦乐"，要求诗人做设身处地以仁爱之心对待众人的"大善人"，这种精神不应该轻率地加以排斥。雪莱的人道主义无疑是属于资产阶级的范畴，但他本人并不虚伪，他是真心实意热爱人类的。今天有些人口谈马克思主义，而行的却是封建主义，专横跋扈，蔑视人权；另有些人打着社会主义牌子，而到处侵略扩张，把邻国变成活生生的人间地狱：所有这些人都是人道主义的死敌。对这号人，在打掉他们的威风之后，必须给予起码的人道主义教育，使其去掉兽性，恢复人性。雪莱关于"道德之深旨为仁爱"那一段话，对他们来说，是很好的座右铭，直到今天还有用处。

为什么说诗是最有用的东西呢？雪莱说：有些人强令诗人让位于推论者与机械师，他们承认从事想象最为可乐，但又主张从事推理最为有用。"吾人试细察此有用一词之含义，以验此分别之有无根据。夫乐或善，从其广义言之，固为灵敏睿智之人所欲求而深喜者也；而乐之种类有二：其一普遍而永恒，其一特殊而短暂。所谓用者，或指产生前者之方法而言，或指产生后者之方法而言。若论其第一义，则凡物之能增强与涤净吾人之情感，开拓吾人之想象，与夫纳精神之元素于感觉中者，皆为有用者也。顾用之一词亦可有狭义焉，依此义，则有用之物仅聚于物之可消弭吾人低等迫切之需要者，予吾人以生活上之安全者，破除迷信中之尤谬者，与夫使人类于合乎一己之利益之动机下，互相容忍至一定之程度者。"雪莱在论诗与道德之关系时，曾拈出"想象"一词以为说明；这里又指出一"乐"字以为用之标准，意思说凡能使人快乐的东西都是有用的，而有用的程度则视其普遍性与时间性如何而定。社会科学与自然科学虽然也能使人快乐，但受惠的往往只聚于一部分的人，应用的时候又往往发生流弊，在普遍性和时间性两方面都有缺陷，因此算不得最有用的东西。他大声疾呼地说："当怀疑论者破除迷信之际，彼辈幸勿并深印于人类想象上之永恒真理而毁灭之，一如某些法兰西著作家之所为者。当机械师节约劳动、经济学家组织劳动之际，彼辈幸亦注意，勿令己之意见，因缺乏想象力之故，而增剧侈靡与贫苦各趋极端之倾向，一如英吉利现在之机械师与经济学家之所为者。彼辈竟使'已有者更与之，未有者并其所已有之少许而夺之'之言见诸事实矣。于是富者益富而贫者益贫，而国家遂陷于无政府状态与暴虐政治间之危境矣，斯乃滥用计量之功所必获之果也。"以想象为事的诗与此不同，它给予人们的乐趣也不一样。雪莱说："怡悦之生于爱情与友谊者，欣喜之出于赞赏自然之美者，与夫乐趣之起于发现诗意与吟诗者，皆异常纯粹者也。"他断言："真正之用乃在产生与确保此种最高级之乐趣；彼产生与确保此种乐趣者，乃诗人或诗哲也。"这种乐趣之所以是最高级的，正由于它具有永恒性又可普及全人类而无流弊。

诗比科学更有用还不止于乐趣这一点；就拿用的本身来说，诗之用也比科学之用为大，因为诗是想象的，科学是推理的，想象之力能创造能推动而推理之力不能。因此，科学产生的东西倘无想象来加以利用，那就不仅无裨人生，甚至还会酿成祸乱。雪莱说："吾人所有之道德、政治与夫历史之知识较吾人所能实行者为多；吾人所有之科学与经济之学识亦较吾人所能利用以均分彼所增益之产品者为多；凡诸思想系统中之诗竟为事实之积累与利害之计量所掩矣……吾人缺乏予所知者以想象之创造力；吾人缺乏予所想象者以实行之伟大魄力；吾人缺乏生命之诗。吾人之计量逾于吾人之想象；吾人所吞者较吾人所能消化者为多矣。"研究科学之结果，人类对于外界所能控制之范围虽大见开拓，惟因缺乏想象力之故，其内心世界之范围亦以同一比例随之缩小；于是人类征服外物之后，其自身仍不免沦为奴隶。夫滥用节约劳动与组织劳动之学识至使人类有异常不平等之现象者，宁非过度研究机械之术而忽略创造力之故耶？彼科学之发明本宜消弭人类之苦厄而今反增益之者，其咎舍此又当谁归？诗与以金钱为其化身之自我主义犹上帝与钱神之比也。"雪莱最后对人类进一忠告说："当外物之积累，由于逾量之自私与计较之心理故，远超于人类想象力所能吸收之程度时，治诗之需要未有较此时为更甚者，良以此时之社会大类臃肿之身，不复能为精神之所激励也。"

以上关于诗之用处的议论，有些地方不免偏激奇辟，违背事理，难怪受到学者们的讥议[1]。雪莱是浪漫主义者，夸张和诡谲是他的本色。但他又是"天才的预言家"，眼光特殊敏锐。他说：诗人者"不独了然于今日之真相而为其定完美之法则，且能于现在之中逆睹将来，而其思想每为今后之花与果之种子者也。"他干脆把诗人唤作"先知"。在《诗辩》的这一部分里，他对当时欧洲资本主义社会中不合理的现象作了深刻的揭露，并且暗暗地指出这种现象倘不加以纠正，就将导致愈演愈烈的趋势，其结果："人类征服外物之后，其自身仍不免沦为奴隶。"当然，他把一切责任都推给科学家和经济学家，这是一种严重的错误。为了驳斥皮可克的孟浪之言，他自己又走到另一

1　讥议雪莱的人不少，举一例以概其余：学人兼诗人 Matthew Arnold 在 "Shelley" 一文中，直称此青年诗人为"一个美丽而无实效的天使（a beautiful and ineffectual angel）"。

极端，过分强调诗（文艺）的作用。可是，他提出了一个值得注意的重理轻文问题。一百多年来，这问题一直没有解决，以致到了今天还有人把文艺看作可有可无的东西。雪莱的回答是：人们不能只有理智而无感情，不能只有推理而无想象，如果大家都只埋头于冷冰冰的估量划算之中，一味计较功利，那末人类就不会幸福，就不能避免邪恶和灾难；而要培养感情和想象，那就必须仰仗文艺，重视文艺。这个回答看似古怪，其实却有至理，此外没有更好的回答。

读了雪莱《诗辩》，我有一点感想。我觉得我们应该重新考虑如何接受文化遗产的问题。过去的习惯做法是把古人当作今人来批判，一遇见不合今天口味的东西便抡起棍子猛敲一阵，其结果往往使古人显得一无是处。如果我们用同样的方法对待《诗辩》，那末这篇东西恐怕也难逃脱挨棍子的厄运。然而，雪莱无论如何是否定不了的，他的理论著作也不应一棍子打杀。所以我认为对待古人的遗作还是多从正面着眼为好，看看其中有什么可取之处便加以阐扬。倘其中全无足取或者瑜不掩瑕，那就让它躺在书库里发霉好了，何必浪费精力去抨击无用的东西？我就是本着这点认识写这篇文章的，由于时间有限，行文力求简约，说不清楚的地方，请读者批评指正。

鲁迅杂文试论

茅盾先生论到鲁迅先生的杂感时说，"这一新的形式（杂感）。是他所发明，所创造，而且由他发展到最高阶段"。茅盾先生所指的杂感，就是这里所说的杂文。这一文体既然是由鲁迅先生所创造，所发展到最高阶段的，要研究地的特质，应由鲁迅的作品入手，是不容置疑的了。关于这类的文章，过去有何凝先生的鲁迅杂感选集序言，以后在巴人先生曾有一本《论鲁迅的杂文》出版，这类的书籍或文章，就个人所知，可说没有了。有的仅是片段的意见。

"在鲁迅先生的遗作中占着篇幅最多的确是先生的一册册的杂文集，这锐利的短剑和匕首，针对着现实中丑恶的一面，给以锋利的刺击。由他这历年所积的杂文集中，我们看出了中国社会中的形形色色，各种各样的存在的赘瘤，具体地反映了现实的情况在时间中的变动……现实的方面太多，而进步的文艺工作者又是那样的微少，杂文事实上成了一种最适合需要的最锐敏的表现形式。虽然正统的学者们还在对杂文的文艺价值怀疑，然而杂文现在不但是存在，而且是已经得到绝对多数读者的拥护了。"（王瑶）这可说是目前对于杂文一般的最普通的理解。至于将这意义庸俗化，把地作为作者主观的对社会的热讽，客观的对现实的冷嘲，而刻意模仿或高声叫绝的，更是屡见的现象，自然，这样理解是不够的。

鲁迅先生的手法固然常常透入事实的里层，从侧面找论点，冷不防地把它暴露出来，以致他的死命。但这是方式，而不是态度，只是一种战斗策略，而不是真实的出发点。鲁迅先生的思想特质是对于现实的丑恶，深恶痛绝的挑战。

第一，杂文最凸显的一个特质，不是冷嘲，不是热讽，而是短兵相接的正面战斗性。把他作为旁敲侧击的战法，或是站在高岗上，旁观的指指点点地谈谈的俏皮话，是不对的；这不是闲情的说东论西，而是关于自己生命的肉搏战。

"革命的作家总是公开地表示他们和社会斗争的联系。他们不但在自己的作品里表现一定的思想，而且时常用一个公民的资格来对社会说话，为着自己的理想而战斗，暴露那些假清高的绅士艺术家的虚伪。高尔基在小说戏剧之外，写了很多的公开书信和'社会论文'（Publicsit articles），尤其在最近几年——社会的政治斗争十分紧张的时期，也有人笑他做不成艺术家了，因为'他只会写些社会论文'。但是，谁都知道这些讥笑高尔基的，是些什么样的蚊子和苍蝇！"

　　"鲁迅在最近十五年来，断断续续的写过许多论文和杂感，尤其杂感来得多。于是有人给他起了一个绰号，叫做'杂感专家'。'专'在'杂'里者，显然含有鄙视的意思。可是正因为一些蚊子苍蝇讨厌他的杂感，这种文体就证明了自己的战斗的意义。鲁迅的杂感其实是一种'社会论文'——战斗的'亨利通'（Feoilleton）。谁要是想一想这将近二十年的情形，他就可以懂得这种文体发生的原因。急遽剧烈的社会斗争，使作家不能从容的把他的思想和情感熔铸到创作里去，表现在具体的形象和典型里；同时，残酷的强暴的压力，又不容许作家的言论采取通常的形式。作家的幽默才能，就帮助他用艺术的形式来表现他政治立场，他的深刻的对于社会的观察，他的热烈的对于民众的同情。不但这样，这里反映着五四以来中国的思想斗争的历史。杂感这种文体，将要因为鲁迅而变成文艺性的论文（亨利通——Feoilleton）的代名词。自然，这不能代替创作，然而牠的特点是更直接的更迅速的反应社会上的日常事变。"——何凝《鲁迅杂感集序》

　　天才文艺批评家何凝先生的比拟是对的，鲁迅先生的杂感（杂文）正同于高尔基的社会论文，用牠作为肉搏致胜的武器，面对着腐朽的社会作残酷的斗争。在这里作者所表现的，一方面是文学作家，一方面又是社会的勇猛的战士。"用一个公民的资格来对社会说话，为着自己的理想而战斗。"他自己就曾说过因为他一方面是个作者，一方面是个中国人的话。"不但'陈西滢'，就是'章士钊'（孤桐）等类的姓名，在鲁迅的杂感里，简直可以当作普通名词读，就是认做社会上的某种典型，他们个人的履历倒可以不必多加考究，重要的是这种'媚态的猫','比它主人更严厉的狗','吸人的血还要预先哼哼地发一通议论的蚊子','嗡嗡闹了半天,停下来舐一点油汗,还要拉上一点蝇矢的苍蝇'……到现在还活着,活着! 揭穿这些卑劣,懦怯,无耻,虚伪而又残酷的刽子手和奴才的假面具,是战斗之中不可少的阵线。"(何凝)是鲁迅先生组织了这一阵线,并一个个的刺倒了这些卑劣虚伪的化身,取得了这阵线的胜利。而他使用的武器便是杂文(杂感)。"善于读他杂感的人,都可感觉到他的燃烧着的猛烈的火焰在扫射着猥劣腐烂的黑暗世界。"(何凝)在这"燃烧着猛烈的火焰"里,蚊子苍蝇是无所逃避的,不明白这种意义的人,只从表面读他的文章的人,自然也可以说他是"专门写一些随笔杂感,以讽刺自己所讨厌的人"。

第二,杂文的另一个特质可说是深刻锐利。以如炬的目光,把每个问题都看到内层,不为表皮的形象所欺瞒,每件事情,在别人不注意的时候,杂文的作者却注意到。

"中国人向来因为不敢正视人生。只好瞒和骗,由此也生出瞒和骗的文艺来,由这文艺,更令中国人更深地陷入瞒和骗的大泽中,甚而至于已经自己不觉得。"(《坟·论睁了眼看》)因之即便"到处听不见歌吟花月的声音了,代之而起的是铁和血的赞颂。然而倘以欺瞒的心,用欺瞒的嘴,则无论说 V 和 O,或 V 和 Z,一样是虚假的"。因为年久月深的陷在"瞒和骗的大泽中"生活着,以至于连自己也不自觉了。这时候有人揭开瞒和骗,说出了真实,指出了虚伪,他的特点本来是深刻锐利的说出了实话,在不这末感觉的却视为讽刺讥诮了。

鲁迅先生自己，对于这种说他只会讽刺的说法他是不承认的。说到他常常被人骂的事，他说：

> 被骂，我是不怕的；只要骂得有道理，我一定心服。然而，总以骂得无道理的居多。譬如现在常常有人骂我是"讽刺家"，其实我说的并不是什么"讽刺"，倒是老老实实的真话。

> 平常应酬场中，问到别人的姓名籍贯，总是"贵姓"，"大名"，"府上哪里"；你说了姓名，别人有没有听见过，总是"久仰久仰"，你的出生地不管是怎样冷僻的乡村角落，人家总是"大地方大地方"，大家都认为老实话其实这明明是"讽刺"。
> 真是"讽刺"不算"讽刺"，于是老实话反变成"讽刺"了。
> ——以群：《忆鲁迅先生》"'讽刺'不算'讽刺'"

于是老实话反变成"讽刺"了。这是真实的情形。从来社会的瞒骗，没有一个人奇怪，他面对社会，说出了"老老实实的真话"，反对令人陷入"瞒和骗的大泽中"的"瞒和骗的文艺"，"反对从来如是的事物"，却都觉着他讽刺了旧社会；终日损着别人的牙和眼，却大讲恕道的人，没有一个人奇怪，他嘱后人不要和"损着别人的牙眼，却反对报复主张宽容的人"接近，却都觉着他在讽刺。其实还不是老老实实的真话！因这真话深刻锐利说出了真道理，于是觉着他在讽刺。我们日常生活中，纵令是普通一般的信札，自始至终都满载着夸张式的谀词。

碰到了丧事，即使华居美食，但在死亡通知书上，大吹其牛的写着"蓆草枕土而昏迷"。假使拿匾额赠送给医生，则写着"技高岐伯""术高黄帝""着手回春"等的，虽是穷乡僻壤的小豆腐店，在正月所挂的对联，老是写着"生意兴隆通四海，财源茂盛达三江"这样的法螺。总之，无论什么，都是阿谀，虚伪，夸张……（佐藤春夫《鲁迅传》，据梁成译文）实际上，这些才是真正的讽刺，讽刺自己，讽刺别人。然而说的不察，受的不觉，反都认为是美言颂语，老老实实的真语，那又有什么办法！

那么，杂文中一点讽刺也没有么？也不，正正相反，它是常用讽刺和幽默的笔调的。不过讽刺不是它仅有的特质，而且这讽刺的动机不像一般人所理解的那么肤浅，只是为了个人的开心，为了个人的讨厌。应是为了爱人类，为了爱社会而发的。

这一点表现在鲁迅先生的小说里的和杂文中的并无二致。阿Q被捆着游街，示众，到法场去杀头，观众们都感到可笑，都感到不满足："那是怎样的一个可笑的死囚啊，游了那么久的街，竟没有唱一句戏；他们白白跟一趟了。"有许多读者以为这是讽刺。说是讽刺是可以。然而这讽刺里面一点也没有笑，有的只是泪。因为作者不是一个时代的旁观者，他是和他的人溶合为一了。因此，鲁迅先生反对那些以普通眼光去理解讽刺者，说他是"讽刺专家"，专会讽刺。

罗克是滑稽，卓别灵也是滑稽，然而两者完全不同；前者是含笑的，多少带些幸灾乐祸的，后者是含泪的，本身就是那个不幸者。前者使人笑了，很轻松的过去就完事，后者不但使你笑的时候睫毛里挂着泪珠，笑后想一想，应当做的实在并不是笑，而是哭。拿鲁迅先生杂文中所具的讽刺和幽默和他们相比的话，显然的，是属于后一种。所以使人笑后又哭的缘故，就是因为这本来不是一个浅薄的笑话，是深刻锐利的看出的一件倒是该哭的事情，是老老实实的真话，谁也不能反驳的真理。对于这种讽刺，依现在成了汉奸的周作人的说法："这种笔调，多用'反语'Irony，多理性而少热情，多憎而少爱——造成了 Satirie satire（讽刺者的讽刺），换句话说，即所谓'冷嘲的笔调'。"（曹聚仁："反语""冷嘲"和讽刺幽默，同样容易被人向肤浅的一方而理解；"多憎而少爱"容易被人理解憎恶一切。）实际上，"反语""冷嘲"正说出了至理；"憎"之所以"多"，正是为了"爱"的一切。憎的是那些卑劣，无耻，腐朽猥亵的黑暗现象，那些蚊子苍蝇。正是为了对人类对社会有热爱，才对他们有深憎。在同一篇文章中，曹聚仁先生引用鲁迅暨南大学讲稿中的一段话，也说明了这点："社会太寂寞，有这样的人，才觉得有趣些。人类是喜欢看看戏的，文学家自己做戏给人看，或是绑出去砍头，或是在最近墙脚下枪毙。都可以热闹一下子。且如上海巡捕打人，大家围着去看，他们自己虽然不愿意挨打，但看见人家挨打，倒觉得颇有趣的。文学家便是用自己的皮肉在挨打的。"接着曹先生解释说："这便是反语的一个例子（'反语'谓表示某种意见，用其正反对之语，从修辞学上说来，是 Paradox 之一种）。说社会要有被杀被囚的文学家才觉得有趣，说文学家自己做戏给人看是一种热闹，说看人家挨打是颇觉有趣，都是用'正反对'

之语；这种话，粗看很不合理。细看恰正合乎至理，这是用反语的效果。"

无论说讽刺也好，反语也好，冷嘲也好，说这些话的人也可以从杂文里得到具体的例证，作为自己立论的根据。但这些都不能成为杂文的仅有的特质，鲁迅先生没有一篇杂文是仅为了讽刺，幽默，反语或冷嘲，而去讽刺，幽默，反语或冷嘲的。都是为了什么？为了说出深刻的"恰正合乎至理"的"老老实实的真话"。茅盾先生说："有些讽刺和幽默的文章能够刺激读者，然而不耐咀嚼。有些是虽耐咀嚼，然而咀嚼出来的东西所起的作用只是消极的。鲁迅的讽刺和幽默却是使人不得不然的要一遍遍地咀嚼，而且咀嚼他的积极的作用也愈强烈。"为什么文章讽刺和幽默了，也能够刺激读者了，"然而不耐咀嚼"呢？我想，他不是讽刺和幽默得不够，而是没有说出一种深刻不移的至理来。所以，它虽能够刺激读者，一经细细的咀嚼，便觉什么也没有了。"虽耐咀嚼，然而咀嚼出来的东西所起的作用只是消极的"的原因，是缺乏前面提到的杂文的第一个特质，正面短兵相接的战斗性。惟有说出深刻不移的至理，才经得起一遍一遍地咀嚼，惟有具有白刃相接的战斗性，作用才会是积极的，强烈的。

第三，杂文的另一个特质，是他独到的见解。精辟，深透，不落俗，不同凡响。但可也不是故意的"立异以为高"，才算是独到或超俗，如同私塾里老学究们的做"反案文章"，什么秦桧忠臣辩之类似的。乖张的理论并不是独见，不过是谬论；奇异的主张也不足炫惑人的耳目，其实是一文不值。有渊博的知识，才能有独到的观察和独到的见解。这见解，不是奇异而是从平常事物中看出来的，大家都忽略了的真理。一说出便人人觉着是至情至理。在未经指出前，大家却习于平日的看法，拘于传统的观念，都忽略了，谁也不注意，谁也不详察。例如《论"费厄泼赖"应该缓行》一文，讨论到一个极重要的革命行动的问题，通篇中既不是空洞的说教，也不是板起面孔来讲什么大道理，而是结结实实的说了一些别人都知道的具体事象，由这些事象令人心神感悟到"对敌人宽纵就是对同志残忍"的独到的真理。"又如《论雷峰塔的倒掉》一文，也是引诱任何人不得不读下去，而且刺激着任何读者深深的思索一番的。在这短文里，鲁迅运用了白娘娘和法海和尚的传说，（想想这传说是多末普通！）来指出压迫制度之不会天长地久，而压迫者（法海和尚）的'躲到蟹壳'里不能出头，倒是永远的。鲁迅的巧妙的艺术几乎是'催眠'了读者似的，使他们不能不俯首于这真理之前。"（茅盾）不说教，不发空洞的议论，从极普遍平淡的社会相中，发掘出极普通的道理，而这道理却又不是平素被人不注意的极重要的至情至理！这是这两篇文章的特质，也是所有的杂文的特质。

没有深刻的认识，只求讽刺，杂文便成了只剩有尖酸刻薄的东西，固然尖酸刻薄并不是杂文的坏质素。鲁迅先生曾自己批评"我还欠刻薄"！在《纪念刘和珍君》中他说："我向来是不惮以最坏的恶意来猜测中国人的，然而我还不料，也不信竟会下劣凶残到这地步！"

他在当时说，那是"民国以来最黑暗的一天"，"然而他更不料一年后的黑暗会超越三一八屠杀的千百倍"。鲁迅先生的刻毒是对付那些下劣凶残的刽子手使用的，而那些残暴者却比他想象的更下劣，更无耻。所以若是尖酸刻薄或刻毒，只可解释为对人不公的或过甚的讥骂，那在这里就应当改称为深刻锐利。但无论如何，只有尖酸刻薄的杂文不能称为好杂文。杂文必须深刻锐利，失去深刻锐利，便成了浅薄无聊。同样的，没有独到见解的超众的意见，这意见便实际上不是超众，而是成为诡辩派而流转专玩笔尖的俏皮无聊。现在这种倾向相当的流行，如某报副刊上子潀先生的一篇题为"系铃无用子"的短文，嘲笑了说老鼠想给猫系铃说的愚不可及，接着发挥了一些因"地理关系"，在四川鼠猫不同的议论："猫和鼠，在四川情形是有别致的，猫装在笼子里，放在市场上出卖，听说毛色最佳的索价恒在千多元左右；鼠呢，却在柏油马路上逛荡。因此猫的食品大概是别一种，正如同叭儿狗吃的不是骨头，恐怕老鼠不需要去系铃了。"

就是这些微的地理常识，这位先生也不知道。在特别，就是别致的情形下面呢，原需要非常之才。猫装在笼内以高价出售，这是可想到猫是养尊处优的，用平常的眼光来观看，那时愚不可及的。——猫已经不直接把老鼠当作食品了，牠大概是躺在沙发的角里，或者坐在书案之上，已经和叭儿狗属于一类，在"深似海"的"侯门"以内了。老鼠逛荡在柏油马路上，有时也就死于途中。已经没资格配献于俎上了。

……

"深似海"的"侯门"以内的情景，我们虽然不容易明瞭，但是养尊处优的揣测，总是不会落空的。猫儿得了主人，有了依靠，生活自然也很悠闲，大门之外，有卫护者，大门以内，有太太老爷作伴。铃有时系在颈上耍一阵，有时换一个圈，牵着叭儿狗的手，随在高跟皮鞋和双梁白粉底鞋的后边。

猫不仅为老鼠所高攀不及而且躺在侯门内的沙发上了。系铃报警来制裁牠的办法也无用了，牠自己正把铃当做装饰品耍。

这短文里，可以说有讽刺，有幽默，也有与流俗不同的见解。但这见解可不是独到或超俗的，而是并不合事实，并不合乎真理的俏皮和故意的玩弄笔尖。或许是因为眼光"平常"或"愚不可及"，我们很难明白他是说出了些什么道理。可惜人还是"平常"的多，多半在"平常"里生活，诡奇的理论并不一定合于平常的世界，以"愚不可及"的"平常的眼光"来看，"猫在笼内出售"是事实，但在猪肉二千元多一斤的时候，一个猫卖千元左右，实在说不上是高价。（因为猫还没到杀着吃的时候）诚然"'深似海'的'侯门'以内的情景，我们'不容易明瞭'"，但是以"平常的眼光"看来，"总是不会落空的""养尊处优的揣测"是落空了。"'深似海'的'侯门'内"，猫儿是否"躺在沙发的角里，或者坐在书案之上"，子滢先生和我们同样的不清楚。我们用"平常"的眼光可看到了更多的在茅棚里带着绳索的骨瘦嶙嶙的猫。牠们失去了以前的彪壮，活像监狱里的死囚，所以，以平常的眼光看来，猫"为老鼠所高攀不及"，老鼠"已经没资格配献于俎上"，并不是猫的幸福，而是老鼠的势大，看看身壮毛丽的老鼠徜徉于柏油路上。视路人若无诸的神气已可想见了。猫呢，可做了绳索下的囚犯。猫儿什么时候还是野生，我不知道，也没去研究。可是"得了主人，有了依靠，生活自然也很悠闲"，并不是从带上锁链或装在笼子里始，倒是锁链或笼子把牠由奴隶降为玩物了。

"独到"是锐利的"真知灼见"，"不是故作惊人之谈"，也不是"人皆以为庙在树后，我独以为树在庙前"的妙句，子滢先生的文章更没有前者的特质，却有后者的倾向。在鲁迅的杂文里就正相反，人人注意，人人看到的事理，不常有；人人不注意，人人看不到的地方，他却指了出来。"像一个美人生了遍体的恶疮，若要遮她的面子，当然只好歌颂她的美丽，而讳隐她的疮。但我以为指出她的恶疮的人倒是真爱她的人，因为她可以因此自惭而急于求医。"（姚克文中鲁迅语）当人人都被美人的艳丽炫惑时候，都歌颂，都拜倒，大家兴高采烈，鲁迅先生却指出都忽略了的，她身上的恶疮。固然他是把大家的高兴打消了，但比起来，这比歌颂哪样更有意义呢？鲁迅先生就是常做着这样事情。"辛亥革命之后，大家都可以懂得革命是失败了。但是，并不是个个人都觉得到继续统治的是谁。鲁迅说，这是些'现在的屠杀者'：杀了'现在'，也杀了'将来'——将来是子孙的时代。"而杀"现在"的自然是一些僵尸。那时候，还是完全的僵尸统治呵。(何凝)五卅的时期，"一般人，甚至革命者的思想，都在'一致对外'的口号之下，多多少少忽略了国内的××战争的同时开展，这又是新的阶段的更加严重的问题。而鲁迅就是提出这样的质问：'然而中国有枪阶级的焚掠平民，屠杀平民，却向来不很有人抗议。'(《华盖集·忽然想到之十一》)'大小无数的人肉的筵宴，即从有文明以来一直排到现在，人们就在这会场中吃人，被吃，以凶人的愚妄的欢呼，将悲惨的弱者的呼号遮掩，更不消说女人和小儿，这人肉的筵宴现在还排着，有许多人还想一直排下去。'(《坟·灯下漫笔》)指出这吃人社会的真面目，大呼着'扫荡这些食人者，掀掉这筵席，毁掉这厨房'，更是在《新青年》时代的事了。这就是鲁迅的杂文的特质。所以茅盾先生说：'说明了某些问题的真实，揭示了旧社会的某些"毒疮"，仅不过是鲁迅的杂感的价值的一面。另一面，而且尤其重要的，是他的杂感不但使我们认识现实，而且使我们知道怎样去分析现实。他的杂感是一面"镜子"，同时又是一把"钥匙"；它帮助我们养成了自己去开开现实的门户的能力。'这'独到的见解'便是一把'钥匙'，它能以打开每一个事象的门，叫人明白了内情，懂得了哪是重要的所在。"

第四，杂文形式上的特质是隽冷和挺峭，这是配合了牠的内容而产生的一种形式。这种隽冷的字句，挺峭的风格的形式，是那末自然，丝毫没有刻画的痕迹，格式又是那么多样，灵活而自如。翻开鲁迅先生的杂文，几乎可说篇篇都是这样令人可爱，是这样巧妙泼剌，简直是一首首的散文诗，愈读愈觉得意味隽永。所以有这样的结果，固然是在内容上说出了至情至理，辞句和风格可也有很大的关系。
例子每篇都是，使我们举不胜举。现在顺手抄《送灶日漫笔》后几段
看一看：

> 胶牙饧的强硬办法用在灶君身上我不管牠怎样，用之于活
> 人是不太好的。倘是活人，莫妙于给他醉饱一次，使他自己不开
> 口，却不是胶住他。中国人对人的手段颇高明，对鬼神却总有些
> 特别，二十三夜的捉弄灶君即其一例，但说起来也奇怪，灶君竟
> 至于到了现在，还仿佛没有省悟似的。

> 道士们的对付"三尸神"，可是更厉害了。我也没有做过道
> 士，详细是不知道的，但据"耳食之言"，则道士们以为身中有三
> 尸神，到有一日，便乘熟睡时，偷偷的上天去奏本身的过恶。这
> 实在是人体身中的奸细，封神演义常说的"三尸神暴躁，七窍生
> 烟"的三尸神，也就是这东西。但据说要抵制他却不难，因为他
> 上天的日子是有一定的，只要这一日不睡觉，他便无隙可乘，只
> 好将过恶都放在肚子里，看明年的机会了。连胶牙饧都没得吃，
> 他实在比灶君还不幸，值得同情。

> 三尸神不上天，罪状都放在肚子里；灶君虽上天，满嘴是糖。
> 在玉皇大帝面前含含胡胡地说了一遍，又下来了。对于下界的情
> 形，玉皇大帝一点也听不懂，一点也不知道，于是我们今年当然

还是一切照旧，天下太平。

我们中国人对于鬼神也有这样的手段。

我们中国人虽然敬信鬼神，却以为鬼神总比人们傻，所以就用了特别的方法来处治他。至于对人，那自然是不同了，但还是用了特别的方法来处治，只是不肯说：你一说，据说你就是卑视了他了。诚然，自以为看穿了的话，有时也的确不免于浅薄。

——《华盖集续编》六九—七一页

这一篇文章，从对付鬼神的方法，请他吃糖或不睡觉，说到对付人的方法，请吃酒。当时杨荫榆女士是善于请酒的，请那些正人君子制造"公论"。然而说出来，就说是"卑视他"了。"公论"在酒后制造出来，就成了那时"不偏不倚"，"堂哉皇哉"的议论。全文是那么隽永，峭利，引诱着人不能不看下去，一遍，两遍，越发认识了当时正人君子的一些鬼脸，一些善行。

又如《半夏小集》中有这样的话：

这是明末的事情。

凡活着的，有些出于心服，多数是被压服的。但活得最舒服横恣的是汉奸：而活得最清高，被人尊敬的，是痛骂汉奸，后来自己寿终林下的逸民，儿子也不妨应试了，而且各有一个好父亲，至于默默抗战的烈士，却很少能有一个遗孤。

我希望目前的文艺家，并没有古之逸民气。

这是多么平淡而又意味深长的字句！它不但吸引着我们再三的讽读，读后也永是萦回在脑中。

这巧妙的技术，实在是惊人的！不怕是讲一件很繁杂或是枯燥无味的事情；不怕是说一件很深的道理，读着却一点也不觉得繁杂或枯燥，一点也不感觉是在发议论或在说教。就是你不愿意读说理的东西，也不因不由的读下去；就是你本来不是那种想法也不能不完全心折在他的真理下。甚而就是你是那被攻刺的对象，你也不能不啼笑皆非的一口气把他读下去；甚而就是你已注意到的一种事象，你已明白的一桩道理，由他说出来，你仍然不感觉絮烦，而还是充满了韵味。所以杂文不是读一遍就可以抛开的，越读越觉意味深厚。这实在不是只说出那真理来就能够办得到的，非具有隽冷挺峭的高妙的艺术，成为社会的散文诗，是不成的。

不独字句和风格隽永，泼剌，自然，锐利，而体式也同样的那末自然，灵活和多样，从《马上日记》《无花的蔷薇》《灯下漫笔》《半夏小集》《无题草》到《立此存照》等，体式不下数十种，这一点都没有强意造作的痕迹，都像是自然形成。文句，体式，同样的，好像"俯拾皆得"，一点都不需苦索。对于这多样的体式，茅盾先生说："他的杂感教导我们一件最重要的事：反公式主义！他的杂感是医治公式主义的良药！而这一面，正是我们不得不赶快学习的，公式主义的病菌现已经弥漫于我们的文艺界，使得我们的作品变成枯燥，无力；前进的青年因为要'前进'，还能耐心读着，然而既是公式的地接受了，也只能公式地运用，独立的观察和分析的能力就无从养成。至于'前进'以外广大读者群众呢，自然也有能耐心读的，可是硬梆梆的公式反而叫他们害了思想上的消化不良症，结果恐怕弄到他们不敢来领教为止。"

这是的确的，学习鲁迅，并不是只求索其表面的相似，无论是杂文的内容或形式说，仅摹拟某一点，求牠相似，至多不过是一种赝品罢了。要学的是那"独立的观察和分析的能力"，并且要扩大这能力。

这需要靠思想深度的追求，生活力量的吸取，而最重要的，是在我们的心脑中对于现实的深刻的爱和憎的感受。没有这种感受，去感觉人间的苦当作自己的苦，就不能宽广深沉地去生活，所能体察的将仅是一些浮光掠影。

附录　新近发现的郑朝宗佚文

元旦感想

　　我们的中华民国，自从呱呱坠地至到如今，已过廿个年头了。这廿个年头当中，不知经历了多少磨折，受过了多少灾难，中间还经过了两次死而复苏——袁氏称帝，和宣统复辟——的危险，到了今日还是内伤外感昏昏沉沉的病着未愈。这真是我们最不幸，而且最痛心的一件事了。

　　今日是我们中华民国廿一年的元旦日，照例我们应该随着大众来庆祝，随着大众来欢欣鼓舞，随着大众来说些新年的吉祥话，不错，这是应该的，这是谁都赞成，谁都不反对的，但是我们要细想着：我们这个中华民国，现在究竟是怎样的呢？讲到这里，相信谁都不敢徒然庆祝，徒然欢欣鼓舞，徒然说些吉祥话了。语云："忧国者言国之短"，我们今不敢徒然说吉祥话，也就是这个意思了。

古人年满二十岁为冠，冠礼甚为隆重，意思就是欲望冠者自知业已成年，我们中华民国现在亦是冠了，以后应自知调节饮食，自谋身体的健康，勿再如童蒙时代的样子，自己苦累自己。

同胞们，中华民国的冠，就是我们全国同胞的冠，我们应在今天庆祝元旦典礼当中，加重这一层的意思，才有意义，才不负这盛大的典礼，和热烈的庆祝；尤其是以后中华民国的饮食，中华民国的健康，应该如何调节，如何营谋，这是全国过同胞们共同应负的责任，并不是少数特别阶级的责任；这是我们今年对于亲爱的同胞们贡献的一点意见。完了。

（原载《一师旬刊》1932年）

冯友兰芝生先生

　　如果世界上真有所谓学者态度的话，冯芝生先生的态度可说是十足的学者的了。我向来迷信学者。我以为凡是号称学者的，一定都是具有虚心，和蔼，浑厚，严肃等德行的人物。可是自从北来后，眼中所见的，耳中所闻的一些所谓学者的，却都多半与此相反。他们依然同我们不学无养的青年人一样的轻浮，躁急，尖刻，儇薄；有时且较我们为甚。其能完全合乎我的理想的，芝生先生要算是第一人了。

　　我和芝生先生初次见面是在考入清华那年。那时，我因为很羡慕他的学问，所以大学一年外国语文系选修课程中大家所最喜欢选的中国文学史，我倒不选，而选他的中国哲学史。但那时我的理想中的芝生先生，却还不是我后来见到的芝生先生。我的理想中的芝生先生，是一位穿西服革履，态度很活泼，说话很流利的摩登先生；因为那时我所能梦想的芝生先生，还不过是出过洋，得过哲学博士的人物啊！然而我后来所见到的芝生先生，却大大的与此不同了。记得那日——我和芝生先生初次见面的一日——哲学史班快要上课的时候，我坐在三院五号教室里，目光时常往外望，静候着和我所多年渴慕的学术界名流冯芝生先生一亲风采。可是铃声响后，走进来却是一位我所料想不到的人物。他，冯先生——四十上下年纪——穿的是褪了色的自由布大褂，蓝布袴，破而且旧的青布鞋——毫无笑容的登上了讲台——坐下——一对架着玳瑁边眼镜的眼睛无表情地呆望着我们约有一二分钟，案此系冯先生的习惯，每次上课皆如此——开始说话了。他——这时略带笑容——教我们先把注册部里领出来的选课学程单交给他，然后满口河南腔的告诉我们：这学期用的课本是他自己编的中国哲学史，堂上并无讲演，大家可先把指定参考书看好，如有不明白的，可以在班中讨论。不像别的教授立即宣布下课了，他却翻阅他的大著——中国哲学史上卷——的后面，把金岳霖先生所做的审查报告念了一遍，又解释了一遍。案此文前面尚有审查报告一篇，系陈寅恪先生做的，其中多赞许冯书之语，冯先生从未对我们念过。然后随着铃声下课了。

　　这一次的见面，芝生先生所给我的印象是一个具有俭朴，静穆和蔼等德性的学者的印象。但同时我也发现了一件极不愉快的事，那就是芝生先生的口吃得很厉害。有几次，他因为想说的话说不出来，把脸急得通红。那种"狼狈"的情形，很使我们这班无涵养无顾虑的青年人想哄笑出来。我常想：像芝生先生那样的严肃端正的人，会有这样的可憎恶的毛病，真是太不合适。因此，便也时常想到《论语》上的一节："伯牛有疾，子问之，自牖执其手，曰：'亡之命矣夫！'斯人也而有斯疾也！斯人也而有斯疾也！"像芝生先生那样的有威仪的人，而会有这样的"不漂亮"的口吃，真要教我们敬爱他人的大呼"斯人也而有斯疾也？斯人也而有斯疾也"了。

以上说的，不过是芝生先生的外表而已。其实，芝生先生值得我们赞颂的地方，大该部分还不在于他的严肃端正的仪容，而在于他的审慎公正的态度。我跟芝生先生上一年的课，敢十二分负责的说一句，从来没有听他说过一句不大合理的话，也从来没有听他说过一句很随便的说出来的话。他说话时，老是那样的审慎，那样的平心静气。他，我可以说，才算是完全地理性的动物。——我平生只看见过两个完全地理性的动物：其一是我的母亲，其他便是芝生先生了。芝生先生因为教的是中国哲学史，所以有时也批评胡适之先生。但他的批评胡适之先生和时下一班人的批评完全不一样。时下一班人的批评，不是恶意的攻击，便是盲目的谩骂，很少会使我们旁观的人为之心折的。芝生先生不是这样。他是站在学术的立场来批评的。他说："适之先生的病痛，只是过于好奇和自信。他常以为古人所看不出来的，他可以看得出；古人所不注意的，他可以注意。所以他常抬出古人所公认为不重要的人物来大吹大擂，而于古人所公认为重要的，则反对之漠然。这是不对的，因为人的眼光不能相去那样的远啊！"他的话大概如此，我不敢担保有无记错——这个批评对不对，不必我来断定；但我相信芝生先生的态度是公正的。有一次，他竟替适之先生当起辩护人来。他说："现在批评适之先生的人真多，有的竟著起一部书来批评他。但他们的态度多欠公允，因为他们常把适之先生廿多年前说的话来攻击。这如何可算是公允的呢？"我在清华所听到的批评适之先生的话，可算不少；但大概都带点酸性。其能完全以光明磊落的态度出之者的，芝生先生，真的，要算是独一无二的了。

写到此处，我又想起芝生先生严肃端正的面容来了，我很抱憾：我和芝生先生虽然有一年的师生关系，却从来没有和他说过一次的话；因为我第一年来到北平时，一句话也不会说，所以只好静坐在班里边听他们一问一答的议论了。但我相信，校内许多教授中影响我最深的，还是芝生先生。每回，当我看到他的寂寞沉重的脸孔时，我辄感觉到人生的严重和苦恼。有时我也想：像芝生先生那样的人生，实在太枯燥了，太无趣味了。然而从他的严肃端正的面容上，我感觉到人生的伟大和高尚的时候，却也不少。记得有一次，我因为和一位忘恩背义的朋友闹了决裂，心中烦闷，好几天不能念书。有一个下午，我独自在化学馆前散步，徘徊脑海中的还是那件事情。正在难以排解时，迎头看见芝生先生从对面缓步而来。我那时看见他安闲恬适的样子，深深地感觉到我自己才是一个没有出息的东西，为了一件小小的事，纷扰到这样田地，真是不值得。这一次芝生先生给我的印象，直到现在，我还清清楚楚的记得。但不知他老先生曾梦想到有这么一回事否？

末了，我再郑重地说一句：世界上尽有比芝生先生学问还深，人格还高的人；但是，具有芝生先生那样的完全态度的人，恐怕是很少很少的罢。

（原载《人间世》1935年第 35 期）

吃
醋

中华民族是世界上最会吃醋的民族。在这个民族里面，不但女的会吃醋，就是男的也会吃醋；不但文的会吃醋，就是武的也会吃醋。因为大家吃醋的缘故，弄得文化衰落，国不成国。这种现象，自古已然，而于今为烈。

上面这一段，是我最近心血来潮时的随感之一，现在且举例说明之。先说武的——关于女的吃醋的例，因已属家喻户晓，所以不举，战国时的廉颇，凡读过史记的人，大概知道他和蔺相如呕吃醋的一段故事。后来还亏相如深明大义，大家才得相安无事。否则赵国的灭亡恐怕要早一点呢。晋代之亡，据说是亡于清谈的，但是实际的原因却是因为八王互相残杀，弄得国家元气因之大伤，而五胡乃得乘虚而入，扰乱中原。至于八王为什么要互相残杀，其理由十分简单——吃醋而已。民国以来，这种因武人互相猜忌而起的内乱，也是不可胜计。

再说文的。从我们的至圣先师孔仲尼先生以"门人三盈三虚"之故而牺牲了当时的大思想家少正卯之后，文人相妒之局于是乎始。至汉武帝罢黜百家，专崇儒术，我们的至圣算是吃醋告了成功。自时厥后，文人争风之事，史不绝书。北宋的王安石及其敌党，和南宋的朱熹陆九渊，就是彰明昭著的例子。迄乎最近，文人相轻相骂之盛，更是旷古所未闻，而琐碎小气尤为前此所未有。譬如有人办了一种刊物，得到较好的销路，于是便有人觉得眼红，四方八面，予以攻击，大有非把牠打倒不可之概。其他近乎此类的事，真乃举不胜举。总而言之，现代文人醋劲之大，直可压倒前修，而近来民国学术界之日趋销沉，此事也是重要原因之一。

近人议论国事，有谓中国目前的大敌为贫，病，愚，弱，私者，亦有归罪于帝国主义者。我想除了以上所举之外，应更加一"酸"字。这个酸字一日未除，不特中国的内政无统一的时候，就是中国的学术也一定不会有进步的日子！

（原载《宇宙风》1935 年第 4 期）

译诗：『黄昏』『疵』

黄 昏

美国 Sara Teasdale 作

Dreamily over the roofs
The cold spring rain is falling

朦胧春雨寒飘瓦，寂寞空林一鸟啼。
暝色逼人天欲暮，妾心如鸟独凄凄。

疵

They came to tell your faults to me

They name them over one by one

有人告我君疵累，如数家珍一一记

容言甫终便大笑，此事我已知之细，

呜呼渠辈真言者，不知我却为此爱君心更至。

（原载《清华周刊》1935 年第 42 卷第 11-12 期）

载道与言志

中国的武人喜欢起自相残杀的内战，中国的文人更喜欢作毫无意义的辩争。这辩争中之尤其无意义的，便是已经闹了好几年而至今仍未休止的所谓载道与言志之争。载道派的文人说，一切文学应绝对与社会国家有关，否则便是帮闲，便是玩物丧志。言志派的文人说，文学只可谈谈草木虫鱼，若希望牠去治国平天下，便是妄想，便是无聊自慰。这两派文学纷争的起因是否纯净，是否因为两边都有所见，我们此刻不得而知，也不便妄肆雌黄，但到了后来，老实不客气地说一句，只是图意气罢了。本来文学自身即有载道和言志两种不同的作用。周作人先生说得好："无论主张文学有用或无用的人，老实说这两类的文章大约都是写的，不过写的多少有点不同罢了。"（见《苦茶随笔》中的《关于写文章》）因此，载道派文人的祖师韩昌黎先生固然很认真地写了许多原道原性之类的道貌岸岸的文章，但他老先生高兴时也松一松笔头写下两篇送穷和赞美兔子的言志的文章。同样，言志派文人的祖师——古人中没有合适的，只好举一位今人——周知堂先生固然口口声声地在非难载道的文章为无用，为不值一看，但他老先生的一大堆散文集子里而关于牵怀社会国家的文章却也不少（恐怕要比他的言志的文章多出几倍，不信且打开书本看看）。因此，凡武断地说文学应该绝对的载道或言志的，我们认为这是不合理，这是闹意气的。问题应该是那一种文章要多写，那一种要少写，要答复这个，我们便不能把时代和环境忘掉。

世界上一切事物都不能和时代或环境脱离关系。就是真理也有时间性和地方性的。一种道理最适宜于一个时代，一个环境的，便是真理，换了一个时代，一个环境，这真理也许便不成为真理了。文学也是这样，生在禹汤文武的盛世而高唱血泪文学，固然有点滑稽；生在整个国家，整个民族快要灭亡的今日而大谈歌颂升平的文学，恐怕也有点不近人情吧。本来人生的目的是求快乐，但当了连性命和人格都保不住的时候，我们是否应该暂时忘掉我们的快乐而去保全我们的性命和人格，或且还要恋着眼前片时的快乐而一任危亡和侮辱的袭来，这在明智之士，当是一个不必思索而即可解决的问题吧？若以个人的偏嗜而言，老实说我对于言志派文学却有甚深的爱好。我过去曾在言志派文学的重要刊物上发表过文章，就是现在对于牠们也还没有什么恶感。不过如今我有一点觉悟，这就是现在不是言志的时候了。我也并不是相信文学万能的，对于文章不能救国这一点，我也非常同意。但是我总觉得在国家民族这样地困苦，这样地危急的时候，我们这班以捏笔杆或准备以捏笔杆为职业的人们，不去利用利用我们的秃笔，以求唤起同胞们的爱国心和一部分人的已经失掉的天良，而仍在嘻嘻哈哈地谈些个人的私事，这总是很不自然也很不应该的事，犹之乎当我们家里有人病的时候不忙着去救治而仍安坐着享受肥鱼大肉之为不应该的一样。至于利用秃笔的结果会不会就把同胞们的爱国心唤起来，或把一部人的已经失掉的天良挽回过来，这是我们所不能管，也不必管的，亦犹之乎我们不能担保救治的结果一定会把病人救活起来一样。但无论如何我们不应该不去救治，这总是一定的。

然而话虽如此，我对于言志派文人的居心，自揣也很能谅解。中国今日的所谓载道派文人，实在也太可怜了。把他们的刊物随意打开一种来看，里面除了常常看到的几句话外，差不多再找不出什么别的新鲜东西，而且思想的简单，文字的拙劣，都要教人看了觉得非常地难受。不知道的不敢妄说，即以区区编辑本刊文艺部分的一点经验来说，自从第一次征稿通告发出到现在，收到的稿不算得不多，然而其中的十分之九都是要不得的。有几个投稿者简直是和编者开玩笑，居然把小学生课卷似的稿件希望在本刊发表！其余的，有的是连篇的错字，有的内容贫乏得使你伤心落泪。最可怪的是一万多字的一篇小话里竟找不出一句通顺的句子来！以这样的文章去救国，实在还不如上化学馆去制造烟幕弹之为有效！在这方面，言志派文人要比载道派的高明得多了。他们是有学问，有见解的，就是文字也灵活得多。言志派刊物之所以大受欢迎，我想这是真实的理由。他们当初或许即是因为看不惯载道派的那种空疏浮躁的思想和粗鄙堆砌的文字而生了一种反感，露出一点不满的表示，后来更因为被反对者攻击得太利害了，于是索性一不做二不休地永远站在对立的地位也说不定。言志派文人中的林语堂先生，我想特别是这样的。但这总不是很好的态度，尤其是当我们的国家，我们的民族陷入空前浩劫如现在的时候，我们恳切地希望言志派文人早早醒悟起来，和我们联合在一块。对于载道派文人，我们也希望他们多作点文学上，思想上的修养功夫，那么他们的文字便可给人以更深的印象。

因此，在这篇短文的尾巴上，我恭恭敬敬地套了党国元老胡展堂先生的老调，喊出下面两句口号来：

言志派回头！载道派努力！

（原载《清华周刊》1936年第44卷第4期）

论作文与做人

　　子曰："予欲无言。"子贡曰："子如不言，则小子何述焉？"

　　子曰："天何言哉！四时行焉，百物生焉，天何言哉！"

　　老实说，一部《论语》，我只觉得这一节最耐人寻味；但是往常虽心喜其言，而每苦不能解其意。昨天在班里听洋教授讲文章作法，正在百无聊赖之际，忽然想起老氏"圣人处无为之事，行不言之教"一句话，对于学文一事，似有所悟。回来之后，细细咀嚼，又联想到《论语》上的一节——就是上面所举的一节——一时对于做人方面，仿佛亦有所得。因此发愤起来，费了一夜工夫，拼命思索，冀能想出更多的道理来。果然，触类旁通，感慨无穷。晨起，很想把所想的，详细记下来：可是这个问题本来已够渺茫，而我又没有 James Joyce 和 Virginia Woolf 的本领，那能够把思想的历程记得清清楚楚？无已，还是把我所能记忆的，尽量记下来；其余的，只好从略。倘使此刻所写的，能够和原来所想的，不十分违反，则我此文也就不算白写了。

我以前很爱看文章作法一类的书，因为我总想从那里学一点行文的秘诀；但是看了之后，往往感到大大的失望，因为我不特不能学得什么，反而把自己弄得糊涂起来。我未看文章作法之前，尚能写一两篇自己以为很好而别人亦不以为甚坏的文章；但看了文章作法之后，连拿笔作文的兴致，都给赶往不知何处去了。旧的文章作法，如桐城派所标榜之神理气味，格律声色等妙说，我固然莫明其妙；但新的文章作法，如坊间流行之一般作文修辞书中所主张的描写文应注意观察点，议论又应运用演绎法和归纳法等家喻户晓的老话，我也觉得不胜其繁剧与琐碎。不特此也，这一班文章作法发明家，时无古今，地无中外，大抵都喜欢采取钻入牛角尖的办法，把一篇名家好好的浑成一片的文章给牠四分五裂起来，而美其名为"分析"。老一点的，如归有光之评《史记》，乃用"五色标识，各为义例，不相混乱；若者为全篇结构，若者为逐段精彩，若者为意度波澜，若者为精神气魄；以例分类，便于揣摩，号为古文秘传"（用章实斋语，见《文史通义文理篇》）。琐碎到这等程度，难怪要遭实斋的非笑了。最奇怪的，明通如金圣叹，有时也难免此弊。圣叹之批水浒，处处不离一伏二伏之说，其冬烘无聊，与八股家之论古文笔法，竟不相上下。我幼时看《水浒传》对此即甚觉不满，近见时贤文集中，亦有说起此事者，私衷至以为快。其实圣叹此举之无意思，凡稍有眼光的，都能看出。试想：偌大的一部《水浒传》，若果真的用这种一伏二伏的笔法去写，还有写成的希望吗？

由于上面所说的种种原因，我近来对于专讲文章作法的书，遂不很信任。但我学习作文的热诚，却是丝毫不曾改变。有一事使我觉得非常奇怪的，就是凡文章做得极好的人，似乎对于怎样作文一事，都不大注意，而倒是一班不很会做文章的人，往往喜欢以文章作法教人。我常想：若使世界上的大文豪，都肯花点时间来写部文章作法，那不是对于我们初学为文的人，很有帮助的吗？为什么他们不这样做呢？这个疑问的消解，就是在昨天上英文堂时"不言之教"那句话忽然而来的那一刹那里边。从那个时候起，我才如梦初醒的悟到我前此怀疑的无谓：因为世界上的文豪没有一天不是在教我们怎样作文，他们的文章作法，就是具体的表现于他们的作品中啊！从大文豪的作品中，我们至少可以得到两条关于作文的法则：其一是要有话才说。我且举章实斋的话来申明此意："夫立言之要，在于有物。古人著为文章，皆本于中之所见，初非好为炳炳烺烺，如锦工绣女之矜夸采色已也。"（见《文史通义文理篇》）所以我们要想做好文章，第一须先有可言之物；这个物应求之于生活经验或思想学问里面。其二是无一定之方法。常言说得好："人心不同，各如其面。"做文章也是如此，只要有话，自己爱怎么说，便怎么说，不必模仿别人，而且也不能模仿别人。龚定庵，有清一代之大文豪也，而其文章之狂怪不羁，差不多要聚古今行文的常轨而一一破坏之；然其文不失为可读之作。桐城派文人一生模仿韩昌黎，结果只能唉声叹气的认昌黎为不可及。其实那里是昌黎不可及，只是他们自己太傻而已。"未得国能，又失故步"，世界上以模仿他人为事者，那一个不是如此下场的？照此看来，文章作法之无须研究，是很可以断定的了。梁任公先生说得好："苟能多读，自能属文。"（见《国学入门书要目及其读法》）我们有志学习为文的人，只要多读名家的著作，自然能受其影响而于我们写作方面有所裨益。这种影响因为不是费力得来的，所以非常自然；尤其是当一个作家的性情和思想与我们的相近时，这影响更是特别的有力，特别的深刻，即使我们要故意避免，也是不可能的，这较之于成心去模仿别人，其便利当不止是"事半功倍"了。老子所说的"不言之教"，以之形容这种作者对于读者所施的无意的影响，最为合适。

　　以上是关于作文方面，现在该说做人了。今年春天读经问题闹得顶凶的时节，有一天我在《大公报文艺副刊》上见到周作人先生的一篇文章，大意是说与其提倡读经不如提倡读史。当时我觉得周先生的主张很有道理，但并未十分注意。过了两天，我在图书馆里读西洋戏剧，忽然悟到读戏剧原来就是学习为人的最好方法，因想起周先生的话，才觉得其见解之不可及。但我当时虽心里那样想，而口里仍不能言其所以然，直至昨天下午"不言之教"那句话忽然闯入我的心头的时候，我想起这桩事情，才恍然大悟的明白起来。为什么说读经不如读史呢？周先生的解释怎样，我现在记不清了。但依我看，这大概有两种理由：其一是直率的教训不及静默的启示可以感动人；其二是人类对于教训本身的反感。

先说后者。大凡喜欢教训人的人，似乎都不知道人类有一种普遍的自尊心；由于这种自尊心的驱使，对于一切有伤自己的庄严的东西，都自然而然的会起一种反感。这反感有时只是心理的，有时竟会变为肉体的了。教训就是一切能够招人反感的东西中的最普通而同时又是最能引人嫌恨的一个。为了这个缘故，一切中小学生对于板着脸孔背校规，满口不应该这样不应该那样的训育主任，绝对不会有好感，而一般大学生所最不愿意听的，也就是每一次集会时校长先生的一篇"奉行故事"的训话了。大概谁都有过这种经验，当一个团体在开茶会或宴会，大家都觉得心旷神怡的时候，忽然有一位不识时务或"方巾气"甚重的朋友，慷慨起立，把国难当头我们不应该过度享乐等话头来向众人宣说。那个时候，在座诸公决不会以为知言，他们口里虽不好说什么，心里一定要痛骂这人为假惺惺，为多事，而一场盛会也必因此闹得全体不欢而散。

以上说的是关于人事方面；至于文学方面，这种情形更为显而易见：一篇文学作品若是显然的带有教训意味，则绝不会受人欢迎。白香山的新乐府之所以不甚佳，就是因为他往往喜欢在一篇诗的尾巴上，加上"君不闻"或"君不见"等说教式的句子，使人读了，只觉其浅露乏味，而不觉其严正动人。由于同样的道理，宣传文学虽极尽宣传之能事，然而终不能"拥得广大的读者"。我且举最近所眼见的一事，以为证据。今年"九一八"的前夕，我们学校里举行迎新游艺大会，秩序中有一项是话剧，所表演的剧本是描写东北事变前一个晚上当地某大学的男生宿舍里的情形。题材如此，不能不说是很严肃的了；然而演出之后，观众丝毫不觉得紧张。及至最后幕快下时，一位演员竟大声疾呼的向台下演说，呼口号；那种不伦不类的神情，引得全场哄笑起来！也许有人会以为这哄笑乃是观众没有良心的表现。其实不是，只是剧本自身糟糕而已。

至于人为什么偏要忠言逆耳，这也不能尽说是因为人性不好。大家都是圆颅方趾，都是有眼睛有鼻孔的动物，谁愿意让你一人大模大样的装先知做先觉，絮絮不休的说些使人听了不舒服的话！乌鸦之所以惹人厌恶，到底有乌鸦的不是处，不能专怪人的脾气不好也。

关于直率的教训不及静默的启示可以感动人一个理由，我不愿多说闲话，只想举一个我自己所经历的事来作证。我曾在教会学校念过十二年的书，在一个很长的期间里面，差不多每早都要上礼堂去做礼拜，听教士们在半个钟头里可以说上一百回（我确曾如此统计过）"耶稣基督"的演说；然而自小学一年起，直到中学毕业之日为止，我对基督教，老实说，并没有发生过一丝一毫的好感。但是奇怪得很，每当春秋佳日，我跟着同学们上远处去旅行，偶然落在山寺里，听着冷冷清清的钟声，看着长眉低垂或合掌微笑的佛像，辄自然而然的会起了一种出世之想。这种想头，直到现在，还不时出现于我的脑海之中。我时常问我自己，这到底即是世俗所谓"宿因"呢？或是因为那种静默的启示感动我太大的缘故？

末了，我想学一学时髦，把一个久已蕴在我的心头的意思，来编一句口号——但这决不是教训，特此郑重声明。那口号是：与其读一部十三经，不如读半本《官场现形记》！

（原载《宇宙风》1936年第 19 期）

勇气救国论

国事糟到今天的样子，一切都不能救。祀孔读经固然不足以言救国，精诚团结也不见得一定有救。体育不能救，科学也不能救，国术不能救，优生也不能救。居今日的形势之下，若勉强要图救亡的策勇，那只有干干脆脆的两个字——勇气！有勇气一切都好商量，没有勇气一切都该拉倒。名流学者，达官要人，玩厌了回力球，抱足了杨柳腰，偶然高兴起来，拿起了一枝委婉曲折，纵横矫健的妙笔，写下了一篇洋洋洒洒，堂皇典丽的经世闱墨，其议论未尝不动听，其价值却往往等于狗屁！国学夫子，教授老爷，平常日镇日家唉声叹气地责骂青年人颓废浪漫，不知上进，及至青年人发奋起来，英勇抗斗，则又装着一付老成持重的臭模屁样，千方百计，予以阻挠。这些浑蛋，一天没有死光，中华民族，便一天不得翻身！

"救国千万端，何事不当为"，这话固然不错，但事有本末，时有缓急，国家情形危险到今天的样子，一切"十年生聚，十年教训"之类的大计划，到了此时，都是恰合了"远水救不得近火"的一句老话。在这等时候，我们实在只应力求其本，而暂舍其末。什么是本？勇气为本。什么是末？方法为末。徒有方法而没有勇气，则方法虽好，也是枉然；已有勇气而再求方法，则方法虽差，仍足以救一时之急。九一八事变发生的时节，东北军队难道竟无半点抵抗的力量，然而半壁河山终至拱手奉送者，是则无勇气之不抵抗主义为之也。黑衣宰相墨索里尼将军以十万雄兵，无数精械，希图一举而吞灭了一个半开化的亚比西尼亚，结果经过七个多月的苦战，牺牲了无数的性命和财宝，才得满足了他的兽欲。难道蕞尔亚国真有什么奇妙的却敌方法不成？然而亚国的人民竟能和意军相持得这样的久长者，是则一股大无畏的勇敢气概为之也。

这种气概，民族得之，则民族的精神必然光大；个人得之，则个人的人格必然彪炳。中国今日所最急切需要的，正是具有这种大无畏精神，大勇敢气概的人民；一个真正爱国的中国青年所最应该培养的，也就是这种精神，这种气概。光会读死书的书读头固然不足与言救国，就是满腹中西学识的漂亮的青年学者也何尝就能救国？功课好，学识多，只合考留学，骗头衔，当教授，伺候太太耳，非所语于救国的大事业也。岂特不能救国而已，有时且足以祸国！留学生中固不乏一辈子洁身自好的清高学者，然而厚着脸皮给军阀官僚当兔子姨太太的，昧着良心给民族冤家当汉奸傀儡的，难道就没有其人吗？这些人中如张邦昌殷汝耕之

，

流的，真是滔滔者天下皆是也！古来圣贤豪杰，成大事，建大功，立大名的，何尝都是有文采，有学问的？他们之所以能够纵横一世，睥睨千秋的，也就是靠着一点大无畏的精神，大勇敢的气概而已。文天祥，史可法，何尝有什么了不得的文采？孙中山，蔡廷锴何尝有什么了不得的学问？然而他们都是中华民族史上永不磨灭的人物。其原因安在？

亦曰秉着一点孤贞节烈，慷慨激昂的天地正气而已。文天祥过零丁洋所作诗末二句云："人生自古谁无死，留取丹心照汗青！"诸位啊！这"丹心"两字就是古来圣贤豪杰成功立名的工具，也就是中华民族今日救亡图存的惟一法宝！真正爱国的中国人民应该在这上面多用功夫，否则任你如何努力，都是徒然也。

国家事坏到如今，实在已达于无以复加的地步。凡是不甘为奴的中华国民只有拼着性命来硬干一下，此外都是废话。所谓长期抵抗，所谓老成谋国，都是一些食足了狗屎的汉奸贱种，混账名流们发出来的狗屁臭论！这些人如尚有一点人性，应立刻翻然醒悟，痛改前非，然后鼓着勇气为国家民族尽一点应尽的责任，留一点应留的气节，否则亦当学着京兆布衣周知堂老人的样子，躲入寒斋吃苦茶，不要尽在外面出些不必出的黑锋头。非然者，即使汝辈行将就木，亡国之苦，可以免受，亦当为令子文孙计也。

五月二十夜十二时

（原载《清华周刊》1936年第44卷第8期）

李炳之与李逵

把炳之和李逵合在一块，似乎有点不相宜，老实说，还两人的性格的确有许多不同的地方。例如，炳之酷爱女人，而黑旋风则除了喜欢大盘肉，大桶酒外，却未闻有什么风流韵事发生。其次，炳之究竟是个读书人，脑筋比较精细——不信，且与他叉八圈麻将——而黑旋风则彻头彻尾是一个莽汉。但是，仔细看起来，

这两人的性情却实在有根本上相同的地方，便是直爽和好义。

李铁牛的浑朴天真，心直口快，凡读过《水浒传》的人，都很熟识，这里不用多说。在这一点上，炳之与铁牛可说是一个模型里打出来的。炳之胸无

留言，高兴起来什么都可以告诉你，不管是太太的私事，或是个人的艳遇。他更不懂什么是面子；当你恼了他时，不论是在什么地方，什么人的面前，他都要把你的祖宗三代从头直骂下来（这和李铁牛的握着两把夹钢板斧，逢人便砍，有什么分别），骂得你暴跳如雷，真想把他一枪打死，而他尚呶呶不肯干休。我常说：炳之这个人可爱时直把你爱煞，可恨时直把你气死。就是因为这个缘故，炳之做事和他说话一样。他的话是直线式的没有回环曲折，没有波澜起伏，肚子里有什么便什么都倒出来。他做事也是一样的直爽，一样的干脆，他不懂什么是权变，什么是手段。是则是，非则非，是非十分明白，所谓两可之辞，所谓圆滑手腕，他是不懂的。他最恨的是老奸巨猾——这与我微有不同，我恨的是小滑头之辈，若老巨猾，我却有相当的钦佩。对于这种人，他也有他的对付方法。他如果发觉人欺骗或利用他时，不和别人一样，怀恨在心，等到机会来时，再图报复，他却采取现算账主义，那就是当着众人面前把你臭骂一顿，给你以极端的难堪。至于难堪以后会有什么结果，那是他所不管的。

炳之虽不是梁山泊的好汉，但其好义并不在李铁牛之下。他极爱管闲事，尤好打抱不平，往往为了一件与他自己毫无关系的事，和人吵嘴甚至打架。对于公家的事，他尤其热心，跑腿，失眠，以至于贴钱，他都肯做。他对待朋友更是无微不至，只要他瞧得起你，他便什么都可以为你牺牲；卖力气，掏腰包之外，还可以帮你打架。这里本想举几个事例来证明，但因为都是眼前的，

说出来不很便当，只好从缺。炳之非常喜欢女人，但他的喜欢女

人与别人的不大一样。别人喜欢女人是有目的，有用意的；炳之则似乎是无所为的。他喜欢女人不一定要美丽。我们常称他为博爱主义者，因为他对于一切女人——老的，少的，蠢的，俏的，

美的，丑的，肥的，瘦的——差不多全都喜欢。只要一个女人肯给他三分颜色，他便牛马似的来给你服务，供你驱使，但他实在并没有什么野心。他一面和女人要好，一面还要告诉她说他家里有一位太太，而且他和他太太的感情很好，而且他们已有一个孩子，而且他很爱他们的孩子。炳之平常时不大肯请客，你如果想揩他的油，最好等到他屋里有女客时，那时，你敲门进去，总可以看见桌上堆着许多糖果瓜子之类。如若不信，且试试看。

在一般所谓绅士和小姐们的眼光中，炳之当是一个不受敬重的人物，因为他们所讲究的是仪表上的好看，而炳之的可赞美处的却在他那优越的灵魂。当然我们不能否认，炳之的性格上有许多缺点，有许多应该改正的地方，但即以他的现在为人而言，比起那些整天贼头贼脑，鬼头鬼脑地孳孳为利的市侩或准市侩们，不知已高明得多少倍。在这个小滑头与流氓充斥的时代里，在这个为了区区二三十元钱一月的津贴即可出卖灵魂，为人当"猪仔"的社会里，像炳之这样的天真浑朴，这样的急公好义的人，真可算得稀世之宝了。因此，我们固然一方面希望他能够多作涵养的功夫，把许多品性上不纯粹，不完美的地方努力矫正，一方面更迫切地希望他能够继续保持他此刻顶天立地，独往独来的精神和气魄，为我们这班有心无力的弱书生吐

一口气，为我们这个颓废万分的老民族留一点气节。炳之，炳之，勉之！勉之！

（原载《清华副刊》1936年第44卷第4期）

再会吧清华

清华副刊编者知道我不久即将毕业离校，特别叫我写篇文章，意思是要打听打听我对于清华教育的意见。这篇文章我是很愿意做的，但也是不很愿意做的。我愿意做的原因，是我对于这个问题实在有许多话要说，已经郁在心头好几年了，很想借这个机会来倾吐一下。但我又不很愿意做，因为我近来不知怎的总爱说天真话。我知道这个年头儿说天真话是不大讨好的。我过去曾经在校内当了三年多的好学生，从来不曾有过什么越轨的举动的。这半年来似乎变了样子，居然大写文章，大出锋头，而且又是到处同人开玩笑。因此就有许多人在背后议论我，说我这个人不很聪明。这个我倒不在乎。我常说一个人最怕的是聪明得太小；至于聪明与否，那是没有多大关系的。而且能够不聪明也未始不是一桩善事。世界上轰轰烈烈的事不都是不很聪明的人干的吗？一个人如不趁着心头尚有几分不很聪明之气的时候来干几桩适心快意的事，将来此气一退，即使要干，也是不可能的。到了那时真要悔之莫及了。这样说来，这篇文章又是非写不可的了。好，要写就写！反正我只是一个人，当此不很聪明之气正在对我作祟之际，刀锯斧铖尚且不很在乎，区区的讥评笑骂更于我何有哉？

且说凡事都有好坏的两方面，这是宇宙间不易的定理。我在批评清华教育不对的地方以前，应先指出它的优美之点。关于这个我和大家一样也只能说些什么风景美丽也，建筑宏伟也，图书丰富也，仪器完备也，抽水马桶精巧也，斗牛场牛多也，学生用功也，教授……"嘿"！这个可不能一下断定。据我所知的，本校同学对于教授先生们似乎有两种绝对相反的批评：有的翘起大拇指说我们的教授都是国际有名，国内有声的第一流学者；亦有在慨叹着我们的教授都是泥塑金刚，纸糊老虎，叫做虚有其表的。前者不用举例，后者如我们的批评家李长之君不是曾经在本刊上发过牢骚，说什么现在的清华再见不到像王国维，梁任公那样的大师吗？关于这一点，我个人倒没有什么不满的意思。我认为我们的教授当中固然也有个把捧着空心肚子在讲堂上敷衍混饭的，但大多数都很尽责，都能按时上课，按时下课，讲义预备得也还清楚周到。这已够我们感激涕零的了，若希望他们个个都是王国维，都是梁任公，此则未免有违孔圣人"躬自厚而薄责于人"的圣训。世界上能有几个王国维？几个梁任公？老实说，我们自己日后如有机会当教授不见得就比他们高明，也许还不如！因此鄙意以为只要当教授的能够不胡说乱扯，误人子弟，我们都该对他们表示敬意；此外再不可有什么责备求全的意思，因为这是有伤我们自己的忠厚的。在这一点上，我们的教授先生们可算得"庶几无愧"的了，因为我相信他们中的大多数都是不会误人子弟的。因此我也就把它算作清华的优点之一了。

现在该说本校的缺点了，本校有什么缺点？一提起这个问题，我只觉得心头万绪纷集，百念俱起，真不知从何处说起才好。但是经过了再三思以至于四五思之后，我决定用两个极常见的字来指出这缺点的所在，便是——精神。我们的同学是最喜欢逢人夸说清华精神的——这和北京大学的学生喜欢夸说五四运动一样的天真，一样的肉麻！我以为清华如有毛病，第一就在精神；它的最不堪示人处，也就是精神！什么是清华的精神？直截了当地说起来，曰腐败的，颓废的个人主义的精神是已。清华这个学校如以个人的或家庭的观点来看，实在是国内天字第一号的好学校。在这儿我们有优美的环境，舒服的生活，充实的仪器，丰富的图书。只要一个青年人不十分瞒爹骗娘，自暴自弃，在这儿总可以学会了一点什么的。清华学生走出去时，外表上比别人威风，肚子里比别人充实；留学考试的场上，莺声燕语的群中，是清华人大出锋头，大显身手的地方。清华的好处在此；清华之得以至今仍未闭门者，其理由亦在此。但是倒转过来，若以国家的，民族的观点来衡量，清华是个什么地方呢？是行尸走肉的制造所，是灵魂志气的消灭场！一个光明磊落的良家子，一个奋发有为的青年人，在清华住上几年，纵不粉身碎骨的回去，也要精疲力竭的出来！清华的学生满口诗云子曰，清华的学生满心声色货利（列位看官别生气，兄弟亦是清华的一分子，兄弟只是"夫子自道"而已）。清华虽有一千两百余的青年学子，但在这一千两百余人里面起码有一千人是在做同一样的梦的（读此文的诸同学千万别来找我，因阁下决不在此一千人之内也）。清华学生关心的是个人的荣华富贵，忘记的是民族的危亡覆辱！但是清华不是私立大学，它是由国家以一年一百数十万元的血本来办理的。呜呼此一百数十万元的血本！

这里我要打断话头来说一件小事情。昨天晚上我和几位同学在新南院一带散步，后来出了南门顺着学校东面的铁道回来。那时我们从校墙上往里面望，只见一列在霞光笼罩下的西山明朗得像被关在校内似的，同时大礼堂上的圆顶，新南院的一堆一堆红笑着的屋子，还有布满了全校的一簇一簇的绿树，把这个方圆将近十里的清华园点缀得仙境也似的美丽。当时我不禁感慨地问着同行的诸友道："请问诸君，这般美丽的国立清华大学究竟有它的存在的价值没有？"他们都不能给我一个圆满的答复。我为了要解决这个问题，特别翻开本刊二十五周年纪念特刊一看，果然从文学院院长冯友兰先生的一篇短文里找出一段话来。冯先生说："清华向来的教育方针，注重于养成专门技术人才，所以从清华出来的人，大多数都是奉公守法，凭着他个人的专门的技能，为国家社会服务"（见《清华廿五周年纪念》一文）。这一段话对于我那个问题总可以算得一个答复了吧。然而冯院长究竟是个院长，说话不得不冠冕堂皇一点，因此我认为他的话只有三分之一完全可以信，三分之一也可信也可以不信，其他三分之一则完全不可信。什么是完全可信的呢？这就是开头两句说"清华向来的教育方针，注重于养成专门技术人才"。什么是也可信也可以不信的呢？这就是中间两句说"所以从清华出来的人，大多数都是奉公守法"。什么是完全不可信的呢？这就是末后两句说"凭着他个人的专门的技能，为国家社会服务"。如果我是冯院长的话，我一定要修改末两句作"凭着他个人的专门的技能，为自己造地位，为太太制大衣"。这里我不是故意挖苦冯先生，我只是替冯先生说老实话罢了。国家情形糟到今天的样子，一切科学救国，工程救国等口号，都是恰合了"远水救不得近火"的一句老话。今日国家所最需要的，只是一班肯死心塌地的为国家拼命，为国家牺牲的人。这种人即使没有什么专门的技能，也是不妨事的。然而不幸得很，清华所没有的，却正是这种人。不管校长梅月涵先生怎样痛哭流涕的在大礼堂里以努力为国勉诸同学，不管院长冯芝生先生怎样实心实意的在本刊上以能为国家社会服务夸奖本校毕业生，清华学生走的却还是他们的个人主义的途径，做的也还是他们飞黄腾达的好梦！但是清华不是私立大学它是由国家以一年一百数十万元的血本来办理的。呜呼此一百数十万元的血本！

近几年来常常有人在本刊上发表文章，希望本校的教授里面有人出来作我们的领导者。关于这一点，我从前也曾这样的希望过，因为我也是相信曾文正公的话："风俗之厚薄奚自乎？自乎一二人之心之所向而已！"现在我知道这是做梦！我们的教授只能利用利用学生们感情冲动时的幼稚行为来小题大做，大事张扬，以增加他们的所谓老成稳健的身价，以巩固他们的金雕玉琢的饭碗罢了，领导云乎哉？……

现在我快要毕业离校了，这真是一桩很可喜的事。四年的清华教育固然多少也给我点好处，但它使我觉得失望的地方实在也太多了。这失望中之特别重大的，便是对于"人"的失望，尤其是对于自命为清高的人的失望。我何尝不知道像我这样的"不很聪明"的人将来在社会上一定要更觉得失望的；但就在这应该是很清白的一个地方里，我竟会有这么大的失望，这实在是太可失望的事了。我今天写这篇文章，老实说，意思就是要发一发牢骚。如果因这篇臭文章而引起了同学们的反感，把我痛骂甚至毒打一顿，或激起了教授们的天威，把我记过甚至开除，这些都是很可能的事。若说因这篇臭文章而能激动他们的天良，引起他们的反省，那是断断不会有的事。朝宗的头脑虽然简单，还没到这等地步也。

（原载《清华副刊》1936年第 44 卷第 9 期）

诗词选集
——赠陈鉴

志本相同意不齐，君师庄叟我尼谿。

力微犹冀匡时难，事急无如已噬脐。

玩世翻能娱旦夕，劳生只合引诃诋。

当前百虑都销尽，留此残躯作醉泥。

（原载《清华周刊》1936年第44卷第5期）

高尔基语录

人生是一种认真的游戏。

人生的意义，存在于向着目的飞跃的美和力里面。所以，实生活的每一瞬间都应当有各自的高尚的目的。

许多人的不幸，是由于他们错把自己看得高于实际而生的。

人在有所希冀，有要去的地方，有要得到的东西的期间，是得意的；但是一旦达到了目的，就平平凡凡地终结了。

人的价值，是依据他对于实生活的威力的抵抗程度来决定的。

实生活的睿智，常常比人的睿智深刻而且广泛。

人都想要用两个铜板去买五个铜板。

人时常在寂闷烦忧中做出罪来。

自己满足的人,是在社会的胸中硬化了的瘤。

在地上,善人比恶人的苦痛多。

现在的世界,指着恶汉说是绅士。

幸福的人是万人之敌。

恶人常常是长寿的。

在人群中有时会有性格非常复杂的人。虽然无论要把他叫作什么都无不可,只是他不适于人这个名字。

善的事物的短促,正如美的事物的稀少。

好的果实不早熟。

生就匍伏的东西,是不能飞跃的。

不知道明天应该做什么的人,是不幸的。

世上绅士不少,然而世上所需要的乃是完全的人。

人的行为有两面。显露的一面是虚伪,另外隐蔽了的一面才是真实的。

有在泥土之中生活着的人,然而却比穿着锦绣玩逛着人皎洁。

人是对于目前并不留意的小善,一旦过去了就想要看看的。

无论在善事中,或是在恶事中,人都还不是那全部。

生活不能够奈何那知道自己的价值的人。

世上再没有比人的行为动机那样重要而且有兴味的东西了。

在这个世界上,一切事情都是相对的。因此,在这个世界上也就没有使得人无可奈何的绝对的逆境。

和敌人的关系，正是饥饿者和饱食者的关系。

人都当作口头禅似地说着四海同胞这句话，可是谁也没有从户籍簿上来证明过这件事。

一切的事物都有终结。这就是人生的主要特质。

（原载《申报》1936-10-9）

闲话冬至

"岁月不居，时节如流"，荏苒间，已将富有纪念性的冬至渡过。旧俗，每当冬至之日，或合家人以团圆，或邀挚友而群会，这种举动实可代表我们民族的特性，因为我们民族是农村社会的民族，而农民对于收获后"荐新"的季节，本当看作一个莫大的节令，所以俗语有"冬至大似年"的传说。可见的中国人民，把收获后的冬至节，看得比新年还要重大，就是这种道理。故就我们民族特别意念论，冬至佳节，洵值纪念。

古人有于是日，进赤豆粥，以禳疫鬼（《荆楚岁时纪》云，疫鬼畏赤小豆，故冬至作赤豆粥以禳之）。又有设佳酒肴，以宴亲友，而示党家风味；还有预测气节变化，亦以是日而定，更可见得把冬至这个节令，看的异常重大，而有特别的作用，吾人生当今日，欲明过去种切，而证现在之进化消长，"闲话冬至"即应此要而产生，或者也可供茶余酒后，谈天说地论人事的闲话资料。

一 冬至的说法及其认识之今论

古人冬至的说法

古人说冬，词论不一；考"冬"，《礼·月令》"天气上腾，地气下降，天地不通，闭塞而成冬"。《乐记》云"冬，藏也"，而《汉律志》曰"冬，终也"，董仲舒《白虎通》又云"冰雪，冬之候也"，《鹖冠子·环流篇》则谓"斗柄北指，天下皆冬"，统上所举，言冬之义，不为罕也，要皆从抽象而名，未能深指四时，以明其运转之理，实昔人之短。

今证圆补

故古时，有在冬至前三日，悬木炭于衡，两端轻重适均，至冬至日，以验其轻重，则知阳气已生；或有吹葭管之炭以测之者，殊可笑焉。

今人冬至的科学论

以今谓冬，实则地球绕日一周，需日三百六十五，又约四分日之一，唯因轨道非正圆，故在天空中之行动，遂有盈缩，自夏至迄冬至，历一百八十三日有余，自冬至迄夏至，历一百八十二日不足。因之，节气相距，为日亦各不同。不知以国历计，常在十二月廿二日，或廿三日，此固一定，决无有错乱者。是日北半球夜最长，日最短，南半球则反是。而冬夏所以有寒燠，昼夜由斯有长短之别者，其理在此。若以废历言之，则冬至之后，相差多矣，譬诸前岁，在阴历十一月十六日，今岁则在阴历十一月廿八日，而明岁又在十一月初九日，其前后参齿，至为不齐，故今民国定"冬至"一日为节，职此之故。

冬至之古人的认识

传记载："冬至日当南极，暑景极长，故有履长之贺。"就这几句简短的话里，可见古人对于冬至，以为是暑景的极长，其实事实上，在冬至的届临，是最短不过的，这恐怕是古人认识不彻底而附会的谬论罢？我们的理由见下。

今人圆补古人认识谬论

夫暑影极长，则昼漏极短，圣人惜寸阴，惟日不足，至短之日，何以贺为？必也。冬至一阳初生，日由此渐长，有剥而就复，乱而复治之机，不贺其盛，而贺其发端也。亦即古人月恒日升之义也。其日履长，即履端将长之意，非谓现在暑景之长也。说见谢肇制《五杂俎》。是诚发古人所未发，亦即认识力之渐进真确，有以发见古人之谬也。

二 冬至的略史及其变迁

传说的历史性

有人说中国民族的重视冬至，隐隐中是周代建子为岁首的遗俗（旧历是建寅的）；所以在从前社会里，冬至之日，士大夫各具衣冠，庆贺冬节，徐士铉的《吴门竹枝词》"相传冬至大如年，贺节纷纷衣冠鲜；毕竟勾吴风俗美，家家幼小拜尊前"，便是旧俗重冬至很早的写实。

史考的历史性

从历史上说，考宗堂礼志："魏晋冬至日，受万国百僚称贺，其仪亚于岁旦。"崔实《四民月令》："冬至之日，进酒肴，谒君师耆老，一如正日。"一直到宋元时代，这种重视冬至的习俗，始终未曾稍衰。私家的著作的史料，如孟元老的《东京梦华录》、赵与时的《宾退录》、吴自牧的《梦梁录》、周秘的《武林旧事》、赵与可的《孤树衷谭》、张大纯的《百城烟水录》等等书籍里，都有关于贺冬的记载史实。

冬至的变迁

冬至变迁的原因，我们简单的说，是中国的汉民族，在周代，就把一年冬季收成的季节做岁首，嗣后逐渐的往东南方面迁移，应着环境和天时地理等种种关系，历法是因为得到更精确的推算方法而变更了，而从西北老家里带来的收获"庆贺节的冬至"一直相沿到如今，这是一点也不错的。

三　冬至的不同测验法

皇宫测法

据云，昔时宫禁中，有浑天仪一具，铸铜为器，如世所图璇玑者然，上有量天尺，可测量天长短，冬至后可得一丈七尺，夏至后可得二尺云。此种测量作用，很近科学的实验法，大有研究必要；惜自庚子联军，物被掠去，不知所落，其可叹也。

士宦测法

《檐曝偶谈》云："冬至后余一日，则知来年润正月；余二月，则知润二月；……余十二日，类推则知润十二月；若余十三日，则不闰，如此推算，法颇简易，故自学者发明后，士宦阶级，多盛行焉。"

民间测法

民间习俗，谓"冬至后九日，有雨雪，则每九皆然。"土人有"九九识寒暑之诀"，曰："一九二九，相见不出手；三九二十七，树头成角簇；四九三十六，夜眠如宿露；五九四十五，穷汉街前舞；六九五十四，树头青渍渍；七九六十三，布袖两头担；八九七十二，猫狗讨阴地；九九八十一，犁牛一齐出。"其词虽不甚雅驯，苟细味之，复以时体验，亦往往符合，殆老农家经历所得来也，故亦有闲话之价值。

四　冬至的届后今昔的景象

观古冬至届后的景象　知今世风的奢薄

冬至届后，日稍渐长，比长日增一线之功，诗人有"日光绣户初添线"之辞；然近今妇女，在城市者，足迹常在影院舞场，即居家亦以扑克雀戏为唯一消遣，在乡村者，亦以"寒来难事串街门"为最，"无复琐琐事女红"，观此世风之日入奢薄，今昔比观可见矣。

观古贺冬之盛　知今民贫已极

冬至届，古人必围炉饮酒，佐以佳肴，而资庆贺然。而比年以来，不景气声中，人穷财竭，一到冬至，年关已迫，正有许多人，愁眉不展，那里还会有快乐的心绪，去围炉饮酒庆贺呢？今贫昔富，可想见矣。

（原载《天地人》1936年第 1 卷第 2 期）

业余后我们应该读些什么

一 小引

在这种国际共管的生活中，列强压迫的环境下，一般"行有余力，则以学文"的人们应该以那类的书本，为能增多智识，满足所求的阅读品？热心爱国的青年们，为国家而忧，为民族而惶，欲谋充实其悍卫国家之力量，保持民族之自强，在奋斗困乏的休息中，应该找些什么书本，以为阅读的东西？在从前的时候，则以琐闻细故，新奇风流等文，而为惫中助兴，郁中解忧的阅读品。但是时至今日，国家民族，已是一发千钧，危极万分的当儿，大有朝不保夕之势，若仍抱着此种看闲书识闲字的宗旨，不能利用读物，急图振刷精神，激昂气志，以为奋斗用之，保国之具，国家之危，将必每况愈下，渐趋灭亡之途了。若只图一时之快活，个人之乐趣，读淫词滥调，及有伤风化之艳史，则不如不读之为善。其于社会国家，以及个人影响，不特补益很少，而且易趋堕落，甘作下流，由此可变成社会之败类，以有用的光阴，用于无益之地，良以长此以往，则人不亡我，我亦自趋灭亡。故值此国难方殷，国威顿衰，国人欲尽国民之责，对于读书问题，应作相当之讨论，使一般爱好读书的人们，利用读书的欲望，对于国家，可以发生转祸为福，转危为安的力量。对于自己也可增长不少的做人方法，以及为人之经验。这可以说是我所要做此篇文章的动机罢？

二　应读些什么

我们知道，今日中国，不患人之不多，惟患多而不能团结，不患国之不大，惟患大而不能合作，不能团结，其中原因，乃因自私自利，各行其是，此种结果，遂形成"各人自扫门前雪，莫管他人瓦上霜"的情态。因之，处境虽险，然都不顾与恶势力战，不欲与侵略者抗，各谋苟安之道。遂使野心的国家，得寸进尺，鲸吞蚕食，长驱直入，而倡瓜分共管之论调，此种情形，其国虽大，其民虽多，亦奚以为？故为挽救当今国家危亡计，民族不至消灭计，要在使我国民，都有民族的热情，以及激昂磅礴的情绪，而后私见化除，得以精诚团结，使人人皆有"杀身成仁"之心，处处有"舍生取义"之志，国难国危，庶乎得以减轻，而后人民之多，国家之大，始克有用。

但是若欲使人人有热情，民气可以达激昂，那么以书之编制言，莫若传记侠义等书，最易陶冶而成此种思想，因传记体裁，多系记事史，记事之取材，又多以急公好义，英武豪烈之事迹为其中心，所以此类书籍，令人读后，最易引起读者的心情，以及摹仿的功用，例如《岳武穆传》的忠心杀敌的致果，文文山的誓死殉节，史可法张仓水的力战身殉，以及清季革命先烈的赴汤踏火，慷慨就义的精神，几为传记的大好的模范材料，作者倘能用生动的文字，或委婉的文笔，加以发扬光大，令懦者读后，确能鼓其勇气，勇夫读后，即能有赴汤踏火，牺牲奋斗的精神。王船山说："居整御散，用独制众；处静待动，奋弱抗强。"这种精神，正是我们今日民族所最需要的心情，所以关于应读何书而有补益于国家民族，于当今，自应以历史之类的读物为最善。再就书的文笔言，历史等书，其文句辞气，又多以激昂文藻，生顿的笔墨，而为叙述的论调，故令人读后，不免受其词藻的生动刺激，事实的可嘉，而有怒气冲冠，牺牲一切，在所不惜的同情作用。即或非此，而从社会学的观点来看，闲来读些历史性的书籍，亦于方今吾国之民族，有相当不少的好处。因为历史的记载，乃为客观的探讨，故阅读历史，又可化除私见（即主见），而有相当底消灭种族间，种种偏见的作用。自来在中国有所谓"夷夏论"，在欧西亦有所谓种族学派的阿利亚"优先论"，这种观念的由来，即系源于他们侠慨自恃的主见，而少历史性的常识所造成的。也可说他们这种观念，根本出发于无谓的过度自尊心。迨及最近，因历史学派的种族研究的关系，遂将一般种族间失常的歧视心理，逐渐灭退，因为从历史进展的文化创造上看各民族，均有其相当的文化上之贡献。从在文化水平上虽不会一致，但以全人类的同情心为出发点，亦当互相尊爱，互相提携，共挽起伟大的世界文化之建造，我们以为这种信念的培养，历史读物亦是一种重要的手段。假使我国汉满蒙回藏五族，都互于尊敬，互于提携，强邻岂敢鲸吞蚕食，有所谓满洲国？

照此看来，今日中国人民之涣散，民族间互相之歧视，不能团结一致，互相尊重亲爱，一致而相抗敌，那么，学读历史，实有相当必要，其为功效，实非他种书籍可比。所以我们国民，如在茶余酒后，闲时读书的时候，应以历史之类为读物，这不但自己的智识可由此而充实，国家之危亡，亦得有救。所以我主张，处在今日之危亡之环境下，国人应以历史为读物。

三 为什么要选读历史性的书本

我们知道，吾人是社会里的一份子，负有承先启后的伟大责任，一方面要继受和光大我们先人的迹业，一方面要为我们后世做了开路的先锋。欲达到这种企图，我们第一个前提，必须了解我们所处的社会之史的历程，由历史的研究，获得过去无穷的经验，不独已往的经验，可以凭借着历史的记录而获得，同时将来的事变，亦可以藉历史的法则而推知。不宁为是，既要做一个人，而且是文化人，必须有着过去的记忆，有了历史的观念与训练，相信才能扩大其思想的领域，也可于现实的思想而外，提高抽象的思想，能不为物囿，升首天外。因此，我们为了我们本能的关系，或者救国责任的关系，或者环境压迫的关系，我们是不能不从历史一类的书籍里，找寻相当的能力，和应付的手段。这是我们在业余阅读的时候，所以要读历史性的书本的第一个理由。

宇宙间一切的事项是动的，不是静的，是关联的，不是孤立的。我们生长在这文化之流里，我们是社会里的一份子，负有相当的活动责任，岂能不读历史，而为活动的工具。这是我们在业余阅读的当儿，所以要读历史性的书本的第二个理由。

当今现实社会里的一般人，在思想方面，太着重"现实"了，在行为方面，太枯冷自私了，在众人的心理上，似乎鼓动不起伟大的民族热情，各人都偏于所谓"个人观"，很少有一种"社会观"。这种人对于国家的前途，实是最危险不过的，因为全都为了个人，而不顾社会；全都图自私自利，而不求国利民福，那么社会将何以维，国家将何以卫。这种原因，当然因为大多数人未曾受过历史的陶冶所造成，因之，对于"过去"既是黑漆一团，对于"现在"，当然是盲目无主，对于将来，更非计所能及。这样无怪大多数人整个的灵魂，在极度的动荡中，失却了个人的控制力，失却了民族的自信力。根本一个人的人生观，不能有意识决定，难怪其操守不定，出处不明，晦藏丕塞，恍惚迷离，不能眼光放大，重看了大我的国家。所以我们为要挽救这种思想的错误，改换人们眼光的方法，不但应该读些历史的书本，而来根本矫正，同时还要多读些，以便革除这种根深蒂固的恶习，使我五族，而有精诚团结的力量，一致以御外侮，以保国土，这是我们所以要读历史性的书本的第三个理由。

总上所述之理由，读历史不特对于个人，而有相当的益处，即对于现代危亡的国家，亦有转祸为福的可能，所以我们在业余憩后，既有心读书，应以历史产物为对象。

四　阅读历史性的书本的好处

阅读历史性的书本，其好处很多，然其表见最大的显著好处，计有下列二种，兹略分述如左：

（A）可以伟大自己的一切——历史这种东西，对于做人处世，以及应付环境，确定人生的学问，无不应有尽有，指示明切。所以我们假使在现实的国难中，人人能读这类东西，不但其思想，无形中可以得到正确的指示，而且对于处世接物的方法，也可找到相当的材料，以为做人的借镜。同时关于应付环境的能力，以及牺牲小我，维持大我的观念，也可无意中受到不少的暗示与勇气，因为历史是劝善惩恶的记载史。所以历史的事实，可以作我们处世接物的最好的范模，虽然我们不主张所谓崇古者，或所谓英雄主义，但以其社会债业，作为我们适应生活的借镜，应付环境的工具，亦为阅读历史的效能。因为我们从历史的搜究中，可以搜得关于人事的丰富经验，从历史的法则里，可以决定我们思想和活动的程序，从历史的事实的综合与分析，可以确认社会是前进的，不是逆退的，使我们的人生观，能由否定或悲观，而变为旨定的，乐观的。大家欢天喜地的在这只容一趟过去的大路上向前行走，前途有我们的光明，将来有我们的黄金，世界这种正确的想望，必系于我们能够辨别历史的进程。这都是读历史可以得到收获，且在千百年来，历史上曾记若干的英雄豪杰，仁人志士，举凡道德学问，无一不可做我们当前的殷鉴。所以有志之士，多喜流览史籍，尤其关于伟大传记一方面，取其史传碑志或年谱而尽心的吟味，仿佛和他们謦欬于一室，晤言于一堂，很可以长其识见，增其想象，发其志气，怀其胸襟，端其趋向，正其智识，植其法行，养其品格，可以发"舜何人也，予何人也，有为者亦若是"的感觉。况一个人的智识基础，固然依傍由现实环境的接触，而将来的经验，同时也可由史迹上的"理乱兴衰""典章经制"而得到许多暗示与摹效，使我们养成一种起然卓立的志气和人生观，而做伟大的事体，凡此种种伟大，未始不是阅读历史所赐予。

（B）可以强国保种——历史是一种时空的组合，记载国力文化的消长，社会生活的变迁，历史教育的功用，实关于民族国家的兴亡很大。曾记的龚白玲在《古典钩沉论》里说："灭人之国，必先去其史，隳人之枋，败人之纪纲，必先去其史，绝人之材，湮塞人之教，必先去其史，夷人之祖宗，必先去其史"，由这段话里，我们可以窥知史的重要性了。我们把这段话的意思，反过来说，要复兴民族，非藉助历史的读物作阶梯，难能办到的。我们知道欧陆十八世纪以来，所谓普鲁士学派，民族主义的史学，飘起云兴，风靡全国，高歌普鲁士的精神，作为民族自尊心的护法，这是由历史学的发达，而为复兴民族的铁证；又如德意志帝国，其所成立为联邦国，亦得力于普鲁士派史宗的鼓吹不少。他如最近的日本，自中日战争以后，明治维新运动的成功，日本皆归功于元禄时代法川家阁所著的大日本史。在那时日本封建制度还未氓除，那本书力主尊王攘夷，忠君爱国，经过群相鼓吹，于是倒幕论普及全国，同时有浅见纲齐者，清献遗言赞扬，倘述中国激士的事功与精神，鼓舞国民爱国热情。经过辗转的宣传，与不断的努力，幕府制度于是萌溃，明治维新的运动，卒赖以成功，这又是历史可以强国保种的倒证。后来又有那珂通世中村久三郎等手编日本史，以提高日本国民的自尊心和自信心，所以在日俄战后，一般人尝有"日本之强盛，由日本的新历史助成之"的论调。于此益见历史之可读，及其本身的价值，对于民族之兴衰，国家之存亡，关系至大。

所以有心爱国的人，读书亦应选择历史的产物，欲图复兴民族的人们，也应选择历史来读。因为有爱国的热情，供读历史的功效，可有正当的实现的方法，以及迈力向前推进的勇气。即对于原有爱国的情绪，因为读历史的关系，对于国家民族，也有相当的热情，以及适当的认识，对于恢复民族的心肠，还可鼓励激扬，以至光大。所以读历史，实是强国保种的基础工作。

当今国家衰颓，我们民族的地位，又是如此的时受其威胁，民族的精神，又是如此的涣散，民族的自信力，又是如此的脆弱，所以我们为了国家的强盛，而增高民族的地位，凝固民族的精神，强固民族的自信力，更应该要有历史的修养，力求改正，更应该要有历史的智识，以求矫正。因为这样一来，我们对于所在国的文化，便可了解，对于我们祖先创业，即可发生亲切有趣的热情，而后才有复兴的念头，强国的工作。

结　论

总之，我们要求我们民族有复兴的一日，国家有强盛的时候，闲来读书，终以历史为对象，藉以由历史的材料，来培植我们民族的自信力，发扬我们民族国有的精神，认清我们国家的地位，以及文化的优越与伟大的地方，明白过去若干伟大人物的辛勤奋斗，惨淡经营，知道我们民族的扩大蜕化，不是偶然而成的。我们得着这种信念播化，而为全民族的意向，我们尤觉的中华民族在现在，太缺少一种民族的热情，个个人尝不免是枯冷自私的，民族间常不免相互歧视，这诚是一种伤心惨目的景象。所以我们更当读历史，供得历史上许多民族伟人的事迹，将他们会集为国那一种激昂磅礴的情绪，重新在一般大众们的内心上燃烧起来，以鼓铸我们对于国家民族有一种说不尽、写不出的热情。

所以我们在这动荡不定的周遭中，国难层层压迫的社会里，我们欲求我们的人生观，有正确的决定，有彻底的认识，我们需要历史的读本来培养牠；我们欲求了解我们民族历史上的光荣，和我们当前的责任，我们需要历史读本来激动牠，鼓励牠；我们欲求恢复民族的自信力，发扬我们民族的热情，团结我们民族的精神，准备和万恶的环境作殊死战，我们更需要历史的读本来做兴奋剂与媒介物。所以在这年头，我们应读些什么？我的回答，惟有民族历史的一类东西，最为适当。最为急要？

一九三六年四月三十日脱稿

（原载《天地人》1936 年第 1 卷第 7 期）

时代的呐喊

　　吾人生于荆棘满目的环境中，要开辟一条出路，只有靠着自己的力量去争斗，因为我们的遭遇，已是强邻虎视觊觎鲸吞的时候，我们的生活，已被迫到了万分险恶，奄奄待毙的阶段，故只有凭着自己的血肉去冲锋！去奋斗！是不容我们找着出路。

　　所以我们当此时日，不论是谋复兴民族，挽救国家，安定社会，或为个人谋生存，都必发奋为雄，苦为斗争，才可打开出路，以言复兴保种，强国图存，也惟有彻底地苦干，才能争的最后的胜利，来克复我们的山河。

　　我们知道，别国能够在世界上称霸，别人能够在社会上立足，总不外力的发扬，新的创造，苦的斗争，也就是抓着现实，有百折不回的精神，有培精蓄锐的修养；虽作苦干而卧薪尝胆；虽为苦斗而起舞。所以我们从前一样的不长进的国家，现在已转入强国之列了，从前与我们一样的被压迫的国家，现在居然也变为压迫者了。如果我们在这战云紧急的时代，还是醉生梦死，自己既无志气，又不充实能力，而且畏首畏尾，中途彷徨，结果总归淘汰，终被灭亡，一切呐喊，徒作望洋兴叹。

所以现在我们的环境，虽然生于忧患，不容我们乐观，但是这种环境，也许是我们为祖国而光荣的环境，也许是我们民族的出路，也许是我们自强的时际。因为环境优良，最易忽于修省，不知防微杜渐，以致罪戾日积，灾祸日多，自无所修练心，上进志。所以《孟子》亦云："天将降大任于是人，必先苦其心志，劳其筋骨……"反之，若饱经忧患，备尝痛苦之后，便可戒慎恐惧，转祸为福的。其中道理，我们始引《韩非子》解《老子》篇所云，便可明瞭，其辞即"人有祸则心畏恐，心畏恐则行端直，行端直则思虑熟，思虑熟则得事理。行端直则无祸患，无祸患则尽天年，得事理则必成功，尽天年则全而寿，必成功则富与贵全，寿富之谓福，而福本于祸……"这话很能说明因祸患而畏惧，因畏惧而觉悟，因觉悟而得福的道理。又基督说："只要悔过，就得救了。"回教经典亦说："无孽灾不降，不悔灾不除。"这虽然是宗教家的说法，却也同样属于事理之必然，先哲所谓"多难兴邦"，其理由也正是一样。所以今日之国难，无论是如何严重，环境是如何的恶劣，但是我们因此而垂头丧气，因此而消磨志气，因此而忧虑颓废，因此而精神萎靡，实是自暴自弃，这时我们应该因此环境而奋斗。更应该应压迫而觉悟，从事自强复兴的工作，不应该歧途彷徨，让时代的车轮空过去！

所以我们生当今日，国家多难，民族危亡，每一个人的精神，是应该集中的，不当散漫的，应当是振作的，朝气的，不当颓废萎靡的，而后才可以振兴国家。打倒一切的压迫，征服了一切的蹂躏，国家才有出路，民族才有生存，因为这种彻底的觉悟，觉悟的奋斗，最可培养强力，增厚抗力，而与四面的恶环境奋斗。所以在此国难垒垒，国本岌岌，民族存亡，千钧一发，为了国家，我们要实际奋斗，为了个人，我们要勇猛前进，所谓出我们的汗，谋我们的活，流我们的血，救我们的国，这就是我们生此时代，所要说的话了。

我们知道一只狗在被人追杀的没有去路的时候，牠还会发出绝望的咆哮，牠还会露出了牙齿，装着豺狼般狰狞的面貌。我们是人类，是自然的最上层，是历史的产物，我们岂能忍受这种极沉痛的蹂躏，极深刻的摧残？

那么，我们的身心遭受着这许多次数的深刻而且沉痛的创伤，我们应有怎样的态度，诗人莫泊桑已经指示过我们："你应该负起你肩上的重任，向生命的前程进展，莫悲伤，莫颓靡，那一切的恶势力，自然可以被战胜。"所以我们生当今日，决不悲伤，颓靡，我们更应该因为我们的环境恶劣，凭借着我们自己的热力，去燃烧人类的生命，去克服现实的环境，在生命的最后一刹那间，以冀获得生存的胜利。

一只黄蜂在被人打了一下的时候，牠也会很勇敢的把打牠的人猛力的刺一下，虽然牠明知道刺断了尾时，要使的自己的生命发生危险，但在最后的关头，也要来挣扎这样一下。我们是人类，当我们国家与民族的运命已经走到了危难交迫的紧要关头，我们岂可不如一只狗一只黄蜂？

所以，我们生当今日最赞同尼采的豪语："在冒险的危难中，和死亡作骰子戏，是人生最大的贡献。"这句话委实可以作我们的兴奋剂。

今日何时，乃一九三六年的中期，所谓大战的危机，还不够我们警惕吗？国内民穷财尽，哀鸿遍野，还不够我们伤感吗？炮弹快要临头轰炸，禽兽快要相率食人，我们应如何惊心动魄的起来干！须知，迄今没有仁慈的人来对我们加以怜惜，我们也不必希望谁来拯救提携，我们只有全凭自己的血肉心力去干，而作最后的奋斗，所以我们的最后所希望，就是把握住这个时代——

我们要筋断骨折的来奋斗！

我们要心摧肺裂的来奋斗！

我们要打倒了阻力，羞退了讥笑，赶走了铁蹄蹂躏的残迹！

我们要抓住了时代的车轮，彻底的觉悟来奋斗！

我们不能自主自立，这种奋斗，永不罢手！

我们的出路，惟有奋斗，惟有现时的奋斗！因为这个时候，已到了最后的关头。

一九三六年三月三十日脱稿

（原载《天地人》1936年第 1 卷第 5 期）

怀吴雨僧先生

　　自从那日，怀着一腔悲愤，于烽火连天中，逃出了那快要沦陷的故都之后，这一年来，我过的便都是苦忆和惦念的日子了。这其间，不知有多少日，每天跟着报章而来的，如不是一座曾经亲历过的名城的陷落的噩耗，便是地的被轰炸的恶讯。随之而起的，自然就是自己的一段悲痛的回忆与叹惜。更使我怀念不置的，朋友们于去夏分散后，到如今，鱼沉雁杳，音信全无。在这兵荒马乱的当儿，到底生耶死耶，实在使人无法揣测。而自家呢，这一年来，也是飘零无定，艰苦备尝。因此，每逢旅馆对灯，或枕上梦回的时节，这怀人感旧的情绪，更会油然而生，使人觉得特别难以消受！然而，这些暂且不管，单说这一年来我最为想念的，却是北平城内外的两位老前辈。一位是苦住西北城八道湾苦雨斋中的周作人先生；一位是困守城外清华园藤影荷声馆中的吴雨僧先生。苦雨斋我从未去过，周先生也向未识荆。我之所以这样地敬仰知堂老人者，正和别人一样，全是因为他那冠绝一代的思想情趣。但自从故都陷落，《宇宙风》以及其他杂志上，不大能见到他老人家的大作了。这是多么可惜的一桩事情啊！最近，我从一册刊物上看到他老人家的一封致友人的信，知道他目下仍苦住北平，并且立志作苏武。这消息对于服膺他的人该是怎样地兴奋！可是，一想起吴雨僧先生，我却实在很替他老人家担忧了。吴先生现在何处，我曾问过许多人，都答说不知道。去年，有一位于北平失陷后不久下来的同学告诉我说，有人亲眼看见吴先生尚在清华园之内徘徊，并且对人表示决不离开该处，即使日本人用炮火来轰他。这话是否可靠，现在无从断定；但我想这事情恐怕是很可能的。这几年来的吴先生，除了清华园，尤其是他那一间藤影荷声馆，宇宙间还有什么地方可以使他安心居住？而他的性癖又是那样地古怪！日本人的炮火当真不会找到他的头上么？这真真是太可忧虑了。

我认识吴先生已有好几年了。从大学二年起，我每年都选他的功课，因此同他很熟识，而他的屋子我也常常去坐谈的。最使我难忘的，就是他那一种忧谗畏讥，懊恼不安的样子。不知怎的，许多人总爱拿吴先生寻开心。这几年来，以吴先生为题材的文学作品真是多极了。据我所见的，有人物志，有公开信，有小说，也有整本的戏剧。这些东西都逃不出他的注意，不，就连极无聊的小报上关于他的记载，他也有法子找得到，而有时也有人故意把牠剪下来寄给他。对于这些，他都很重视。恶意嘲笑的，他固然很认真地气愤；就是善意批评的，他也往往因其中有所误解而咨嗟累日。我常常奇怪：一个具有他那样奇怪性格的人，为什么会这样地不忘情于外界的批评，这样地惟恐人不了解自己？而事实上吴先生确是很矛盾的。他的一生就是一串大矛盾。有些人似乎不满意他的矛盾，所以很爱挖苦他。但我却偏喜他的矛盾，因为他愈矛盾时，便也愈显得出他的真率。世界上跟吴先生一样地真率的人实在也太少了。

我活了这么些时候，确实没有着见过第二个人把男女之间的事情看得像吴先生那样地重大的。本来对于一切问题，吴先生都有他个人的特见；但对于恋爱问题，他的见解，尤其来得丰富而湛深，简直可以成为一门哲学。关于这门哲学，他是谈之不厌，说之不尽的。吴先生平常时最不喜欢人家同他谈政治，他认为那是太卑鄙的，但你如有终身大事要同他讨论，他却随时随地都很欢迎。像他这样地醉心于恋爱问题，照理应该有很大的成就了，然而事实却大谬不然。这些年来最使他老人家伤心的。谁都知道，就是他那传诵一时的三十八首忏情诗所由而作的那一桩事情。为了这事，他不知悲哀了多少年月！很多人认为吴先生之所以要失恋，正因为他过于郑重，假使他肯马虎一点，肯暂时忘掉他那自创的恋爱哲学，而采取一点普通人求爱的手段，那也许便可以"有情人终成眷属"了。但这无论如何是吴先生所不肯承认的。他只痛切地抱怨自己的命运。他常常自比希腊悲剧里面的主人公，因为他相信他那不幸的遭遇，正和那些人的一样,全由于无可如何的天意的作弄,并非当事人自己有什么不对的地方,虽然灵感来时,他也会忽忽如有所悟地吟出一联未经人道的佳句来:"始信情场原理窟,未甘术取任缘差!"

我现在想起吴先生的那一部《吴宓诗集》来了。那也是顶使他老人家伤心的一桩事情。以前,为了《学衡杂志》的停刊,为了《大公报文学副刊》地位的被夺取,他老先生不知气愤了多少时候,迸发了多少牢骚。然而,最使他觉得受到致命之伤的,却是《吴宓诗集》出版后所发生的一些事情。关于这部诗集的编印,吴先生可谓慎重极了。书中图片之多,附件之繁,排列之有序,圈注之细密,都足以见他擘划时的煞费苦心。至于校对方面,那他更是慎之又慎地不知亲手校了多少次。他对于这部诗集的期望也是很大的。他相信人们读了他的诗集以后,一定会更深刻地认识他的为人,更彻底地了解他的苦衷,因为在这厚厚的一本集子里面,他已经把一生的情感行事毫无掩饰地给暴露出来了。所以这是无异于是他的一本以诗歌体写成的自传。可是,"天下事原如意少",无情的读书界用来欢迎《吴宓诗集》的,兜头就是一条闷棍——不理会(说得好听一点,销路不佳)!这已够使吴先生气愤填膺的了,然而那里知道还有更凄惨的在后头呢!外界对于这部诗集所仅有的那一点点的批评已是毁多誉少,而所谓毁的又是那样地刻毒而无情!这里为了避免使吴先生见了(比方说他真有机会见到此文的话)伤心,只好就此带住。平心而论,《吴宓诗集》,虽然因其中分量太多(吴先生为了力求忠实及范围广大起见，甚至把小孩子时代的作品以及不甚经意而作的随感诗，应酬诗等都列入集中），所以不免，如一些较为公正的批评家们所说，瑕瑜互见；但牠无论如何是一部诗人的集子，而不是诗匠的集子。吴先生这个人，无论从那一点——气质，才情，思想，行事，遭遇——来看，都是一个十足的诗人，他对于诗学的功夫也不是不很深邃的。不过他有一种毛病，就是牢不可破的偏执性。他自己认为对的，美的，无论如何不肯更改。因此，他的诗集里面才有若干类似箴谱之类的句子，时常被诗匠们引为嘲笑之资。然而，诗匠毕竟只是诗匠而已，其批评实不足以抹煞《吴宓诗集》的真价值，这个我们倒应该替吴先生主持正义的（《吴宓诗集》，中华书局出版，定价大洋二圆，谨在此奉介）。

从《吴宓诗集》的出版，忽然想起那位伺候吴先生的老工友吴延增来了。那当真是踏遍全中国找不到第二个的好仆人！起初，我还以为他是吴氏家僮，自幼伴随吴先生的，因为他姓吴而且知书；后来才知道，他是由学校随便指派给吴先生使唤的一名普通工友。这更使我敬重他了。他不止是吴先生的仆人，同时也是他的书记。吴先生每次写信，总叫他代写信封，而《吴宓诗集》的稿本也是由他代钞的。他自然很佩服吴先生，因此，他的字体也是刻意摹仿吴先生的，只不过更显得板重一点罢了。吴先生的脾气向来很坏，对于下人尤其暴燥——这一点，老实说，最不可取，除了吴延增，真想不出有谁可以伏侍他老先生。可怜的吴君竟因此终年不得请假回家，因为他偶尔回去住上几天，他的主人吴先生便只好自己提壶倒水，自己伺候自己了——别人不特他不要，事实上也就没有一个敢接近他！每回当你拜访藤影荷声馆，遇着主人不在而你自己又有闲工夫时，你不妨花一点时间来同这位忠实的老工友谈话。他会常常涕泪交颐地告诉你吴先生这几天心里又是怎样地不宁静，他老人家是怎样地可怜，有时甚至述说他做人的如何好。那时，你便自然而然地会生出这样的一个疑问来：吴先生平常时总以为他自己是很孤单的，总爱吟着"敌笑亲讥无一可"之类的句子，然而他身旁就有一位十分忠实于他的仆人，这难道他自己竟不觉得吗？这位仆人也有一篇著作，那就是他赋赠吴先生赴欧洲的一首七言诗（见《吴宓诗集》）。这里把牠钞录下来，请大家欣赏："五载匆匆一度休，精神兴奋赴欧洲。寒暑冷暖惟保重，饥食渴饮自心留。研究创造文学业，只为归国后生谋，悟彻教育新著述，定属先生占鳌头！"

　　我一向就是很敬爱吴先生的，然而怀念中的吴先生，却尤有一种特别可亲的面目，使我想慕不已。吴先生，您是那样地诚恳，那样地真挚，那样地独立孤行，那样地怜人而不为人所怜！您的性情虽然燥急，您的心肠却是异常地慈悲——这是您一生受苦的根源；您的头脑虽然浪漫，您的举动却是异常地拘谨——这是您屡次失恋的原因（？）。您虽不是教育界的什么权威，但您却颇具有大师的风度。温源宁先生说您教书时事实年月绝不会弄错，但缺乏启发的力量（见所著英文吴宓先生写真）。这的确是冤枉您的，因为你的教授法虽然呆板枯燥，您的见解却往往丰富而新颖。您的思想平常很陈旧，有时却也奇辟得很。吴先生，您当真是清华的一颗明星。失了您，这座辉煌壮丽的学府就要失去了一部分的光明。因此，我万分虔诚地为您老人家祈祷，祝您无灾无难地度过了这纷乱黑暗的时期，直到将来最可庆祝的一天，那就是三军北上，故都重光的日子。到了那时，三院教室的讲书台上一定又可以见到您那骨瘦如柴的躯干了吧？吴先生！

（原载《宇宙风：乙刊》1939年第2期）

人生观的透视

人生欲望之中，要算"金钱""爱情""虚荣""神仙"四个的吸引力为最强。世间的人，望着这四个圈套，无论老、少、男、女、贤、恶、智、愚，大家都拼命的钻进去，一旦钻不进，就不满意，不快活。虽然叹口气说道："没有办法！"但是还要坚忍不拔地想钻进去才罢！钻到死也不肯止休：唉！可怜这东西的地位，是很有限！你要钻，我要钻，他也要钻，怎能容得下这许多钻的人呢？于是乎就来一下倾轧啊！决斗啊！惨杀啊！世界上一幕一幕的惨剧，无不都起意于这四种事情，甚至一发不可收拾。

他一面自己要猛力的钻进去，同时还有这万恶的环境，低眉含笑地再来引诱他；欢迎他；一经钻进了，就是陷入了现世的地狱，内中有无穷的妖魔来戕贼他的本能；迷惑他的天良；吸干他的精神；破坏他的血肉；窒息他的活泼；砍绝他的生机；渐渐地送他到老衰国里，刻刻儿迫他走入黄泉路上；然而到死还说着："圈套里生活，的确是快活！"

请问大家：死不肯放手的要进去，究为何故？我想他们一定万口答道："为要找求快活，快活固然是为人生的唯一目的！"然而我再请问你们："钻进了这些圈套，究竟是否快活？""就算是真真的快活；可是回想你们有生以来，损耗了几百万滴的精血？破裂了几千万粒的细胞；经过了几许的痛苦；遭遇了几多的烦恼；和你现在所得到的快活；相差起来，是否合算。"

咳！可怜的人生，起而餐，餐而作，作而息，息而梦，梦而醒，醒而起，熙熙扰扰忙个不休，分秒不离的只管和这些万恶的吸引力，互相感应，可怜一个"万物之灵"的人竟直成了四大圈套的寄生虫了！几十年后，忽遂奄然而死，像囫囵吞枣般，做了一世钻圈套的迷梦，而不觉，哦，伟大的人们；大家快快改变这个迷梦，奋斗起来吧！拿所设的种种窑坑！——灭痕毁迹，从黑暗中争取光明，教大家觅一个安身立命的所在，享受人生的真快活才是！

有人道："从黄帝纪元起，到现在民国廿九年内中的社会现状和人民生活，终逃不了《水浒》《红楼梦》《西游记》《封神传》四部小说造意的窠臼。这四部小说，想大家都曾看见过的：内中无非是："金钱""爱情""虚荣""神仙"四个圈套的作用。唉！我不知道为什么在这世界舞台上，只管演着这四部小说的活剧呢？时时演，刻刻演，演来演去，终是这四部老脚本，演了四千数百多年，也不觉他讨厌，还拼命要演下去，究竟要演到什么时候，可以重打剧本来一新耳目咧？我想不到地球末日，这四本剧本总是不肯停演啊！

唉！可怜像机械般的剧员，你们为什么不去掉掉花头，重打一本"人生真快活"的剧本来演演看呢？

（原载《欢乐世界》1940年第2卷第2期）

东亚之光

有人说，《东亚之光》这部片子是一个"奇迹"，其实把这说做"奇迹"是低估了这部反侵略片子的价值；而事实上也是，这部片子所表现的一切，都是真实的纪录，而真实的纪录是不应该被认做"奇迹"的。

其次，我们千万不要只为了要看日本俘虏才去看戏，因为这不是一部好莱坞式的有刺激性的娱乐片子。只要我们是一个具有人类爱和正义感的人，看了这部虽然严格说起来只是"纪录片"的《东亚之光》，我们也很难不被感动的。

在我们这一次神圣的抗战开始的时候，我们许多人都以为每一个日本士兵本来的天性就是魔鬼一样凶狠，见人就杀，同样地，在日本士兵的心目中，也以为落在中国人手里一定会给砍头的。这一种错误观念在抗战的过程中给纠正过来了。我们现在知道，在日本队伍里也有着一些很可怜的无辜的人民，给日本法西斯主义逼上火线做炮灰；而日本队伍里的士兵今天也有若干觉醒了，尤其是在被俘虏以后的遭遇。事实雄辩地告诉他们，中国的抗战是反侵略反法西斯的战争，这个战争的敌人不是日本人民，而是日本法西斯侵略者。《东亚之光》这部纪录片正是具像地说明了上述的理论，拿活生生的事实告诉我们：在反法西斯的战争中，中国的英勇将士与人民，和日本的被压迫的人民是站在同一的战线上的。因为日本法西斯侵略者践踏下的人民是和被侵略者的中国人有着同样的悲惨命运，而要打破这悲惨的局面是只有联合起来反抗，打败法西斯主义这唯一的途径。

因此《东亚之光》虽只是一部纪录片子，但它的真实价值是远超过于它本身的艺术价值的。我们看《东亚之光》，不是把它当一部"戏"来欣赏，而是从它所表现的真实的记录去了解一个道理，这个道理在今天世界民主阵线的联合打击法西斯侵略集团上是占重要的地位。

在银幕上，从"博爱村"的生活，我们看到优待俘虏不是一句空洞的口号，或只是一个政策而已；事实上是优待俘虏的实践，不仅表现了人类的崇高的爱，同时还判决了法西斯的命运。又从俘虏山本薰所忆之日本国内的实况，法西斯战争所给予敌国人民的苦痛，无罪的人民被征用作火线上的炮灰，善良的女人忍受着人类所不能忍受的痛苦，这一切坦白的申诉，使我们更了解"法西斯就是奴役"这一句话的道理。法西斯的存在就是奴役的存在，要挣脱奴隶的枷锁只有反抗，只有打倒法西斯，《东亚之光》在这一点上是最充分的表现了和发挥了它的积极意义的。因此，在远东风云日紧的今天，我们说这是一部值得一看的反侵略电影是并不过誉的。

和以前在桂林看日本反侵略作家鹿地亘编剧，日本反战同盟演出的《三兄弟》一样，都是一些没有演剧经验的以前是日本平民现在是被中国俘虏的日本士兵演出，而他们演出的成绩也并不很坏，甚且比往时此地的那些粗制滥造的片子要好得多，这也许是由于他们所演出的就是他们的生活，所以演来能够深深地感动观众，这也说明了真实就是艺术，这部片子的成功是并不偶然的。

（原载《华商报》1941年第 243 号）

萧伯纳的幽默

有一次，萧伯纳在伦敦向社会主义者演讲财富分配的不平均。

"当我走进讲堂来时，看见有一辆大汽车，价值二千金镑。这是应该的吗？"他问，"一个人可以享有这许多钱。你们去看一看，想一想，英国的这许多陋巷，这金钱要是为穷人而用，要使他们生活怎样舒服呢？"

一听到这里，有些听讲人站了起来，像是要走出去。他们的眼里闪着难抑的怒火。

"哈！"萧说，"我同情于你们，但在你们击毁那车辆之前，我必须告诉你们，那车子是我的。"

（原载《海报》1942 年 5 月 3 日）

噩梦

连下了几天的雨，晚上忽然放晴，园子里一片清光，心里一松，屋子里待不住了，便披上夹袍，拿了手杖，出门踏月去了。

照平常的习惯，总是沿着从公园口直达北山麓的大道走去，今晚走的也是这一段路。路上静悄悄地看不到一个人，心里正在纳罕着，迎面却来了一个黑影。初时我并不注意它，只管低着头闯过去。相距约摸五十码的地方，忽然觉得那人走路的样子有点特别，他的身体不是前后倾动，却是左右摇摆着的。定睛一看，不得了，他的一双眼睛跟猫儿似的正在贼亮贼亮地闪出金光来呢，而且浑身毛茸茸的似乎不曾穿着衣服。这一吓非同小可！这里是有名闹鬼的地方，好些年以前曾做过修罗场，不知残害了多少性命。今儿个我撞见的或者就是这些冤魂中的一位！当下心里一慌，急转身拔步便跑。那东西却哼喝过来："你别跑！你不是跟《写在人生边上》的作者陈仲舒同过学的吗？"

　　我听见"陈仲舒"三字便住了脚，正想问他怎么会认识我的老同学，而他却自动地说下去："四年以前，也是这样一个月夜，我闯进陈先生在昆明的寓所，跟他谈了一个整晚。后来他把我们的对话记录下来，写成了那篇《魔鬼夜访陈仲舒先生》的文章。今晚我无意中碰到你，这不能算没有缘分。你的聪明才智虽不及陈仲舒的万分之一，然而你的直觉到底还不差。这世界除了陈仲舒，恐怕只有你最能认识我的真面目，最能洞悉我的心曲了。这些年当中，我被喽啰们恭维得真有些恶心，我很想趁这个机会跟你说几句心里的话。假使你不怕麻烦，你尽可仿照你那老同学的办法，把我们的谈话记录下来，写成了一篇文章。"

　　我听到这里，连忙提出抗议。我说："回您老的话，这桩差事我可不敢承当。陈仲舒是个空前绝后的大书虫，上回您去访问他的时节，他把你的一举一动一言一笑都给找个西洋典故来做注脚。我可没有这种本领，我的肚子里不特没有西洋典故，连本国典故都装不上十个呢。您要我做文章，那不是逼我干狗尾续貂的把戏吗？"

　　他冷笑了两声，贼亮的眼闪出更可怕的金光。"你这个人就这么老实！"他厉声地说，"难道你不晓得二十世纪是黄口小儿谈哲学的时代吗？大家扯淡扯淡罢了，谁要你那么费事地去找什么典故！"

我被他教训了一顿，心里着实害怕，迟钝的脑筋登时活动起来，我找句他爱听的话去缓和他。"您老责备的是，"我惶恐地说，"陈仲舒的文章里面仿佛说过您老是爱好和平的，现在战争要结束了，您老该觉得很高兴的吧？"

他果然霁了颜，但他的答语却是我所想不到的。"那是四年前的事情啦！"他把右手挥了一下，"那时，你知道，我是八面受敌的，为了消弭自身的危机，我不得不捧出'和平'二字来做挡战牌。现在的情形可不同了，西边一个大敌被我打得几乎断了气，东边一个大敌被人家踢到海里去，只露出半只身体还在那里挣扎，余下的小丑全被我收伏了。你想，这年头我还会主张和平的吗？老实告诉你，我正想利用这个千载一时的良机，来从事征服世界的壮图呢！"他得意的笑起来了。

我趁势奉承了他一句："那么您老大概是想学拿破仑第一的了？"

他鼻子里哼了一声，微笑着的鬼脸忽然狰狞起来。"我才不会学他呢！"他咆哮着，"那个困死在荒岛上的科西嘉人真是天字第一号的大傻瓜！谁叫他那么英勇地跟全欧洲的人为敌？我才不会那样做！我要斗智！"他说到这里，忽然翘出右手的大拇指，喊了一声："策略！"又翘出左手的大拇指，喊了一声："阴谋！"然后呵呵地狞笑起来。接着他又说："我不预备牺牲一兵一卒，我要人家乖乖地自己归顺到我这边来……。"

我不知道从那儿来了一股勇气，竟敢打断他的话。我说："这样看来，您老是计划在国境以外大量地制造张邦昌、刘豫一流的人物了，对不对？"

他立刻露出鄙夷的神气。"我才不要这些东西呢！"他说，"这些东西没出息，名誉太坏，成事不足，败事有余！他们又有点别扭，做了奴才还不肯死心塌地，还要婆婆妈妈地顾什么良心。你所说的那个张邦昌，结果不是把皇帝位交还给宋康王了事啦吗？这个不识抬举的东西！"他嘘了一口气，继续说下去："所以我要的是百分之百的奴才，他不但要把肉体卖给我，同时还得把灵魂卖给我。这样才彻底，才不会三心两意。我要他绝对地服从我，把我的每一道密令当作圣旨般的实行着。可是，我又要嘱咐他不得露出马脚，在他的所在国里一定要迎合大众，'众之所好者好之，其所恶者恶之'。这样，他才不至于跟刘豫一样为众人所唾弃了。"

他说得津津有味，我心里却一直在打问号。我觉得他是在那里瞎吹，任凭他有多大神通，也不能做到那个程度。于是，我大着胆子顶了他一句："请问您老靠了什么方法能够叫别国的人这样死心塌地的听你的指挥？"

"这个容易，"他肯定地说，"只要先把那个国家的文化猛烈地攻击了一下。"他停了一停，又说下去："你知道，我手下的喽啰大部分是正做着这种工作的。他们各各运用本国的文字做着通的、不通的、似通非通的、半通不通的文章，把本国所有的文物制度以及已死未死的大人物盲目地痛骂了一阵。这样一来，大众便要对本国固有的文化起了疑心……。"

这时我似乎已不觉得他的可畏，无意中又顶了他一句："请您饶恕，我觉得您的话有点夸张。喽啰们的几篇不三不四的文章怎么就能把一国的文化推倒；我真有点不明白。况且大众的脑筋也不见得就像您所想象的那样简单，他们不会因为人家几句谩骂的话而摇动了几千年的信心的。"

"你真是少见多怪！"他翻了一下鬼眼，"难道你就没听见过西洋的一句俗语吗？'一句假话传了三遍便成真话。'世界上不论怎样有价值的东西，只要你公开地攻击了它三次，人家总不会再像从前那样地重视它了。我就是利用着这种心理，才发动我的部下去做破坏文化的工作。等到一国的文化被我推翻了，她的人民还会有国家民族的思想吗？至于你所说的专靠喽啰们的力量无济于事的话，那自然也有道理。我早就看到这一点，所以特地在各个国家里物色了一位比较有学识又能拿得动笔杆的人，来做他们的头目……"

他只管滔滔地说下去，我却忍不住又要打断他的话："但是您该知道一个有才气的文人好比一个有姿容的女人，"我抗辩似的说着，"他是非常骄傲的，您要收伏他，怕不是一桩容易的事情吧？"

"那有什么难！"他昂了一下鬼头，"这种人有弱点，你抓住他的弱点，便可驾驭他了。他的弱点，第一是气量小，第二是脾气大。气量小的结果是爱钱，脾气大的结果是好名。你能满足他这两种欲望，还怕他不会服服贴贴地听你的指挥吗？百炼钢都要化为绕指柔，几个臭文人算什么？"

"可是，"我仍固执地反驳着，"一个国家里面总应该有几个明眼人，他们就肯一声不响地让您在那里从容布置吗？"

"这种人自然也有，"他迟疑了一下，有所思似的，但立即恢复常

态，"可是他也免不掉弱点。他的弱点是脸皮嫩，把名誉看得比什么
都重要，所以一辈子只合躲在大学里背讲义，做学术论文。假使有一
天，他要不识相地跑到外面去发表什么意见，那我自有法子对付他。
我立刻调动所有的的喽啰，四方八面给他来个围攻，把他的意见糟蹋
得体无完肤。他如果还不清醒，还要出来噜苏，那我就要拿出最有效
的武器来消灭他——"他说到这里，忽然转过身来对着我，贼亮的鬼
眼缩成一线，然后举起右拳，恶狠狠地喊出下面的话："造谣！我要造
他的谣言！我要捏造种种他梦想不到的丑事来破坏他的名誉！到了
那时，他如果还不觉得头痛，不会跟乌龟似的把头缩到壳子里去，我
才不相信呢！"缩成一线的鬼眼一下子里又圆睁起来，配合着他那可
怕的笑声。

　　我虽然碰了一连串的钉子，可是天生一副蠢骨头，越挨骂越不肯
闭口，于是我又开口："您的喽啰当中难道就没有一个有良知的？他
们就这样心悦诚服地做您的工具吗？"

　　才平静下来的他忽又狂笑起来。"你说这些东西吗？这些连姓
名都没有的东西吗？哈哈！"他翘起右手的小指头，"我的一个小指
头可以按死他们三百个呢！"他放下右手，装出一副非常鄙夷的神
气，"这些东西头脑简单得很，你要收伏他们毫不费事，只要常常给
他们来些新花样。假如你告诉他们太阳是从东边上来的，他们就要
骂你浅薄，可是你如果对他们说：夏天来了，秋天还会远吗？他们就
要腾欢鼓舞，捧你做大师，把你的话当作大哲学似的传着……"

　　他突然停住，向前摆了几步，高声嚷着："小鬼们还不出来！"

一霎时从地下钻出无数的人头，男的女的老的幼的都有。他们都天真地向着魔鬼微笑。这时魔鬼不知怎的突然发起疯来，举起右足向前一扫，又举起左足向前一扫，便有几十个人头被踢落，在地上乱滚。

我猛可里吃了一惊，眼里火星乱冒，大叫一声，倒下去了。

醒来时，什么也不见了，天上一轮十四夜的圆月高高地悬着，远处兵营里断断续续地传来喇叭的声音。归路经过几座学生宿舍，里面寂静无声，大概早已睡熟了吧。我忽然记起老杜的两句律诗："永夜角声悲自语，中天月色好谁看！"

朋友，让我郑重地告诉你，上面的叙述是千真万确的。假如你硬要说我害了狂病，在说梦话，那我只好引用杨修对着小太监尸体所说的话来回敬你："丞相非在梦中，公乃在梦中耳！"

（原载《公余生活》1945年第 3 卷第 2 期）

论伟大文学作品及其他

　　《围炉诗话》的作者吴乔，题陈卧子所选《明诗七律》云："甚好四平戏，喉声彻太空。人人关壮缪，齁齁大江东。锣鼓繁而振，衫袍紫又红。座中脑尽裂，笑杀乐村童。"

　　这一首五言打油诗真把明七子挖苦个畅快。七子的律诗是专学杜甫的"雄浑"的，吴乔说它"不惟其意，而惟其词"，"如糖浇鸳鸯，只只相似，求以飞鸣宿食，无有似处，只堪打破儿童而已"。于是给它起个浑名，叫做"瞎盛唐诗"。

　　我们翻出这桩公案来，并不想帮吴老先生打死老虎，也不想替献吉于鳞诸公打抱不平。只因为看到这里，忽然想起目下文坛上的一些事情，于是利用它做个冒头，来哓一番舌。

　　抗战前几年，上海的报章杂志上曾热烈地讨论过一个问题：我们何以产生不出伟大的文学作品？不久以前，重庆的文坛上又有一场大论争，题目是：文学作品的内容与形式孰重孰轻？这一类的讨论与争辩照例是不会有甚么结果的。双方的锣鼓尽管敲得震天价响，戏却演得实在乏味。最有趣的是，有些论客甚至摸不清"伟大文学作品""内容""形式"等名词的含义。

　　甚么是伟大的文学作品？这种作品应具有怎样的条件？要答复这些问题，我们必须先知道这一个作品的构成因素。这大约只有三种：主题、内容、形式。决定作品内容的范围的，便是它的主题，我们可以用一句话把它说尽。例如，《红楼梦》的主题是一个贵族家庭的腐败情形，《儒林外史》的主题是当代文人的丑态。内容和形式都是用来表现主题的，内容包括思想、情感、事实等等，形式包括结构、词藻、声调等等。

　　一部伟大的文学作品必须在这三方面都显得不凡，那就是说，它的主题必须是崇高的，内容必须是丰富的，形式必须是完美的。

　　怎样才配称做崇高的主题？简单言之，它的性质必须是严肃的，有关系的，可以激动群众而使其趋向善途的。雨果的《悲惨世界》在这方面可算是一个代表作，作者于毕生惟一流离颠沛的时期中写出这样一部悲天悯人的巨著，尤可见其胸怀的阔大。在这书中，作者虽也暴露社会的黑暗面，然而他的真意却在表彰人类的善性。这里只有同情，悲悯，并没有仇恨，憎恶。作者所祈求的是和平的改革，而不是流血的斗争，他更不希望因一部分人的不幸而使全人类同归于尽。只有抱着这样的胸怀去写作，才能产生崇高的作品。

然而，主题的崇高并不一定就是内容的优美，许多从事内容与形式孰重孰轻的争辩的人往往犯了一种错误：妄把主题作内容。他们以为只要一个作品说的是有关抗战建国或民间疾苦的事，它的内容便可算是优美的了。其实这只是主题好，内容的优劣与主题的优劣是毫不相干的。大题目固然可以做出大文章，而文章的大却不一定就是由于题目的大。伟大的题材必须配上丰富的内容，才不致犯了头重脚轻或雷声大雨点小的毛病。

怎样才配称做丰富的内容？还可用三种标准来衡量：书中的事实是否详尽近理？思想是否深刻？情感是否真切？坐在大洋楼里写出来的"普罗文学"固然浅薄得可笑，一面囤积居奇，一面写着抗战诗歌的人的作品也不见得就真能惊风雨而泣鬼神，但丁的《神曲》在这方面是个代表作。作者把他一生的经历全部收入自己的作品，同时还把当代的情形搜括无遗。这是一部用血、汗、泪写出的巨著，内容的丰富是可以想见的。

伟大作品的第三个条件是完美的形式。此刻是菲薄形式的时代，一提到它，便会惹起许多人的厌恶。但是我们要知道，没有形式也就是没有内容。无话可说与有话说不出或说得语无伦次，究竟相去不远。一个名符其实的美人固然不必靠脂粉的帮助，而蓬头散发或囚首垢面的美人到底还是不美。若要显出她的美，必须先把头发整理一下。

怎样才配称做完美的形式？还不是三言两语所能道尽的，古今无数修辞学，谈艺录，诗话，文评，以至于小说作法之类的书，说的就是这一面的事，用不着我们再来多嘴。这里要郑重指出的，还是形式不可忽视的这个道理。无论怎样卓越的一个作家，只要在这方面马虎一点，就不免要受人的讥评。伟大的诗人如陶潜，伟大的小说家如狄更司都曾因此而受人指摘，形式怎可说是不要紧的呢？

以上三个条件之中，丰富的内容最难，完美的形式次之，崇高的主题又次之。大话是人人会说的，说得好不好却要看说的人的口齿如何，说得像不像则更关系他的整个人格。必须具有杜甫那样热烈的心肠，才能做出他那样雄浑的诗句。明七子专在字句上学步，专拣杜诗中万里、百年、天地、古今、秦地、汉宫之类的大字眼来点缀自己的作品，所以不免流入"枵响"，不免成为"瞎盛唐诗"。历来学杜的人都是如此，"天下几人学杜甫，谁得其皮与其骨"？学杜而仅得其皮骨，或竟成连皮骨都得不到的人，并不都是因为自己的才力不济，多半却是为了自己的人格还不及老杜的伟大。

所以，"我们何以产生不出伟大的作品"的问题是不难解答的。第一，这是因为我们的人格不够伟大。这时代别的都好，这是人格差一点，不管前进也好，落伍也好，思想上虽有新旧的分别，大家的人格却是一样的渺小。渺小的人格怎能产生伟大的文学作品？第二，这也由于我们太藐视形式。我们不特瞧不起古典文学，甚至连比较像样一点的作品都不屑过问。我们所念念不忘的只是报告文学一类的东西。冀望如此，结果自也可知。

因此，对于有志撰制伟大文学作品的人，我们的忠告是：先把自己的人格树立起来，然后再虚心地读些古今中外的模范作品。

［原载《建言（福州）》1946 年第 13 期］

「天下一家」的破灭（节译）

在战时，威尔基会提出了"天下一家"的计划，可是到今日，这样美丽的憧憬，在全世界经济紊乱于政治角斗下，已经消灭了他的影子。

凭着我所亲身旅行过而亲目所见过情形的国家，如美国，如土耳其、印度、暹罗、菲律宾、中国、日本，乃至苏联、法国、德国、澳国和意大利，我看到情形所得到的概略观念总是如此的：

大部分的国家经济，都患着通货膨胀的病症。这病症毁灭了人民的积蓄，动摇了一般中产阶级的基石，并造成了一般不安而恐怖的情绪。如中国就是其中最显著的例子。

其次，恐苏的气氛正到处弥漫着，这里面也

有两种现象，一是恐怖而怀凛然的防备，一却是因恐怖而作特别的亲善。但两者一样都造成了最不痛快的局面。

其三，人人都在意想中决定了第三次大战必将发生。为此，各国预算便也将军备扩充填制了最高的线条。而复兴生产事业的投资，便自然约束到最低限度。这又是必然的。

其四，大家已不存有和平的期望，即如像联合国这样的机构，大家嘴角只挂上讥讽的嘲笑。无论如何，大家已不相信他有化干戈为玉帛的能力。

其五，一般人显见为战争而变穷了。因之，每一个国家的人民，未尝不想拿出几分精神与毅力来改善生活标准，可是事实上总有很多因素，阻止这种善良意念的发展的实行，所以挫折之后，便也只有低头颓丧和叹气的份儿。这就是说：一般的精神今日已普遍低落多端了。

其六，战季中惟有美国似是天之骄子，每个国家便不免望着美国能多借几个钱解决他们的困窘，但这里面却又埋藏着若干客观不能顺心适意的因素，第一，各人的欲望无穷（为的是昨今日经济的丰虚程度实相离太远），美国的援助必有限；第二，就是美国自己果要支持人家，也非打肿自己的脸不可。

如上情形极已显然摆在眼前，记得威尔基在一九四〇年所说："只有生产的国家才能强盛，也只有强盛的国家才能自由。"现在的问题却正是只有消耗，没有生产，国家何由强盛，又何由获得自由。他的"天下一家"美丽的憧憬，就恐怕十九要在此种不幸情势下被决定了完全毁灭的命运。

［原载《建国（长沙）》1948年第 23-24 期］

后

记

　　此书的编辑，来自师生的情缘。一天，已毕业多年的研究生林银焕兴冲冲地告诉我，说是他发现"师祖"的一批湮没多年的文章。银焕是网络搜寻的高手，我在撰写《鲁迅在厦大史料考论》时，一些厦门的老旧片都是靠他搜索而来的。打开邮箱，内中确有不少郑朝宗先生的佚文。欣喜异常的我，细细地与先生已出版的《海夫文存》《护花小集》《海滨感旧集》《郑朝宗纪念文集》等著作比对一番，发现有六篇先生论世界文学名著的文章，二十多篇小品散文以往尚未见过。

　　郑朝宗先生 1936 年毕业于清华大学外国语文学系，师从吴宓先生等。他一生的学术成就除"钱学研究"等方面之外，主要展现在现代小说研究上，20 世纪 40 年代后期曾在上海《时与文》等报刊上发表系列的评论世界文学名著的文章。由此，他于 1949 年赴英国剑桥大学圣约翰学院攻读博士学位时，选的就是"现代小说"专门方向，在这一学术方向上造诣颇深。但遗憾的是，他在这方面的文章散落不全，其民国版的《小说新论》于今更为罕见。为此，先生在《海夫文存》"序"中叹道："此四十九篇文字，但观题目，便知内容杂而不专，未足以供方家一顾。"可见先生对这种"不专"之状心有戚戚，我们在受业时也曾听过先生的于此之感慨。可庆幸的是，现经弟子们的尽心竭力地搜寻，终于编成此书，算是告慰先生，了结他的一番心愿。

　　而新发现的二十余篇先生的小品散文更是难得，弥足珍贵。先生在《海夫文存》"作者小传"中曾作如此自述："从大学二年起就喜欢弄笔，常在《清华周刊》副刊及林语堂主编的《人间世》《宇宙风》等刊物上，用笔名或真实姓名发表小品散文。"但这类文章弟子们多未见过，我问过先生，他淡然一笑："都过去了。"先生一生，经战乱，遭困顿，大起大落，历尽沧桑，故而不在意于过往之文事。现今却如天意般，由"孙辈"偶然得之，这是郑门弟子之福分。先生在编辑40年代国内小说名家《李拓之作品选》时，曾为其"人琴俱亡"而感慨不已，此等令人追悔之事不应再重演了。

郑朝宗先生1910年生于福建福州一书香世家，父亲郑以琚（号凤翔）20世纪初曾在北京"五城学堂"任职，为总教习林纾看中，请他帮忙抄写译稿，兼及校正誉清、送交出版等，实为助手矣。故而常出入林府，亲见林纾"耳受手追，声已笔止"的天才式翻译小说的实况。先生还记得，小时家中还存有林纾的译稿和书信，但在"文革"中化为乌有。[1]如此的家学渊源，先生国学根柢自然深厚。青少年时代的先生，从小学一年级到中学毕业，念的是教会学校，从而打下扎实、精湛的英文基础。但他回忆说，这十二年中，虽然天天做礼拜、听教士布道，却对基督教没一丝一毫好感，反而对远山寺里冷清的钟声、静默的佛像产生感念，有时脑中甚至会生出世之想。[2]

1932年，先生考上清华大学外国语文学系，据先生长子郑天曜《家父郑朝宗遗事纪略》一文说："父亲说，他报考清华大学时是当年该科系福建惟一被录取的学生，他数学卷仅得三分，但语文卷成绩优异，得了满分，所以被录取了。"就此，我不由地想到钱锺书先生1929年亦以数学十五分考上清华大学外文系的传闻，难怪他俩后来成了莫逆之交，或许在"破格"一事上早就心神相印了。

1　郑朝宗:《林纾评传·序》,《海夫文存》,厦门大学出版社1994年版,第158页。
2　郑朝宗:《论作文与做人》,《宇宙风》1936年第19期。

1951年，先生为何中断剑桥学业，匆忙回国呢？此事与当时新任厦门大学校长王亚南有关。先生对我说过，40年代，他和王亚南都在上海一家进步杂志《时与文》（周刊）上发表系列论文，王校长写的是政治经济学方面的文章，他则写欧洲古典小说评论。两人的政治倾向、价值取向默契合拍，人未相会，神却交应。惺惺相惜，王亚南校长到厦大后，便力邀先生归来效力；而先生亦即隔洋呼应，迅捷启程，回到如日初升的祖国，主政厦大中文系。

　　而后，先生虽因"以言语获咎"，列入另册，备受屈辱，但其人品与学问仍屹然不倒。试问在厦大像先生一样，学贯中西，会通古今者，能有几人？一位学术成就卓著的师兄是这样地回望先生：郑老师说鲁迅是个"仁人"，他自己也正是个"仁人"。他对妻子忠诚纯朴，对朋友学生忠诚纯朴，对事业忠诚纯朴。他和钱锺书先生的友情，已成为中国文坛的美谈佳话，其中的美，就是"忠诚纯朴"四个字的无限光彩。这位师兄道出了厦大中文学子的心声。

　　先生之学识自不待言，能在钱锺书《谈艺录》"序"中留下名号的，自当非同常人。钱先生曾对他俩之交做过评价："知管仲者鲍叔，知我且胜我自知者郑子也。"[1]尽管语中多有自谦之意，但能以"管鲍"为拟，可以看出郑先生在师兄钱先生心目中的位置。

　　先生学术成就的峰点之一，为40年代的对欧洲古典小说的系列评论。当时先生的理论基点，趋近文学艺术取决于"种族、环境、时

1　陆文虎:《钱锺书与郑朝宗的管鲍之谊》,《一子厂闲话》,黄山书社2023年版,第47页。

代三大因素"的法国批评家丹纳的体系,50年代后开始吸纳马克思主义文学理论,他总体是倾向现实主义原则的。先生说:"书是天、地、人三个因素的总和;它是作者先天的气质,加上所处地域的特性,再加上后天的人为环境的总结果。"[1]但先生并不排斥创作主体的功能,他的"现实"也包括现实存在的作家主体,由此,你方可理解先生何以会对雪莱《诗辩》中的浪漫主义情怀,及神秘"灵感"也予以赞赏。在评《悲惨世界》时,先生强调"一切作品都是作者整个人格的表现"。由于雨果人格复杂,在社会方面是人道主义者,政治方面是急进党,满脑都是政治哲学,而气质上却是天生的诗人,生活经历又十分丰富,这些矛盾、凌乱的因素,造成该小说历史不像历史、论文不像论文、传奇不像传奇的臃肿不堪的状况。[2]这一别开生面的评判,与先生立足"现实"的文学观念是分不开的。

先生遵从现实主义文学原则,但对新锐的文学理论观念并不排斥。在1947年,他就娴熟地运用福斯特《小说面面观》中"扁平人物"和"圆形人物"的理论,对狄更斯笔下的文学人物形象进行评析,[3]而我们直到80年代末才重新见到该书的译本。至于"意识流"创作流派,先生亦早已了然在胸。1948年,他评《罪与罚》:"陀思妥也夫斯基不像后来的'意识流'派的作家,那些作家专喜作抽象的分析,一

---

1 郑朝宗:《〈呼啸山庄〉及其作者》,《时与文》1948年第3卷第10期。
2 郑朝宗:《〈悲惨世界〉及其作者》,《时与文》1948年第3卷第8期。
3 郑朝宗:《论狄更斯的写作技巧——〈块肉余生记〉的写作分析》,《明日文艺(莆田)》1947年第1卷第6期。

部作品里，除了川流不息的所谓意识外，什么也没有"，陀氏虽是"心理小说"的鼻祖，但他"似乎预先看到了这一点，他不肯凭空刻划意识，而要让外界具体的事件来反映意识"，所以他的作品有血有肉，能直抵人的灵魂深处，与那些一般志在意识外层作浮光掠影式的作家截然不同。[1]先生之见解可谓先声夺人，于今仍有启示意义。

读着先生的文章，常为他独到而警辟的见解而折服。像福楼拜笔下的《包法利夫人》，"仿佛看来，这书似可题作《法国潘金莲外史》……这书不特非淫书，实际还是最有效的劝世奇文"。因为它是借一个浪漫女人的堕落，对庸碌、懦怯、势利、麻木、卑鄙、险诈的中产阶级的抨击及其灵魂的揭露。[2]评《父与子》："屠格涅夫的小说再像烟不过了，而且是轻烟。它漂亮，活泼，然而大风一吹，立刻化为乌有，因为它又稀薄，虚幻。"由于屠氏长期生活在国外，对本国的情形如雾里看花，又受到法国文风的影响，故而如此。[3]又如，评巴尔扎克和狄更斯："这两位无论在优点或缺点方面，都有许多共同的地方。他们的优点是精力弥满，善创造，富想象，作品来得容易，人物的范围和数量更大的可惊。他们的缺点是乱头粗服，文字欠斟酌，感觉不够细致，写实中羼入浪漫作风，不会描写上层阶级。"[4]优劣之处，立见分明，可谓一语中的。而像"十九世纪的俄国小说，大概可用《战争与和平》和《罪与罚》来代表。这两部作品，一以博大胜，一以精微

1　郑朝宗：《〈罪与罚〉及其作者》，《时与文》1948年第2卷第19期。

2　郑朝宗：《〈包法利夫人〉及其作者》，《时与文》1947年第21期。

3　郑朝宗：《〈父与子〉及其作者》，《时与文》1948年第2卷第22期。

4　郑朝宗：《〈欧也妮·葛朗台〉及其作者》，《时与文》1947年第2卷第1期。

胜"[1]，短短一句话，便可见出先生视野之阔大，学殖之深厚。

本书"附录"为"新近发现的郑朝宗佚文"。读了这部分先生自称为"小品散文"后，他在我心目中仿佛变了副样貌，不再仅是老成稳健、正襟危坐的长者，变身为英气勃发、气宇轩昂的青年书生模样。那种有话便说，有气便出的率真、耿直，呈现出先生另一面的品格，若按福斯特的小说理论来说，它还原了郑先生的"圆形人物"形象，青年时期形神的补充、添加，使他立体化了。

1936年，先生毕业在即，他写下了《再会吧清华》，文中愤激地批评道："我以为清华如有毛病，第一就在精神：它最不堪示人处，也就是精神！什么是清华的精神？直截了当地说起来，曰腐败的，颓废的个人主义精神是已。"因为国家危在旦夕之际，仍有许多清华学生在做着"满心声色货利"之梦，这是先生最为鄙视与嫌弃的。这和闻一多1920年写的、也是发于《清华周刊》的《旅客式的学生》一文同调，闻先生亦尖锐地抨击了那些把清华当旅馆，等待出洋的公子少爷们丑行。先生的批评也比现今"精致的利己主义者"之说早出了多年。在《载道与言志》《勇气救国论》《时代的呐喊》等文中，一位以报效国家、拯救民族为己任的热血青年挺立在我们面前。1998年，在先生追悼会上，从悼词中我方得知先生在1935年"一二·九"运动时，曾担任过清华大学学生会主席，在烽火连绵、民族危亡之际，能胜任此职的定为群体中的佼佼者，这从上面的文章便可寻得先生的思想轨迹。

先生的这批佚文还有着历史文献的价值，像《怀吴雨僧先生》，

---

1 郑朝宗:《〈罪与罚〉及其作者》,《时与文》1948年第2卷第19期。

除了写出战乱中清华师生之间真挚的怀念情感之外，还勾勒出不可多得的吴宓先生当年的形象。"文革"后，先生曾在为吴宓先生平反昭雪的申请书上签名，1987年又写了一篇《忆吴宓先生》，感兴趣者可把两篇文章连起来读。先生写冯友兰先生也有两篇，一篇写在1935年，一篇写在1947年，前者恭敬万分，后者颇有微词，对主人公的品评逆转直下（先生对周作人亦复如是），原因是随着时光变迁，冯先生有"太爱'坐飞机'"的偏嗜，于学者来说"有点不安本分"，联系其岁月后期的言行，我曾在《"梦痕"中的先生》一文中，为郑先生对人与事有此等的"透视力"发出惊叹，先生亦对此文首肯。另《噩梦》一篇，受启于钱锺书先生《写在人生边上》中的《魔鬼夜访钱锺书先生》，称之为姐妹篇亦可，串起读之，对当年文人心态可有深度的了解。

最后，谈谈此书的编辑过程。由于先生的佚文是从网络上拷贝下来的，原载的古旧报刊本就模糊不清，又是繁体字的竖排版式，再扫描、翻印出来，更是错误频出。其中的一些字词需反复猜测、揣摩很久才能辨认，再加上原排版印刷本身的错误，因时代语境不同出现的僻字、僻词，都需认真地审察、定夺。最麻烦的还是，当时署"朝宗"之名共有三位，是否先生的文字？只能细细辨读，再做断定，为着慎重起见，我们去掉了多篇存疑的文章。"文章千古事，得失寸心知"，为师尊编集，断不可掉以轻心。

本书分"论世界文学名著"和新近发现的郑朝宗佚文两大部分。

前者按"名著"原发表的时间排序，如希腊文学列为首位；后者按郑先生的"散文小品"原发表的年份排序。

　　本书的出版得到了厦门大学中文系领导、厦门大学出版社和郑朝宗先生子女的全力支持，于此深致谢意！还要感谢王依民、王鹭鹏、林银焕三位系友，郑先生原先在厦大出版社出版的几部论著都是由王依民先生当责任编辑的，这次更是义不容辞；其僚王鹭鹏接手此部书稿后，更是尽心尽责、全力以赴；林银焕博士从网络海洋中寻索到先生的佚文，功不可没。我们配合默契，协力以成，因为我们的心中都藏着一句话：谁让我们都是郑朝宗先生的弟子呢？

俞兆平

二〇二四年四月十八日